ANNA TODD

nothing more

TRADUÇÃO
ALEXANDRE BOIDE

astral
cultural

Este livro foi revisado segundo o Novo Acordo Ortográfico da Língua Portuguesa.

Editora responsável Tainã Bispo
Produção editorial Aline Santos, Bárbara Gatti, Fernanda Costa, Fernanda Villas Bôas, José Cleto, Luiza Marcondes e Natália Ortega
Fotos Capa Shutterstock Images
Capa Agência MOV

Dados Internacionais de Catalogação na Publicação (CIP)
Angélica Ilacqua CRB-8/7057

T568n Todd, Anna
Nothing more / Anna Todd. – Bauru, SP : Astral Cultural, 2018.
304 p.

ISBN: 978-85-8246-679-7

1. Ficção norte-americana 2. Histórias de amor I.Título

18-0144

CDD 813.6

Índice para catálogo sistemático:
1. Ficção norte-americana

ASTRAL CULTURAL EDITORA LTDA

BAURU
Av Nossa Sra de Fátima, 10-24
CEP 17017-337
Telefone: (14) 3235-3878
Fax: (14) 3235-3879

SÃO PAULO
Rua Helena, nº 140
Sala 13, Vila Olímpia
CEP 04552-050
Telefone/Fax: (11) 3048-2900

E-mail: contato@astralcultural.com.br

Para quem sempre põe os
outros à frente de si,
mesmo quando não tem
nada mais a oferecer.

Playlist do Landon:

"Come Up Short", Kevin Garrett
"Let It Go", James Bay
"Closer", Kings of Leon
"As You Are", The Weeknd
"In the Light", The Lumineers
"Colors", Halsey
"Love Me or Leave Me", Little Mix
"Gasoline", Halsey
"All You Never Say", Birdy
"Addicted", Kelly Clarkson
"Acquainted", The Weeknd
"Fool for You", Zayn
"Assassin" John Mayer
"Without", Years & Years
"Fool's Gold", One Direction
"Love in the Dark", Adele
"Hurricane", Halsey
"Control", Kevin Garrett
"It's You", Zayn
"A Change of Heart", The 1975
"I Know Places", Taylor Swift

1

Minha vida é bem simples. Não tenho muitas complicações. Sou uma pessoa feliz. Essas coisas todo mundo sabe.

Os primeiros três pensamentos que me vêm à mente quando acordo todos os dias são:

Aqui é menos lotado de gente *do que eu esperava.*

Espero que a Tessa esteja de folga hoje para poder passar um tempo comigo.

Estou com saudade da minha mãe.

Sim, sou um estudante do segundo ano na Universidade de Nova York, mas minha mãe é uma das minhas melhores amigas.

Sinto muita falta de casa. Ter Tessa por perto ajuda; ela é a coisa mais próxima de uma família que tenho por aqui.

Sei que a vida dos universitários é assim mesmo; as pessoas vão embora de casa, ansiosas para deixar para trás o lugar onde nasceram, mas não é o meu caso. Na verdade, eu gostava da minha cidade, apesar de não ser onde nasci e fui criado. Não achei nada mau viver no estado de Washington no último ano de colégio e no primeiro ano de faculdade — aquele lugar estava se tornando o meu lar. Minha família estava lá, e foi onde conheci a minha melhor amiga. A única coisa que faltava, e a mais importante, era Dakota, minha namorada de longa data. Então, quando ela contou que foi aceita por uma das melhores academias de balé do país, concordei em me mudar para Nova York, para continuarmos próximos. Eu me planejei para fazer minha transferência para a NYU; só que as coisas não saíram conforme o esperado. A ideia era me mudar para cá e começar um futuro com ela. Não tinha como saber que ela decidiria passar o primeiro ano de faculdade solteira.

Fiquei arrasado. Ainda estou, mas quero que ela seja feliz, mesmo que não seja comigo.

Faz muito frio na cidade em setembro, mas, em comparação com Washington, quase não chove. Pelo menos alguma coisa positiva.

Enquanto vou andando para o trabalho, olho o celular, como costumo fazer umas cinquenta vezes por dia. Minha mãe está grávida, vou ganhar uma irmãzinha e quero me certificar de que, caso aconteça alguma coisa, posso pegar o primeiro avião e chegar até ela o quanto antes. Minha mãe e Ken escolheram o nome Abigail para a filha, e mal posso esperar para conhecer a pequenina. Nunca convivi muito com bebês, mas a pequena Abby já é a minha nenê favorita no mundo. Mas até agora as únicas mensagens que recebi da minha mãe foram fotos das coisas incríveis que ela prepara na cozinha.

Nenhuma emergência, mas, puxa, como eu sinto falta da comida dela.

As ruas estão cheias enquanto vou para o trabalho. Estou esperando para atravessar um cruzamento no meio de uma multidão.

A maioria são turistas, com câmeras fotográficas enormes penduradas no pescoço. Dou risada sozinho quando um adolescente levanta um iPad gigante para tirar uma selfie. Eu nunca vou entender esse tipo de impulso.

Quando o semáforo de pedestres começa a piscar, aumento o volume do fone de ouvido. Por aqui fico de fone quase o dia todo. A cidade é muito mais barulhenta do que eu esperava, e é útil poder contar com alguma coisa que abafe um pouco do ruído e tempere o barulho com alguns sons de que gosto.

Hoje estou ouvindo Hozier. Uso o fone inclusive no trabalho — mas só em uma orelha, para conseguir ouvir os pedidos de café gritados para mim. Hoje, logo quando chego, me distraio um pouco com dois homens vestidos de pirata e gritando um com o outro, e acabo dando um esbarrão em Aiden, o colega de trabalho de quem menos gosto.

Ele é alto, muito maior que eu, e tem um cabelo loiro platinado que o faz se parecer com Draco Malfoy, o que por si só já seria motivo de antipatia. E, além da semelhança com Draco, o cara é meio grosseiro às vezes. Comigo ele é legal, mas já vi como ele olha para as garotas que frequentam o Grind. O sujeito se comporta como se o café fosse uma casa noturna, e não um lugar para buscar uma dose de cafeína para o dia.

A maneira como ele sorri para elas, paquerando e fazendo as garotas se derreterem com sua pinta de "bonitão"... Eu considero isso lamentável. Não que ele seja horroroso; mas, se fosse mais gente boa, talvez eu conseguisse enxergar seu apelo.

"Cuidado aí, cara", Aiden resmunga, me dando um tapinha no ombro como se fôssemos companheiros de equipe que se esbarraram por acaso em um campo de futebol.

Hoje ele conseguiu me irritar em tempo recorde...

Mas deixo isso para lá, vou até os fundos da loja, amarro o avental em volta da cintura e olho mais uma vez no celular. Depois de bater o ponto, encontro Posey, a garota que está em treinamento comigo por algumas semanas. Ela é legal. Meio caladona, mas trabalha bem, e acho bonitinha a maneira como encara o cookie de cortesia que oferecemos a cada dia de treinamento como um incentivo para ficar um pouco mais contente durante o turno. A maioria dos novatos recusa a oferta, mas ela comeu o seu todos os dias da semana, passando por toda uma variedade de sabores: chocolate, chocolate com macadâmia, com cobertura de açúcar e um com massa verde que deve ser algum lance sem-glúten-e-adoçado-naturalmente.

"Oi", eu digo, abrindo um sorriso para ela, que está perto da máquina de gelo. Seus cabelos vermelhos estão presos atrás das orelhas, e ela está lendo o verso de um pacote de café moído. Quando ergue os olhos para mim, sorri como uma forma de cumprimento rápido, e logo retoma sua leitura.

"Ainda acho que não faz sentido eles cobrarem quinze dólares por um pacotinho de café deste tamanho", ela diz, jogando o pacote para mim.

Consigo pegar no último instante, e o pacote quase cai da minha mão, mas seguro firme.

"*Nós*." Eu a corrijo com uma risada, e coloco o pacote de volta na mesa de onde veio. "*Nós* cobramos esse valor."

"Ainda não trabalho aqui há tempo suficiente para ser incluída nesse 'nós'", ela responde em tom de brincadeira, tirando um elástico do pulso que usou para amarrar os cabelos castanho-avermelhados. Posey tem bastante cabelo, mas amarra bem direitinho. Em seguida, dá o sinal de que está pronta para o trabalho.

Posey me segue para a frente da loja e se põe à espera ao lado da caixa registradora. Ela está pegando os pedidos dos clientes esta semana, e na próxima provavelmente vai se encarregar de preparar as bebidas. Eu gosto de anotar os pedidos porque prefiro conversar com as pessoas a queimar meus dedos na máquina de expresso, como acontece a cada turno.

Enquanto coloco tudo em ordem na minha estação de trabalho, a sineta presa à porta toca. Olho para trás para ver se Posey está preparada e, conforme o esperado, ela já está a postos, pronta para dar as boas-vindas aos viciados em cafeína. Duas garotas se aproximam do balcão conversando bem alto. Uma das vozes me chama atenção, e quando me viro para ver, dou de cara com Dakota. Ela está usando um top de ginástica, um short largo e um par de tênis coloridos. Deve ter acabado de terminar sua corrida matinal; caso estivesse indo a uma aula de dança, estaria de collant e com um short mais justo. E estaria tão bonita quanto. Como sempre.

Dakota não aparece aqui faz semanas, e sua chegada me pega de surpresa. Fico nervoso, minhas mãos começam a tremer, e me vejo apertando botões na tela do computador mesmo sem motivo nenhum para isso. Sua amiga Maggy me vê primeiro. Ela dá um cutucão no ombro de Dakota, e minha ex se vira para mim, com um sorrisão no rosto. Seu corpo está coberto por uma fina camada de suor, e seus cachos escuros estão presos de forma meio caótica em um coque no alto da cabeça.

"Eu estava torcendo para você estar aqui hoje." Ela faz um aceno para mim e depois para Posey.

Ah, estava? Fico sem saber o que pensar. Sei que concordamos em continuar amigos, mas não sei se ela está sendo educada ou se existe alguma intenção por trás dessa afirmação.

Maggy acena para mim também. "Oi, Landon."

Sorrio para as duas e pergunto o que vão querer beber.

"Café gelado, com dose dupla de creme", elas respondem ao mesmo tempo. Estão vestidas de forma quase idêntica, mas Maggy acaba ficando facilmente relegada a segundo plano pela pele morena reluzente e os olhos castanhos e brilhantes de Dakota.

Entro no piloto automático, pego dois copos de plástico, enfio no balde de gelo com um movimento bem treinado, apanho uma jarra de café já pronto e despejo dentro dos recipientes. Dakota está me observando. Consigo sentir seu olhar sobre mim, o que me deixa bem sem graça. Quando noto que Posey também está me observando, percebo que posso — ou melhor, devo — explicar o que estou fazendo.

"É só despejar por cima do gelo. O pessoal do turno da noite já deixa pronto, para dar tempo de esfriar e não derreter o gelo", digo.

É uma coisa bem básica, isso que estou dizendo, e quase me sinto um idiota por fazer esse discurso na frente de Dakota. Não estamos brigados nem nada, só não convivemos e conversamos mais como antes. Entendi muito bem suas razões para terminar nosso relacionamento de **três anos**. Ela estava em Nova York, com novos amigos, em um novo ambiente. Eu não queria atrapalhar sua vida, então mantive a palavra e conservei apenas nossa amizade. Nós nos conhecemos há anos, e sempre vou gostar dela. Dakota foi minha segunda namorada, mas o meu primeiro relacionamento sério.

"Dakota?" A voz de Aiden encobre a minha quando começo a perguntar se elas vão querer chantilly, uma coisa que sempre coloco nas minhas bebidas.

Perplexo, vejo Aiden sair de trás do balcão e segurar a mão de Dakota. Ele ergue a mão dela no ar e, com um sorrisão, ela dá um giro de bailarina.

Em seguida, com uma olhada rápida para mim, ela se afasta um pouco, e comenta com um tom de voz bem neutro: "Não sabia que você trabalhava aqui".

Olho para Posey para disfarçar que estou ouvindo a conversa dos dois, e então finjo examinar a escala de funcionários pendurada na parede atrás dele. Não é da minha conta com quem Dakota tem ou deixa de ter amizade.

"Eu não mencionei isso na noite passada?", Aiden responde, e dou uma tossida para distrair as atenções do gritinho de susto que deixei escapar ao ouvir isso.

Por sorte, ao que parece, ninguém reparou, além de Posey, que faz o possível para esconder o riso.

Não olho para Dakota, mas sinto que ela está sem jeito; em resposta a Aiden, ela dá a risadinha que deu ao receber o presente da minha avó num Natal. Um risinho fofo... Dakota deixou minha avó bem feliz ao rir de um peixe cantor horroroso pregado em uma placa de madeira falsa. Em seguida, ela volta a rir, o que me diz que está constrangida *de verdade*. Em uma tentativa de amenizar a situação, entrego os dois cafés com um sorriso e digo que espero vê-la de novo em breve.

Antes que ela possa responder, abro outro sorriso, me dirijo aos fundos da loja e aumento o volume do fone de ouvido.

Por alguns minutos, fico à espera de que a sineta toque de novo, assinalando a saída de Dakota e Maggy, mas percebo que provavelmente não vou ouvir, com o som do jogo de hóquei de ontem ressoando em alto e bom som no meu fone. Mesmo com um dos ouvidos livres, os gritos da torcida e as pancadas dos tacos são capazes de abafar qualquer sineta de porta. Volto para o saguão e encontro Posey revirando os olhos enquanto Aiden exibe para ela seus talentos para a fervura do leite. Com uma nuvem de vapor flutuando sobre os cabelos loiros quase brancos, ele ganha uma aparência ainda mais esquisita para mim.

"Ele disse que os dois estudam juntos na academia de dança", Posey cochicha para mim ao se aproximar.

Fico paralisado e olho para Aiden, que está totalmente alheio, perdido em seu glorioso mundinho particular. "Você perguntou pra ele?", questiono, impressionado e um pouco preocupado sobre o que mais ele teria a dizer a respeito de Dakota.

Posey assente com a cabeça e pega uma caneca de metal para lavar. Eu a sigo até a pia, e ela abre a torneira. "Vi como você ficou quando ele segurou a mão dela, então achei bom perguntar o que estava rolando entre eles."

Ela balança os ombros, fazendo seus cabelos ruivos se agitarem de leve. Suas sardas são mais claras que as da maioria das ruivas que já conheci, e ficam concentradas no alto das bochechas e sobre o osso do nariz. Seus lábios são cheios, ligeiramente curvados para baixo; ela é quase da minha altura. Essas foram as coisas que reparei em seu terceiro dia de treinamento, quando meu interesse por ela se tornou mais aguçado por um momento.

"Nós namoramos por um tempo", admito para minha nova amiga, entregando uma toalha para ela enxugar a caneca.

"Ah, eu não acho que eles estejam namorando. Seria uma loucura da parte dela namorar um sonserino." Posey abre um sorriso, e eu rio junto, com o rosto todo vermelho.

"Você também reparou?", pergunto.

Pego um cookie de menta com pistache e ofereço a ela.

Posey sorri, pega o biscoito da minha mão e devora metade antes mesmo de eu pôr a tampa de volta no pote.

2

Quando meu turno termina, bato o ponto e pego dois cafés para viagem, como faço todos os dias antes de ir embora: dois macchiatos, um para mim, outro para Tessa. E não se trata de um macchiato qualquer; adiciono três medidas de xarope de avelã e uma de banana. Parece nojento, mas só provando para ver o quanto fica bom. Fiz isso por acidente um dia, quando confundi os frascos dos xaropes de baunilha e de banana, mas a mistura aleatória acabou se tornando minha bebida favorita. E de Tessa também. E agora de Posey.

Para manter nossos corpos de jovens universitários bem nutridos, eu me responsabilizo pelas bebidas e Tessa providencia o jantar quase todas as noites com as sobras de comida do Lookout, o restaurante onde trabalha. Às vezes, as refeições ainda estão quentes, mas, mesmo quando não estão, a comida de lá é tão boa que continua palatável por várias horas. Nós dois conseguimos beber um bom café e comer pratos gourmet mesmo com nossas rendas de estudantes, o que significa que não temos do que reclamar nesse sentido.

Tessa vai trabalhar até tarde hoje, então fecho o café sem pressa. Não que eu não aguente ficar sozinho sem ela, mas não tenho motivo para correr, e me mantendo ocupado tenho menos tempo para pensar em Dakota e no traíra. Às vezes, até gosto do silêncio de uma casa vazia, mas nunca morei sozinho antes, e muitas vezes o zumbido da geladeira e o bate-bate dos canos de água quente e vapor no apartamento silencioso me deixam à beira da loucura. Fico à espera do som de um jogo de futebol americano na TV do escritório do meu padrasto, ou do cheiro de xarope de bordo dos doces que minha mãe prepara na cozinha. As primeiras semanas do segundo ano de faculdade estão bem diferentes dos primeiros meses como calouro. Estou contente por me livrar das disciplinas obrigatórias de primeiro ano e enfim começar a fazer as matérias mais ligadas à pedagogia; assim começo a me sentir mais próximo do meu objetivo de me tornar professor de ensino fundamental.

Li dois livros neste mês e vi todos os bons filmes em cartaz. Tessa mantém o apartamento sempre limpo, então nunca me resta nenhuma tarefa doméstica. Na prática, não tenho nada de útil para fazer com meu tempo livre, e não tenho muitos amigos além de Tessa e um ou outro colega do Grind. Com exceção de Posey, talvez, acho que não gostaria de encontrar nenhum deles fora do café. Timothy, um cara da minha aula de ciências sociais, é bem legal. Estava usando uma camisa dos Thunderbirds no segundo dia do semestre, e acabamos engatando uma conversa sobre o time de hóquei da minha cidade natal. Esportes e livros de fantasia são minhas ferramentas para socializar com estranhos, habilidade que não me pertence.

Minha vida é bem pacata. Atravesso a ponte de metrô para ir ao campus, depois volto ao Brooklyn, vou e volto andando do café. Os trajetos se tornaram um padrão, uma série de acontecimentos em constante repetição sem que nada diferente aconteça. Tessa diz que estou muito para baixo, que preciso fazer novos amigos e me divertir. Respondo falando para ela seguir o próprio conselho também, mas sei que é sempre mais fácil se concentrar no gramado descuidado do vizinho do que aparar o nosso. Apesar das opiniões da minha mãe e de Tessa, totalmente contrárias à minha falta de atividades sociais, não tenho do que reclamar. Gosto do meu trabalho e das aulas que estou fazendo neste semestre. Gosto de morar numa parte bacana do Brooklyn, e gosto da minha nova faculdade. Claro que poderia ser melhor, sei disso, mas minha vida está em ordem: tudo simples e tranquilo. Sem complicações, sem obrigações além de ser um bom filho e um bom amigo.

Olho para o relógio na parede e faço uma careta quando vejo que ainda não são nem dez horas. Mantive as portas abertas por mais tempo que o normal para que um grupo de mulheres pudesse terminar sua conversa sobre divórcios e bebês. Escutei várias vozes dizendo "Ai" e "Ah, não", então achei melhor deixá-las em paz para resolver os problemas umas das outras enquanto preparava tudo para ir embora. Às nove e quinze elas saíram, deixando para trás uma mesa coberta de guardanapos sujos, cafés bebidos pela metade e restos de bolos e cookies. Não me incomodei com a bagunça porque isso me manteve ocupado por alguns minutos a mais. Gasto um bom tempo fechando o café... colocando os guardanapos bem ajeitados nas latas de metal... varrendo o chão cantinho por cantinho... e me movendo o mais lentamente que posso enquanto encho os baldes de gelo e os potes de café moído.

Esta noite a passagem do tempo não está jogando a meu favor; começo a questionar meu relacionamento com Dakota. O tempo quase nunca funciona em meu benefício, claro, mas hoje está me testando mais do que o normal. Cada minuto que passa é como se fosse um somatório de sessenta segundos de provocações; o ponteiro do relógio continua fazendo seu tique-taque lentamente, mas seu movimento não parece produzir nenhum efeito — é como se o tempo estivesse parado. Começo a fazer uma brincadeira da época do jardim de infância de tentar prender a respiração por trinta segundos para o tempo passar mais depressa. Depois de alguns minutos disso, fico entediado e vou para os fundos da loja com a gaveta da registradora para contar o dinheiro que entrou no dia. O café está em silêncio, a não ser pelo zumbido da máquina de gelo. Finalmente são dez horas e não preciso mais ficar enrolando.

Antes de sair, dou uma última olhada em tudo. Tenho certeza de que não me esqueci de nada, de que não tem nem um grãozinho de café fora do lugar. Em geral, não fecho a loja sozinho. De acordo com a minha escala, às vezes faço isso com Aiden, às vezes com Posey. Ela se ofereceu para ficar comigo, porém um pouco mais cedo a ouvi reclamar que ia ter que cuidar da irmã mais nova à noite. Posey é discreta e não fala muito comigo a respeito de sua vida, mas, pelo que entendi, a garotinha é o ponto central de sua rotina.

Tranco o cofre e aciono o alarme de segurança antes de fechar e trancar a porta. É uma noite fria, com um vento gelado soprando do rio na direção do Brooklyn. Gosto da proximidade da água e, por alguma razão, o obstáculo natural representado pelo rio faz com que eu me sinta mais desconectado do rebuliço da cidade. Apesar de ser bem perto, o Brooklyn é bem diferente de Manhattan.

Um grupo de quatro pessoas — duas mulheres e dois homens — passa por mim enquanto tranco tudo e saio para a calçada. Observo os dois casais caminhando de mãos dadas. O cara mais alto está usando uma camisa dos Browns, e fico me perguntando se por acaso ele não deu uma olhada na classificação do campeonato deste ano. Caso tivesse visto, não estaria desfilando por aí com esse uniforme com tanto orgulho. Continuo olhando enquanto eles seguem seu caminho. O torcedor dos Browns é mais escandaloso que os demais, e tem uma voz irritantemente grave e retumbante. Está bêbado, acho. Atravesso a rua e ligo para minha mãe para ver se está tudo bem. Com esse "para ver se está tudo bem", na verdade quero dizer que aviso que estou são e salvo e sobrevivi a mais um dia na cidade grande. Pergunto como está se sentindo, mas como sempre ela se coloca em segundo plano para concentrar a conversa em mim.

Minha mãe não ficou tão aflita com a minha mudança como pensei que ficaria. Ela quer que eu seja feliz, e a ideia de vir para Nova York ficar perto de Dakota me faria bem. Pelo menos era esse o plano. Minha mudança deveria ser a argamassa que impediria nosso relacionamento fragilizado de se romper. Achei que fosse a distância que estivesse nos afastando, mas não imaginei que o que ela queria era mais liberdade. Seu desejo de ser livre foi ainda mais inesperado para mim porque nunca fui do tipo possessivo. Jamais tentei controlá-la, ou lhe dizer o que fazer. Eu não sou assim. Desde o dia em que aquela garotinha inquieta com cabelos cacheados se mudou para a casa ao lado da minha, notei que havia algo especial nela. Tão especial e verdadeiro que nunca tentei esconder isso, ou manter só para mim. Como poderia? E por quê? Sempre reforcei sua independência, apoiei suas opiniões fortes e incentivei sua língua afiada. Durante os cinco anos em que ficamos juntos, valorizei sua força e tentei proporcionar tudo o que ela precisava.

Quando ela se mostrou temerosa quanto à mudança de Saginaw, em Michigan, para a Big Apple, arrumei um jeito de aplacar seus medos. Eu mesmo já tinha passado por algumas mudanças; saí de

Saginaw para morar no estado de Washington pouco antes do último ano de colégio. Sempre fiz questão de lembrar que havia boas razões para ela querer ir para Nova York: o quanto adorava dançar, e seu enorme talento para isso. Não se passava um dia sem que eu a lembrasse do quanto era ótima, e do orgulho que deveria sentir de si mesma por isso. Mesmo com bolhas nos dedos e sangramentos nos pés, ela ensaiava dia e noite. Dakota sempre se mostrou uma das pessoas mais motivadas que já conheci. Tirava notas ainda melhores que as minhas e com menos esforço, e trabalhava desde a adolescência. Quando minha mãe estava no trabalho e não tinha como levá-la, Dakota pegava a bicicleta e pedalava um quilômetro e meio até seu emprego de operadora de caixa em um posto de gasolina de beira de estrada. Quando fiz dezesseis anos e tirei minha carteira, ela mandou seu pai vender a bicicleta para ganhar uns trocados a mais, e eu a levava e buscava todos os dias de bom grado.

Mesmo assim, liberdade era algo que Dakota nunca teve com sua família. Seu pai fazia de tudo para mantê-la em casa, junto com Carter, seu irmão. Mas as cortinas sempre fechadas não impediram nenhum dos dois de se voltar para o lado de fora. Quando chegou a Nova York, ela conheceu um novo estilo de vida. Ver seu pai se acabar de rancor e afogar as mágoas na bebida não era vida. Tentar suprimir a sensação de culpa pela morte do irmão não era vida. Dakota percebeu que nunca tinha vivido de verdade. Eu comecei a viver no dia em que a conheci, mas o mesmo não aconteceu com ela.

Por mais que o fim do nosso relacionamento tenha me magoado, não guardei ressentimentos contra ela. E isso continua valendo. Mas não dá para dizer que não sofri, ainda mais por ter que me desfazer do futuro que planejamos juntos. Pensei que viria para Nova York e que dividiríamos um apartamento e que acordaria todas as manhãs com suas pernas em torno das minhas, com o cheiro doce de seus cabelos próximo do meu rosto. Pensei que criaríamos novas lembranças enquanto estivéssemos aprendendo juntos a viver na cidade, que faríamos caminhadas pelos parques e fingiríamos entender as obras de arte penduradas nos museus elegantes. Eu estava cheio de expectativas quando planejei minha mudança para cá. Esperava estar diante do começo do meu futuro, não do fim do meu passado.

Dakota, por sua vez, teve o mérito de entender o que vinha pela frente, de encarar seus verdadeiros sentimentos, e terminou comigo antes da minha mudança para cá. Em vez de fingir que estava tudo bem e deixar tudo explodir na nossa cara mais tarde, foi sincera comigo. Mas, quando o nosso relacionamento acabou, o processo da minha mudança estava adiantado demais para eu voltar atrás. Já tinha feito a transferência de universidade, e pagado o depósito dos primeiros meses do aluguel do apartamento. Não me arrependo disso e, olhando para trás, acho que era uma coisa necessária. Não digo que estou completamente encantado com a cidade — seu charme não me hipnotiza, como acontece com muita gente, e acho que não vou morar aqui depois de me formar —, mas por enquanto está legal. Eu gostaria de me estabelecer em definitivo em um lugar mais tranquilo, com um quintal grande e muito sol, para tornar tudo mais bonito e bronzear minha pele.

O fato de Tessa ter vindo para cá ajuda muito. As circunstâncias que a trouxeram para Nova York não me agradam, mas fico contente por ter proporcionado uma rota de fuga para ela. Tessa Young foi a primeira amiga que fiz na Universidade Washington Central, e acabou sendo a única até o momento em que fui embora. Aliás, Tessa foi a primeira e única amiga que fiz no estado de Washington inteiro, e o mesmo vale para ela. Seu ano de caloura foi bem difícil. Ela se apaixonou e teve o coração partido em uma sucessão quase simultânea de acontecimentos. Eu fiquei em uma posição meio estranha, entre o filho do meu padrasto, com quem eu estava tentando me entender, e minha melhor amiga, cujo sofrimento era provocado justamente por ele.

Abri a porta para Tessa sem pensar duas vezes, e faria isso de novo, com certeza. Não me importei nem um pouco de dividir meu apartamento com ela, e sabia que isso iria ajudá-la. Gosto desse papel do amigo, do cara bonzinho. Fui o bonzinho a vida inteira, e me sinto mais confortável nesse papel do que em qualquer outro. Não preciso ser o centro das atenções. Na verdade, há pouco tempo descobri que faço de tudo para evitar qualquer situação que me coloque nessa posição. Sou reconhecidamente o coadjuvante, o amigo e o namorado que está presente para dar seu apoio — e não vejo problema nenhum nisso. Quando tudo foi por água abaixo em Michigan, eu preferiria ter sofrido sozinho. Não queria que ninguém compartilhasse daquela dor comigo, principalmente Dakota.

Mas o sofrimento era inevitável também para ela, e não havia nada que eu pudesse fazer para ajudar, por mais que tentasse. Tive que deixá-la amargar sua dor, e me ver forçado ao papel de espectador impotente quando seu mundo desmoronou em uma tragédia que fiz de tudo para evitar. Ela foi meu curativo, e eu fui sua rede de proteção. Eu a apanhei no ar enquanto ela desabava, e vamos continuar tendo um vínculo — seja de amizade ou de algo mais — até o fim de nossos dias por causa do sofrimento que compartilhamos.

Minha mente se recusa a continuar vagando por esse território, por essas lembranças que me empenhei tanto para esquecer. Esse compartimento está fechado. Lacrado com cola extraforte e enterrado sob sete palmos de concreto.

3

Quando chego ao apartamento, vejo um pacote de entrega de tamanho médio à minha espera nos degraus da frente. O nome de Tessa está escrito em caneta preta, e a caligrafia imediatamente me diz quem é o remetente. Enfio a chave na porta e empurro a caixa para dentro com o pé. As luzes estão apagadas, então sei que Tessa ainda não chegou do trabalho.

Estou cansado, e amanhã vou poder dormir um pouco mais. Às terças e quintas, minhas aulas começam mais tarde do que no resto da semana. Aguardo ansiosamente por isso; as terças e quintas são meus dias favoritos da semana porque posso ficar deitado na cama de cueca de manhã, vendo televisão. É um prazer simples e até certo ponto patético, mas eu desfruto de cada segundo. Tiro os sapatos e arrumo em um canto enquanto grito o nome de Tessa pelo apartamento, só para garantir que ela não está. Como ela não responde, começo a tirar a roupa na sala mesmo, porque hoje posso. Mais um simples prazer. Desabotoo a calça e abaixo pelas pernas até o chão.

Posso até deixá-la por aí mesmo. Estou me sentindo meio rebelde, porém a sensação que me domina é a do cansaço mesmo.

Pensando melhor, recolho minha calça, minha camisa, minhas meias e minha cueca e levo para o meu quarto, onde jogo tudo no chão para arrumar mais tarde.

Preciso tomar banho.

O registro do chuveiro emperra quase todas as vezes que abro. Demora pelo menos um minuto para a água começar a escorrer. O zelador já "consertou" duas vezes, mas não adiantou. Até mesmo Tessa tentou dar um jeito na coisa algumas vezes. Mas a manutenção predial não é o forte dela. Não mesmo. Dou risada ao me lembrar dela ensopada dos pés à cabeça, toda irritada, quando a água começou a jorrar do cano. A peça de metal de abertura do chuveiro saiu voando pelo banheiro, fazendo um buraco no revestimento de gesso. Algumas semanas depois, quebrou de novo quando ela foi tomar banho, e a frágil peça acabou arrancada da parede. Como resultado, Tessa levou um jato de água gelada bem no meio da cara. Ela berrou como uma louca, e saiu correndo como se o banheiro estivesse em chamas.

Enquanto escuto a água descendo pelos canos e aproveito para dar uma mijada rápida, minha mente se volta para os acontecimentos do dia, para a velocidade com que o ano letivo parece passar, para a surpresa que tive ao ver Dakota, principalmente interagindo com Aiden, e lamentei não ter tido tempo para me preparar para isso. Não falava com ela há semanas, e fica difícil me concentrar quando Dakota está usando roupas tão reveladoras. Mas acho que no fim deu tudo certo; eu não falei nada que me fizesse passar vergonha. Não derramei café nem gaguejei. Será que ela ficou sem graça e estava se forçando a falar comigo ou será que nem sente mais a tensão entre nós dois?

Ela não me procura muito — na verdade, nunca —, então não faço ideia de seus sentimentos ou de sua postura em relação a nós. Dakota nunca foi muito de expor o que sente, mas sei que é o tipo de garota capaz de guardar um ressentimento pelo resto da vida. Apesar de não ter motivo nenhum para nutrir uma opinião negativa sobre mim, minha mente imediatamente contempla essa possibilidade. É meio esquisita essa nossa transição de nos falarmos todos os dias em um determinado momento, e no seguinte passarmos para o silêncio total. Depois que Dakota me ligou para encerrar nosso relacionamento, tentei manter a amizade viva, mas ela não ajudou muito nesse sentido.

Sinto saudade dela às vezes.

Porra, sinto saudade dela pra caralho.

Me acostumei a vê-la muito pouco quando me mudei de Michigan para Washington, mas ainda conversávamos todos os dias, e eu ia visitá-la sempre que possível, mesmo quando estava ocupado com os estudos. Quando ela se mudou para Nova York, começou a se distanciar. Dava para ver que tinha alguma coisa errada, mas eu mantinha a esperança que tudo voltasse ao normal. A cada telefonema que fazíamos, eu a sentia mais e mais distante. Às vezes, depois de desligar, eu ficava olhando para o telefone, torcendo para que ela me ligasse de volta e pedisse para conversar sobre o meu dia. Para que me fizesse uma pergunta, ou falasse uma ou outra coisa sobre o que andava fazendo. Minha esperança era que fosse apenas um período de ajuste à vida nova. *Talvez fosse só uma fase*, pensei.

Queria que ela vivesse de forma plena a experiência da vida nova, com novas amizades. Não esperava que ela abrisse mão de nada por minha causa. Queria que ela mergulhasse de cabeça na academia de dança; sabia o quanto isso era importante para sua vida. Não queria ser uma distração. Tentei dar o maior apoio de que era capaz, mesmo quando ela começou a me limar de sua vida. Fiz o papel do namorado que continua oferecendo seu apoio diante de uma agenda cada vez mais lotada.

Sempre fiz bem esse papel, desde que éramos crianças. Fico confortável nesse papel, assim como no do cara bonzinho. Me mantive paciente e mais compreensivo do que nunca. Na noite em que ela me ligou dando razão em cima de razão para considerar nosso relacionamento um fracasso, continuei assentindo com a cabeça do outro lado da linha, dizendo que estava tudo bem, que eu compreendia. Não entendi nada, e suas "razões" me pareciam bem frágeis, mas sabia que não conseguiria fazê-la mudar de ideia e, por mais que estivesse disposto a lutar por ela, também não queria me tornar um fardo em sua vida. Não queria que nosso relacionamento se tornasse outro conflito em sua vida. Dakota precisou abrir caminho na vida na base da luta, e eu me coloquei como uma das poucas presenças positivas ao seu lado, e quero me manter assim.

Fiquei frustrado, e em certo sentido ainda estou. Na verdade, não entendia por que ela não poderia reservar um tempinho para mim se todas as suas atualizações no Facebook mostravam fotos suas em diferentes restaurantes e casas noturnas com as amigas.

Eu sentia falta das conversas sobre seu dia. Queria ouvi-la se gabar de que estava se saindo muito bem nas aulas. Sentia falta de seus discursos furiosos sobre a ansiedade da espera por um teste para fazer parte do elenco de alguma produção. Ela era a primeira pessoa para quem eu contava as coisas. Isso começou a mudar depois que conheci Tessa e me aproximei um pouco mais de Hardin, o filho do meu padrasto, mas mesmo assim Dakota fazia falta. Não sou um especialista em namoros, mas sei que aquilo não era um.

De repente me dou conta de que o banheiro está se enchendo de vapor por causa do chuveiro aberto, enquanto eu fico aqui parado, me olhando no espelho e revivendo o fracasso do meu último relacionamento de verdade. Por fim, entro no chuveiro, e a água está escaldante, atacando minha pele. Dou um pulo para trás para ajustar a temperatura. Ligo meu iPhone no iDock e coloco meu podcast favorito de esportes para tocar antes de tomar banho. Com suas vozes graves e escandalosas, os apresentadores discutem sobre a politicagem desnecessária em torno do ambiente do hóquei profissional. Tento prestar atenção às suas reclamações, mas o som começa a falhar, então desligo. Meu celular cai de cima do aparelho e cai na pia. Estendo a mão para apanhá-lo e, em um dos meus tradicionais golpes de sorte, um elfo doméstico invisível abre mais o chuveiro. Ter um elfo doméstico como Dobby, ou de preferência seu clone, seria o ideal para mim. Harry Potter era um garoto de sorte.

Mas o banheiro é pequeno demais para comportar mais um corpo, inclusive de elfo. É minúsculo — microscópico, na verdade —, com uma pia baixa e uma torneira empenada ao lado de uma privada em que mal consigo me sentar. O responsável por projetar esse apartamento não tinha em mente um cara de um e oitenta de altura. A não ser que fosse um que gosta de dobrar os joelhos para conseguir molhar os cabelos no banho. A água morna escorre pelas minhas costas enquanto continuo a me torturar pensando em Dakota. Na minha mente, ela é o lar ideal, do qual não consigo aceitar me mudar. Estava tão linda hoje, toda sexy de short e top.

Será que ela reparou que meu corpo mudou desde a última vez em que nos vimos? Percebeu que meus braços estão mais grossos e firmes, e que minha barriga enfim tem a musculatura que sempre me esforcei tanto para poder exibir?

Quando criança, eu era gordinho. Meu corpo roliço muitas vezes era assunto nos corredores do colégio. "Landon Pança", era como me chamavam. E faziam piadinhas para não me derrubarem, porque precisariam chamar um guindaste para me levantar. Pode parecer uma coisa idiota e infantil hoje, mas me incomodava muito ouvir um bando de imbecis gritando essas coisas para mim. E esse nem era o pior dos círculos do inferno possíveis na época do colégio. Com Carter aconteceu coisa muito pior, mas não gosto e nem quero pensar nisso hoje.

Quanto mais tento me lembrar de nosso encontro no Grind, mais minha mente desenterra memórias e começa a misturá-las. Já não sei em que Dakota estava pensando. Nunca consegui fazer isso. Mesmo quando éramos mais novos, ela sempre teve segredos. Na época, isso era um atrativo, uma coisa misteriosa e excitante. Agora que estamos mais velhos e ela terminou comigo dando pouquíssimas explicações, perdeu boa parte da graça.

Fico olhando para os azulejos verde-musgo e pensando em todas as coisas que deveria ter dito e feito naqueles cinco minutos. É um círculo vicioso — repassar mentalmente como eu poderia ter agido e depois pensar comigo mesmo que isso não significa nada, e então logo em seguida surtar de novo. Olho para a parede e penso nela de pé na minha frente hoje mesmo. Gostaria de ser capaz de ler o que está escrito em seus olhos amendoados, ou encontrar as palavras escondidas sob seus lábios grossos.

Aqueles lábios...

A boca de Dakota é uma coisa. Os lábios são cheios, e têm o formato perfeito de uma pétala macia. Sua coloração rosada sempre me deixou louco, e ela dominou com perfeição a arte de usá-los. Tínhamos só dezesseis anos quando nos pegamos para valer pela primeira vez. Era nosso aniversário de dois meses de namoro, e ela havia adotado um cachorrinho para mim. Eu sabia que a minha mãe não ia me deixar mantê-lo em casa, mas tentamos deixá-lo escondido no meu closet. Dakota muitas vezes fazia coisas que não deveria, mas sempre com alguma boa intenção por trás. Alimentávamos nossa bolinha de pelos cinzenta com a melhor ração do pequeno pet shop do fim da nossa rua. Ele não era de latir muito e, quando fazia isso, eu começava a tossir para disfarçar o barulho. Deu certo por um tempo, até o bicho ficar grande demais para um quarto tão pequeno.

Depois de dois meses de cativeiro, fui obrigado a contar sobre o cachorro para a minha mãe. Ela demonstrou a indignação esperada, mas explicou que manter um cachorro custava dinheiro, e que, com o pouco que eu ganhava trabalhando de forma esporádica em um lava-jato, mesmo somando as gorjetas, não dava nem para pagar uma consulta no veterinário. Depois de algumas lágrimas e muitos protestos, Dakota finalmente concordou. Para aliviar a dor, nos fechamos no quarto para assistir aos três filmes da série *O senhor dos anéis* de uma vez só. Bebemos vários frappuccinos do Starbucks, mesmo reclamando por ter que pagar cinco dólares por copo. Comemos chocolate e doce de amendoim até dar dor de barriga, e fiz carinho em seu rosto com movimentos circulares com os dedos, como ela sempre gostou, até que dormisse no meu colo.

Acordei com sua boca quente e seus lábios firmes em torno do meu pau.

Fiquei surpreso, ainda sonolento, e excitado demais enquanto me via entre seus lábios, escorregando até sua garganta. Ela falou que estava a fim de experimentar fazia um tempo, mas ficou com medo. Sua boca deslizava em torno de mim de um jeito perfeito, me fazendo gozar com uma rapidez vergonhosa.

Ela percebeu que gostava muito de me satisfazer desse jeito, e começou a fazer isso quase todas as vezes em que ficávamos juntos. E eu gostava, claro.

Porra, quem estou querendo enganar? Eu adorava. Não sei nem como considerava um orgasmo as gozadas que eu conseguia me masturbando antes disso. Não era nada em comparação com a boca dela e, depois, mais tarde, com sua bocetinha macia e molhada. Fomos do sexo oral às trepadas bem depressa; nenhum dos dois conseguia parar de pensar nisso. Eu não precisei mais proporcionar prazer a mim mesmo até me mudar para Washington. Sentia falta dela em todos os sentidos, inclusive da intimidade que compartilhávamos. Não é tão ruim assim bater punheta, acho. Olho para o meu pau mole entre as pernas, com a água quente escorrendo por cima da pele. Envolvo a base com uma das mãos, acariciando a ponta com o polegar como Dakota costumava fazer com a língua.

Com os olhos fechados e a água morna escorrendo pelo meu corpo, quase consigo me convencer de que não é minha própria mão que está me acariciando. Na minha cabeça, Dakota está de joelhos diante da minha antiga cama em Washington. Seus cabelos cacheados eram mais claros antes, e seu corpo estava começando a ficar bem torneado por causa dos ensaios de dança. Ela estava linda, como sempre foi, mas durante a adolescência foi se tornando cada vez mais gostosa. Sua boca está se movendo mais depressa agora... entre isso e o som de seus gemidos na minha cabeça, já estou quase lá.

Meu corpo começa a formigar, da ponta dos pés até o pescoço. Apoio as costas contra a parede fria de azulejos e um dos meus pés escorrega, me fazendo perder o equilíbrio. Uma sequência de palavras que não costumo usar escapa dos meus lábios, e me agarro à cortina xadrez do chuveiro.

Clique, clique, clique. As porcarias das argolas de plástico vão arrebentando uma a uma. A cortina vai ao chão, me levando junto. Dou mais um grito quando meu joelho atinge a borda da pequena banheira e eu caio para trás, me estatelando contra a porcelana e sentindo um jorro de água quente bem na minha cara.

"Merda!", eu exclamo.

Meus joelhos parecem já estar começando a inchar, e meus braços parecem feitos de gelatina quando me agarro à borda da banheira para tentar me levantar. A porta se abre, me dando um tremendo susto, então me solto e bato a cabeça no fundo da banheira. Antes de conseguir cobrir meu corpo, vejo Tessa, sacudindo as mãos.

"Você está bem?", ela grita. Seus olhos percorrem meu corpo exposto, e ela tapa os olhos.

"Mas o que é isso?", Sophia grita quando entra.

Que ótimo... agora ela está aqui também. Levo à mão à maldita cortina e a uso para cobrir meu corpo desnudo. Será que tinha como ser pior? Olho para as duas garotas e balanço a cabeça, tentando recuperar o fôlego. Meu rosto está em chamas, e eu preferiria estar afundado em uma pilha de merda a estar aqui na banheira, pelado, agarrado a uma das bordas com a mão. Levo o braço livre ao chão molhado da banheira e tento me levantar.

Sophia passa por Tessa e segura meu braço para me ajudar. *Alguém me mata, por favor.* Com um gesto rápido, ela prende o cabelo atrás das orelhas e usa as duas mãos para me levantar. *Por favor, me matem.* Tento manter a cortina escondendo as partes mais críticas, mas ela cai justamente quando me levanto. Me agacho e pego de novo, com a maior naturalidade de que sou capaz.

Tem alguém me ouvindo? Se não quer me matar, pelo menos me faz desaparecer. Estou implorando.

Os olhos castanhos de Sophia têm um toque esverdeado em que nunca havia reparado antes. Ou talvez não tenha, e eu esteja atordoado pela queda. Desvio os olhos dela, mas ainda me sinto observado por Sophia. Tento me concentrar em seus sapatos: são marrons e de bico fino, por isso me lembram os que Hardin usa.

"Está mais firme agora?", Sophia arqueia uma sobrancelha.

Dava para ser mais vergonhoso? Acho que não. Seria humanamente impossível. Trinta segundos atrás, estava me masturbando no chuveiro, e agora estou aqui, pelado e morrendo de vergonha. Seria uma situação engraçadíssima caso estivesse acontecendo com outra pessoa.

Sophia ainda está me olhando, e percebo que ainda não respondi à sua pergunta.

"Ah, sim. Estou bem." Minha voz soa ainda mais envergonhada do que me sinto.

"Não precisa ficar com vergonha", ela diz baixinho.

Eu balanço negativamente a cabeça. "Não estou", eu minto, baixando o queixo e dando uma risadinha forçada. A pior maneira de reforçar a vergonha é dizer que não está envergonhado.

Tessa me encara com preocupação e parece prestes a dizer alguma coisa, mas um bipe bem alto ressoa no ar. Eu faço uma careta.

Será que tem como isso piorar?

"O chocolate está queimando!", Tessa grita, desaparecendo do banheiro em seguida, tornando o cômodo ainda mais compacto que o habitual. O espelho está embaçado, as paredes estão úmidas, e Sophia ainda está aqui. Ela sorri, e seus dedos tocam a minha barriga, logo acima do umbigo, com as unhas compridas pintadas de preto.

"Você não deveria ter mesmo." O elogio sai em uma voz sussurrada, e meu corpo reage. O dedo de Sophia ainda está passeando pela minha barriga, e fico confuso, mas não quero que ela pare. O dedo chega bem perto da base da minha barriga, bem perto de onde a cortina está encobrindo meu pau. Ao mesmo tempo em que tenta entender por que ela está me tocando assim, minha mente precisa se esforçar para impedir meu pau de ficar duro.

Eu não a conheço tão bem, mas sei que é bem mais ousada que as demais garotas da minha idade que já conheci. Não se acanha em gritar palavrões para a televisão vendo *MasterChef*, e com certeza não vê problema nenhum em passar a mão no meu corpo sem roupa. A trilha de pelos do meu umbigo até a região da virilha parece atrair sua atenção, e a ponta de seu dedo continua passeando por lá.

Ela disse alguma coisa? Ah, sim, disse. Ela falou: "Você não deveria ter mesmo".

Quando foi que o alarme de incêndio deixou de tocar?

O que ela quis dizer com isso? Que eu não deveria ter vergonha? Quase me arrebento no banheiro enquanto batia punheta, e fui encontrado caído no chão pelado.

Claro que estou com vergonha. E, em um piscar de olhos, o feitiço que sua atenção exerce sobre mim se enfraquece, e a vergonha volta com toda a força.

Olho para ela, e para o reflexo de seus cabelos no espelho embaçado.

"Obrigado", respondo sem muita convicção. Em seguida, pigarreio e continuo: "Levei um tombaço." Eu dou risada, começando a perceber o humor presente na situação.

Os olhos dela são carinhosos, e seu dedo ainda está me tocando, passeando em mim, me provocando. Não chega a ser constrangedor, mas não sei o que dizer, nem o que fazer. Antes que eu precise me decidir, ela se afasta com um sorriso.

Com o rosto todo vermelho, eu me viro e passo a mão no espelho embaçado. Ela fica imóvel, encostada na prateleira de toalhas. Olho para meu reflexo e faço uma careta quando meu dedo encontra um corte pequeno porém profundo logo acima do meu olho. Um filete de sangue escorre da minha testa, e estendo o braço na direção de Sophia para pegar uma toalha de mão, que coloco sobre a pele rompida enquanto prometo a mim mesmo nunca mais tentar gozar em uma banheira minúscula a não ser que esteja usando uma armadura ou coisa do tipo. Aplico a maior pressão possível com o pano para fazer o sangramento parar.

Com Sophia ainda no banheiro, eu deveria puxar conversa com ela ou coisa do tipo? Fico sem saber o que pensar sobre a maneira como ela me tocou. Não sei qual é a etiqueta para coisas assim. Será que isso é normal entre pessoas jovens e solteiras? Não dá para fingir que sei o que essa garota está pensando, o que está querendo. Não sei quase nada a seu respeito.

Eu a conheci superficialmente em Washington, quando a família dela se mudou para perto da casa da minha mãe e de Ken. Sei que é alguns anos mais velha que eu, e que gosta de ser chamada pelo nome do meio, Nora, uma coisa que sempre esqueço, e acabo sendo corrigido pelos olhares hostis de Tessa. Sei que ela está sempre cheirando a açúcar e coisas doces. Sei que vem sempre aqui porque não gosta das pessoas com quem mora. Sei que faz companhia para Tessa quando não posso, e que de alguma forma elas se tornaram boas amigas nos últimos meses. E isso é só. Até parece bastante coisa, mas tudo isso é bem básico, nada muito importante. Ah, sei também que ela acabou de se formar em gastronomia e trabalha no mesmo restaurante que Tessa. E agora posso acrescentar que ela gosta de passar os dedos em barrigas molhadas descobertas.

Desvio o olhar do espelho e me viro para ela.

"Você continua aqui para ter certeza de que eu não sofri uma concussão?", pergunto.

Ela assente com a cabeça e abre um sorrisão. Os cantos de seus olhos se enrugam, e seus lábios parecem inacreditavelmente cheios, principalmente quando ela passa a língua por eles. Lábios úmidos e esses olhos... ela é matadora.

E sabe disso.

Eu também.

Até o Obama sabe.

É o tipo de mulher que suga você inteiro e cospe só o bagaço, e mesmo assim você tem vontade de começar tudo de novo quando acaba. Seu dedo indicador está batucando o lábio inferior, e continuo imóvel. Não é possível que ela esteja dando em cima de mim. Ou é? Estou confuso. Não estou reclamando, só não estou entendendo.

"Agradeço a sua preocupação", digo com uma piscadinha. *Sério que eu fiz isso mesmo?*

Desvio o olhar às pressas, horrorizado com meu cérebro idiota por ter me levado a fazer uma coisa tão ridícula. Uma piscadinha? Eu não sou do tipo que sai distribuindo piscadinhas, e com certeza devo ter parecido um tarado da pior espécie fazendo isso.

O olhar de Nora encontra o meu, e seus lábios se afastam. Ela dá um passo na minha direção, reduzindo a distância já curtíssima entre nós por iniciativa própria. Meu corpo reage e dou um passo atrás, encostando na pia.

"Você é uma gracinha", ela diz em um tom suave, e seus olhos passeiam pelo meu peito mais uma vez.

A palavra *gracinha* parece meio decepcionante saindo da boca de alguém que exala sensualidade por todos os poros. Da curvatura dos lábios às curvas dos quadris, ela é puro desejo. Eu sou sempre o garoto gracinha, o bonzinho. Mulher nenhuma fantasia comigo, ou me acha sexy.

Nora leva a mão ao meu rosto e faço uma careta de leve, sem saber se ela vai me dar um tapa por imaginá-la pelada várias vezes em um período tão curto de tempo. Mas ela não me bate, provavelmente porque não consegue ler minha mente, por mais exposto que eu possa me sentir. Ela ergue um dedo e dá um tapinha na ponta do meu nariz. Fecho os olhos, surpreso, e quando abro de novo ela já está saindo. Sem dizer qualquer palavra, Nora sai do banheiro e vai para o corredor.

Esfrego a mão no rosto, tentando apagar os últimos cinco minutos da minha vida... de repente mantendo os últimos dois.

Quando escuto Tessa perguntando se estou bem, jogo a cabeça para trás, fecho a porta e fecho o trinco. A cortina do chuveiro está destruída, e o cômodo minúsculo parece ter sido atingido por um tornado. As argolas de plástico da cortina estão espalhadas pelo chão, e os frascos de xampu e do sabonete líquido de Tessa voaram longe. Enquanto arrumo a bagunça, é inevitável não rir dessa situação toda. Claro que é o tipo de coisa que aconteceria comigo.

As roupas que trouxe para o banheiro estão molhadas; a camiseta tem uma mancha de água enorme nas costas, mas a bermuda até que não está tão ruim, então visto e recolho as peças molhadas para levar para o quarto. Meus cabelos já estão secando; só as raízes ainda estão úmidas. Uso a escova de cabelo roxa de Tessa para dar uma ajeitada e um pente para acertar a barbinha que ando deixando crescer. O hidratante de baunilha dela é meio oleoso, mas tem um cheiro bom, e sempre esqueço de comprar um para mim. Por sorte, tem um band-aid no armarinho do espelho, que coloco sobre o corte.

Mas claro que não é um band-aid normal. Tessa comprou uma caixa de curativos com o tema *Frozen*.

Que beleza. A coisa só melhora.

Quando entro no corredor, a risada de Nora é tão escandalosa quanto a de Tessa é discreta. Não a tinha visto rir desde que se mudou para cá. Isso me incomoda, mas sei que ela precisa absorver o rompimento em sua vida em seus próprios termos, então não forço a barra. Ela não é de seguir conselhos, em especial no que diz respeito a Hardin. E, por algum motivo, pensar nisso me lembra que amanhã é um novo dia. Droga. Isso significa que vou ter que acordar bem cedo para correr, então coloco minhas roupas sujas no cesto no corredor e vou até a cozinha para beber água e dizer boa noite para as garotas. Sabe como é, tentar restabelecer uma sensação de normalidade. Terminar a noite como se nada tivesse acontecido.

Tessa está sentada no sofá com os pés apoiados em uma almofada, e Nora está deitada no tapete com um travesseiro debaixo da cabeça, enrolada no meu cobertor marrom e vinho da casa Grifinória como se fosse um burrito. Olho para a TV: *A guerra dos cupcakes*. O de sempre. Essa duas não veem nada além do Food Network e dos dramas adolescentes do Freeform. Sou obrigado a admitir que gosto de alguns programas. O dos adolescentes caçadores de demônios é meu favorito. Esse e aquele da família adotiva.

"Vocês precisam de alguma coisa da cozinha?", pergunto, passando por cima dos pés de meias felpudas de Nora, que estão para fora do cobertor.

"Água, por favor." Tessa se inclina para a frente e pausa o programa. Uma mulher de cabelos pretos fica congelada na tela, com a boca aberta e as mãos imóveis no ar. Está estressada por causa de uns bolinhos queimados ou coisa do tipo.

"Tem alguma coisa além de água?", Nora pergunta.

"Aqui não é supermercado", Tessa brinca. Nora tira o travesseiro debaixo da cabeça e joga nela.

E Tessa sorri, quase rindo, mas então se segura. Uma pena. Ela tem uma risada ótima.

Além de Gatorade, não sei o que mais tem na geladeira, mas levanto um dedo para ela esperar e vou olhar. As garrafas estão perfeitamente alinhadas lá dentro. Claro. Sim, Tessa organiza a geladeira, e no fim temos muitas coisas a oferecer a uma alma sedenta além de água.

"Gatorade, chá gelado e suco de laranja!", grito.

Levo um susto ao ouvir a voz de Sophia bem perto de mim. "Eca, odeio Gatorade, a não ser o azul", ela diz, encarando minha bebida favorita como se fosse uma ofensa pessoal.

"Eca? Como é que você pode dizer uma coisa dessas, Sophia?" Lanço para ela um olhar incrédulo e apoio um dos braços na porta aberta da geladeira.

"É fácil." Ela sorri e encosta no balcão. "E para de me chamar de Sophia... Se eu tiver que pedir de novo, vou começar a chamar você de George Strait."

"George Strait?" Não disfarço o riso. "De todos os nomes que você poderia inventar, esse foi... enfim, isso foi muito aleatório."

Ela ri também, um riso suave com olhos atentos. Combina bem com seu jeito.

Nora-e-não-Sophia dá de ombros. "George é a primeira coisa que me vem na cabeça."

Tento lembrar a mim mesmo de pesquisar sobre a aparência de George Strait. Com certeza eu já ouvi antes, mas não ouço música country desde os tempos de criança.

Os cabelos de Nora agora estão presos em um rabo de cavalo; ondas compridas cobrem um de seus ombros, e ela está usando uma blusinha curta, com a barriga de fora, e uma legging bem justa. Para ser sincero, antes eu estava concentrado demais no *meu* corpo exposto para me preocupar com o dela.

Ela está dando em cima de mim? Não tenho como saber. Dakota sempre tirou sarro de mim por não perceber esse tipo de avanço feminino. Prefiro pensar que sou desatento, não inocente. Se fosse me preocupar com cada possível avanço, provavelmente iria me tornar um daqueles caras obcecados pelo o que as mulheres pensam deles. Passaria a questionar tudo o que digo ou faço. Poderia até começar a entupir o cabelo de gel e arrepiar as pontas, como aquele sujeito do programa *Lanchonetes clássicas*, que Tessa e Nora estavam vendo ontem à noite. Não quero ter que esconder meus livros de ficção científica, nem fingir que não sei de cor todas as falas dos filmes do Harry Potter. Não quero tentar parecer descolado. Com certeza, nunca vou ser. Nunca fui, e nem ligo para isso. Aliás, prefiro nem me enxergar como um concorrente dos milhões de homens perfeitos que existem por aí e manter meus livros nas prateleiras, torcendo para ter sorte suficiente para encontrar uma mulher que goste deles também.

Como não tenho Gatorade azul, ofereço o meu preferido, o vermelho. "Você é tão quietinho", Nora comenta quando entrego a garrafa. Ela dá uma olhada, ergue a sobrancelha e sacode negativamente a cabeça.

Eu continuo em silêncio.

"Melhor isso do que água, acho." O tom de voz dela é suave, nada implicante, apesar do sério problema da aversão ao Gatorade. Minha mente fica curiosa para conhecer outras opiniões dela. Será que existe outra bebida com excesso de açúcar a sofrer com sua implicância desnecessária? De repente, me pego interessado em saber. Enquanto me preparo para defender todas as minhas bebidas preferidas que correm risco de ser vítimas de ódio, ela abre a tampa da garrafa vermelha e dá um gole.

Depois de um instante, diz: "É". Em seguida dá de ombros, vira mais um gole e sai da cozinha.

Ela é esquisita. Não num sentido ela-mora-no-porão-da-casa--da-mãe-e-coleciona-miniaturas-de-Barbies. É esquisita porque não consigo sacar sua personalidade, e muito menos o que suas pausas e seus toques aleatórios significam. Em geral, eu costumo ler bem os sinais que as pessoas emitem.

Mas, em vez de me preocupar em decifrar esse código, pego uma água na geladeira, vou para o quarto, termino um texto que preciso escrever para a faculdade e vou para a cama.

4

A manhã não demorou a chegar. Fui para a cama por volta da uma da manhã e acordei às seis. Quantas horas de sono os médicos recomendam mesmo? Sete? Então, eu estou trinta por cento abaixo da meta. O que não é pouca coisa, admito. Mas me acostumei a dormir tarde e acordar cedo. Pouco a pouco, estou me tornando um nova-iorquino. Bebo café todos os dias, estou começando a me virar melhor no metrô e aprendi a dividir o espaço nas calçadas com as mamães que empurram seus carrinhos de bebê pelo Brooklyn.

Tessa também aprendeu tudo isso, junto comigo, mas com uma diferença significativa: eu dou muito menos dinheiro para os sem-teto no trajeto de ida e volta da faculdade. Já Tessa distribui metade do que ganha em gorjetas pelas ruas. Não que eu não esteja nem aí ou não queira ajudar, só prefiro doar café ou bolinhos quando possível, não dinheiro para sustentar eventuais vícios. Eu entendo a sensação de esperança de Tessa quando entrega uma nota de cinco dólares na mão de um mendigo. Ela acha mesmo que ele vai usar o dinheiro para comer ou comprar algum artigo de primeira necessidade. Eu não, mas fico sem jeito de falar. Talvez ela esteja certa no fim das contas, mas sei que boa parte de sua postura em relação aos sem-teto tem uma motivação pessoal. Tessa descobriu que seu pai, que por muito tempo não participou de sua vida, estava morando nas ruas. Os dois inclusive puderam se conhecer melhor por um tempo antes de ele sucumbir novamente aos antigos vícios e morrer, menos de um ano atrás. Foi bem difícil para ela, e acho que prestar assistência a esses desconhecidos ajuda a cicatrizar um pouco essa ferida aberta.

Para cada dólar que dá, ela é recompensada com um sorriso, um "obrigado" e um "Deus abençoe". Tessa é o tipo de pessoa que tenta extrair o melhor que cada um tem a oferecer. Ela se doa mais do que deveria, e espera que todos sejam generosos, mesmo quando isso não parece fazer parte da natureza dos indivíduos com quem está lidando. Acho que ela encara isso como uma missão, ou uma espécie de redenção por sua relação malsucedida com o pai, e talvez até com Hardin, que é um dos sujeitos mais difíceis que conheço. Pode ser que ela não tenha conseguido ajudar esses dois homens, mas pode fazer isso por essas outras pessoas. Sei que é muita ingenuidade, mas ela é minha melhor amiga, e isso é uma das poucas coisas que têm servido para animá-la ultimamente. Ela não dorme. Seus olhos acinzentados estão inchados noventa e nove por cento do tempo. Ela está lutando para superar uma separação catastrófica, a morte do pai, a mudança de cidade e uma transferência rejeitada para a NYU.

É um peso e tanto para uma pessoa carregar nas costas. Quando conheci Tessa, um ano atrás, ela era bem diferente. Por fora, era a mesma pessoa, uma loira bonita com olhos lindos, voz suave e notas altíssimas. Na primeira vez em que conversamos, foi como se eu tivesse encontrado uma versão feminina de mim mesmo. Imediatamente nos aproximamos, por termos sido os primeiros a chegar à sala no início das aulas na faculdade. Tessa e eu fomos aprofundando nossa amizade à medida que sua relação com Hardin ficava mais séria. Vi quando ela se apaixonou por ele, e ele ainda mais por ela, e fui testemunha quando tudo entre os dois desmoronou.

Vi os dois se destruindo mutuamente e tentando fechar as feridas. Vi os dois se tornarem tudo um para o outro, e depois nada, e depois tudo de novo. Foi difícil escolher um lado nessa batalha. Não foi uma guerra sem vítimas. Foi uma coisa complicada e confusa demais, então agora estou aprendendo uma lição, como Bella Swan, e me mantendo neutro, como a Suíça.

Nossa, estou usando *Crepúsculo* como referência. Preciso de uma dose de cafeína. Agora.

Quando chego à cozinha, Tessa está sentada à mesa com o celular na mão.

"Bom dia." Aceno para ela e ligo a máquina de Nespresso. Virei uma espécie de elitista em termos de café desde que comecei a trabalhar no Grind. E morar com uma pessoa igualmente obcecada só ajuda. Ela não é tão exigente, mas é tão viciada quanto eu.

"Bom dia, flor do dia", Tessa responde, distraída, a princípio mal levantando os olhos, mas logo em seguida ela vê o corte acima da minha sobrancelha e faz uma careta de preocupação. Depois de passar um pouco de Nebacetin no ferimento de manhã, achei que poderia me dar ao luxo de dispensar o band-aid da Disney.

"Eu estou bem, mas, porra, que vergonha." Pego uma cápsula de grãos brasileiros e enfio na máquina. O espaço da bancada no apartamento é mínimo, e a cafeteira ocupa metade do espaço entre a geladeira e o micro-ondas, porém é um artigo mais do que necessário.

Tessa sorri, mordendo o lábio. "É mesmo", ela concorda, cobrindo a boca para esconder o riso. Eu queria que ela risse. Queria lembrar como é compartilhar isso com ela.

Olho para sua minixícara de café. Está vazia.

"Precisa de um refil? Você trabalha hoje?", pergunto.

Ela suspira e pega o telefone, mas logo depois põe de volta na mesa. "Sim." Seus olhos estão vermelhos de raiva de novo. E pelas lágrimas que encharcaram seu travesseiro. Não ouvi seu choro ontem, mas isso não significa que ela não tenha chorado. Tessa está escondendo um pouquinho melhor seus sentimentos ultimamente. Ou pelo menos é o que ela acha.

"Sim para as duas coisas. Vou trabalhar. E preciso de mais café. Por favor", ela esclarece com um meio sorriso. Em seguida pigarreia e baixa os olhos para a mesa quando pergunta: "Você já sabe que dia o Hardin vem pra cá?"

"Ainda não. Faltam algumas semanas pra viagem, e você sabe como ele é." Eu encolho os ombros. Se tem alguém que conhece Hardin, é Tessa.

"Tudo bem mesmo pra você? Porque, se não estiver, posso pedir pra ele ficar num hotel ou coisa do tipo", sugiro.

Eu jamais gostaria de vê-la em uma situação desconfortável no próprio apartamento. Hardin brigaria comigo por causa disso, mas não estou nem aí.

Ela abre um sorriso forçado. "Não, não. Tudo bem. O apartamento é seu."

"E seu também", lembro a ela.

Ponho a primeira xícara de expresso no freezer para Tessa. Ultimamente ela só bebe café gelado. Minha suspeita é que até as coisas mais simples, como um café quente, a fazem se lembrar dele.

"Vou fazer uns turnos a mais no Lookout. Estou quase terminando o treinamento. Hoje vou trabalhar no brunch e no jantar."

Sinto meu peito apertado por causa da minha amiga, e nesse momento minha solidão deixa de parecer tão ruim, em comparação com seu coração destroçado.

"Se você mudar de ideia..."

"Não vou. Está tudo bem. Já faz... o quê?" Ela encolhe os ombros. "Quatro meses ou coisa do tipo?"

Claro que ela está fingindo não saber, mas apontar isso não vai me trazer nada de bom. Às vezes, é melhor deixar as pessoas sentirem o que precisam sentir. Esconder o que acham que precisam esconder e processar tudo como sentem que devem.

O café queima minha garganta. É forte e espesso, e de repente me sinto mais energizado do que um instante atrás. Sim, sei que esse efeito é psicológico, e não, eu não estou nem aí. Jogo a xícara na pia e pego meu moletom no encosto da cadeira. Meus tênis de corrida estão perto da porta, alinhadinhos com os demais sapatos... Coisas de Tessa.

Calço os tênis nos pés e saio.

5

O vento está gelado, e dá para sentir o cheiro do outono no ar. Essa sempre foi a minha estação preferida do ano. Adoro a espera pela chegada do frio, ver as folhas secando nas árvores, sentir o cheiro de cedro no ar. A temporada do futebol americano significa a chegada do início da temporada do hóquei, o que indica que a minha vida vai ficar mais interessante por um tempinho. Sempre adorei esperar pelo início dos campeonatos, varrendo o gramado com a minha mãe e pulando na pilha de folhas secas antes de enfiar em sacos plásticos estampados com abóboras.

Sempre tivemos muitas folhas para varrer, por causas das duas árvores enormes do jardim da frente. Mas o outono em Michigan nunca dura muito. No terceiro jogo de futebol americano, as luvas e as jaquetas já dominam a paisagem. E, apesar de ficar triste com o fim da meia-estação, sempre gostei do ar gelado contra a pele. Ao contrário da maioria das pessoas, eu me dou bem com o inverno. Para mim, frio significa esportes para ver, festas de fim de ano e uma quantidade obscena de doces armazenada na bancada da cozinha. Dakota sempre detestou o frio, porque ficava com o nariz vermelho e os cabelos ressecados. Mas continuava linda, sob camadas e camadas de roupa, e já começava a usar luvas de lã desde setembro.

O melhor lugar para correr no Brooklyn fica meio longe do meu apartamento. O McCarren Park é o ponto de ligação entre as duas partes mais hipsters do bairro: Greenpoint e Williamsburg. Barbas compridas e camisas de flanela passeiam às dezenas por esta parte da cidade. Os habitantes locais chegam com seus óculos de armação preta e abrem seus restaurantes minúsculos com iluminação reduzida para servir pequenas porções do paraíso. Na verdade, não entendo por que jovens de vinte e poucos anos querem se vestir como homens de setenta e tantos, mas a comida que cerca os descolados faz valer a pena a convivência com caras com bigodes penteados. A caminhada até meu parque favorito leva uns vinte minutos, então costumo ir correndo. Faço uma corrida de mais uma hora por lá e volto andando para desacelerar o corpo.

Passo por uma mulher colocando um bebê pequeno em um carrinho feito para mães que gostam de correr. Meus joelhos estão doloridos, mas, se ela consegue seguir em frente empurrando um bebê, eu não devo ter problemas. Dois minutos depois, o latejar na articulação se transforma em uma dor aguda. Mais trinta segundos e as pontadas já se espalharam pelos músculos. A cada passada, sinto as consequências da minha queda no chuveiro. Melhor deixar isso para lá.

Estou de folga hoje e, apesar de minha perna não estar colaborando, não quero ficar em casa no primeiro sábado livre que tenho desde que comecei a trabalhar. Tessa tem um turno a cumprir à noite. Além de ter ouvido isso da boca dela, ainda li no calendário grudado na geladeira. Decido ligar para minha mãe, então tiro o telefone do bolso e sento num banco. O parto está se aproximando, e dá para sentir o nervosismo mesmo daqui. Ela vai ser a melhor mãe que a minha irmãzinha poderia querer, acredite nisso ou não.

Minha mãe não atende. Bom, minha única amiga está ocupada e minha mãe não me atende, então não sei o que fazer a seguir. Sou oficialmente um fracasso. Levanto do banco e começo a contar os passos enquanto caminho. A dor no joelho não é tão forte se eu andar em vez de correr.

"Pela esquerda!", uma mulher correndo com um carrinho de bebê grita ao passar por mim. Ela está grávida, e dentro do carrinho há dois bebês gorduchos. Essa, sim, tem muito o que fazer. É uma tendência recorrente no Brooklyn — muitos bebês e carrinhos para transportá-los por aí. Vejo gente entrando com carrinhos até nos bares, com bebê e tudo, no início da noite.

Eu não tenho nada para fazer. Sou um universitário de vinte anos vivendo naquela que é considerada a melhor cidade do mundo e não tenho nada para fazer no meu dia de folga.

Fico com pena de mim mesmo. Na verdade, não, mas prefiro choramingar e reclamar do tédio da vida a arriscar uma tentativa de conquistar novas amizades. Não sei nem por onde começar a fazer isso. A NYU não é um ambiente tão amistoso quando a WCU e, se Tessa não tivesse puxado papo comigo, eu provavelmente não conseguiria ter feito amigos por lá também. Tessa foi a primeira amiga que fiz desde a morte de Carter.

Hardin não conta, porque a situação com *ele* foi bem mais complicada. O cara agia como se me odiasse, mas não parecia ser exatamente o caso. Na verdade, era mais como se a relação dele com o pai fosse uma síntese de tudo o que havia de errado na vida dele. Hardin estava com ciúme, e hoje eu entendo isso. Não era justo que eu ficasse com a versão nova e melhorada de seu pai, que antes era alcoólatra e emocionalmente abusivo. Ele me detestava por eu ter em comum com seu pai o gosto por esportes. E detestava o fato de nós vivermos em uma casa grande e confortável como uma família, e desprezava o carro que seu pai me deu. Eu sabia que ele seria uma parte complicada da minha nova vida, mas não imaginava que conseguiria me identificar com sua raiva e compreender seu sofrimento. Afinal, também não fui criado em um lar perfeito, como ele achava.

Meu pai morreu antes que eu tivesse a chance de conhecê-lo, e todo mundo na minha vida tentava dar um jeito de compensar isso. Minha mãe me encheu de histórias sobre o cara na minha infância, em uma tentativa de compensar sua morte precoce. O nome dele era Allen Michael, e pelo que ela dizia era um cara de cabelos castanhos e compridos e uma cabeça cheia de sonhos. Queria ser um astro do rock, segundo minha mãe. Histórias como essa me faziam sentir saudade de uma pessoa que não conheci. Era um homem humilde, minha mãe falou, que morreu de causas naturais cedo demais, aos vinte e cinco anos, quando eu tinha só dois. Seria uma sorte para mim conhecê-lo, mas não aconteceu. O sofrimento de Hardin é de outro tipo, mas sempre acreditei que as mágoas são uma coisa que as pessoas não devem tentar comparar.

A maior diferença entre a minha criação e a de Hardin estava nas nossas mães. A minha tinha a sorte de contar com um bom emprego na cidade, e o seguro de vida pago pela fábrica em que meu pai trabalhava proporcionou algum nível de tranquilidade. Já a mãe de Hardin trabalhava sem parar, porém mal conseguia sustentar os dois. A vida deles foi muito, muito pior.

Não é fácil pensar em Ken, meu padrasto, da maneira como Hardin o conheceu. Para mim, ele sempre foi o homem gentil, bem-humorado e sóbrio que é hoje — o reitor da WCU, ainda por cima. Ele fez muito bem para minha mãe, e a ama até o limite do impossível. É mais apaixonado por ela do que era pela bebida, e Hardin se ressentia disso, mas hoje entende que não era uma questão de competição. Se Ken pudesse, teria trocado a garrafa pelo filho muito tempo antes. Mas às vezes não somos tão fortes quanto precisamos. A mágoa de Hardin foi borbulhando, e se transformou em uma chama aberta que ele não tinha como conter. Quando a merda toda bateu no ventilador e Hardin — junto com o resto de nós — descobriu que Ken não é seu pai biológico, o fogo se espalhou mais do que nunca e o consumiu pela última vez. Depois disso, ele resolveu assumir as rédeas da própria vida e ter controle sobre si mesmo e suas atitudes.

Seja o que for a terapia a que ele está recorrendo, está dando certo, e fico contente por isso. E isso fez muito bem para minha mãe também, que ama aquele nervosinho como se fosse seu próprio filho.

Passo por um casal de mãos dadas passeando com o cachorro e sinto ainda mais pena de mim mesmo. Será que eu deveria estar namorando? Não sei nem por onde começar. Queria a conveniência de ter alguém por perto o tempo todo, mas não sei se conseguiria namorar alguém que não fosse Dakota. Esse lance de namoro parece cansativo, e só faz seis meses que ela terminou comigo. E *ela*, será que está namorando? Será que quer isso? Não consigo imaginar alguém que me conheça tão bem quanto ela, ou que possa me fazer feliz na mesma medida. Ela me conhece há muito tempo, demoraria anos para desenvolver esse nível de intimidade com alguém... Como foi com ela.

Não sei se disponho de todo esse tempo para esperar; não estou ficando mais jovem à medida que o tempo passa. Mas pensamentos como esse não me ajudam em nada a seguir em frente.

O casal detém o passo para se beijar, e eu desvio o olhar, mas com um sorriso, porque fico feliz pelos dois. Fico feliz pelos desconhecidos que não precisam passar suas noites sozinhos, batendo uma no chuveiro.

Argh, como estou amargurado.

Estou parecendo o Hardin.

Por falar em Hardin, posso ligar para ele e matar o tempo por uns cinco minutos antes de ter o telefone desligado na minha cara. Pego o celular no bolso e clico em seu nome.

"Quê?", ele diz pouco antes do segundo toque.

"Nada como suas saudações calorosas." Atravesso a rua e continuo minha caminhada meio sem rumo na direção do meu apartamento. Eu preciso começar a conhecer melhor a região, aliás. Posso começar a fazer isso hoje.

"Isso é o mais caloroso que você vai ter. Está querendo alguma coisa em especial?"

Um taxista esquentadinho grita pela janela com uma mulher de idade que atravessa a rua devagar diante de seu carro.

"Estou vendo uma versão de você no futuro agora mesmo", digo a ele, aos risos. Observo a cena até o final, para ter certeza de que a velhinha chegaria à outra calçada em segurança.

Ele não me acompanha no riso, nem pergunta do que estou falando.

"Estou entediado e queria conversar sobre sua viagem pra cá", digo ao telefone.

"O que é que tem? Eu ainda não comprei a passagem, mas vai ser lá pelo dia treze."

"De setembro?"

"Lógico."

Praticamente dá para ver seus olhos se revirando do outro lado do país. "Você vai ficar num hotel ou no meu apartamento?"

A velhinha chega ao outro lado da rua e sobe os degraus daquela que parece ser sua casa.

"O que ela prefere que eu faça?" O tom de voz dele é controlado e cauteloso. Não é preciso dizer o nome dela, que ele não menciona há um bom tempo.

"Ela disse que não liga se você ficar no apartamento, mas, se mudar de ideia, não tem jeito, vamos ter que arrumar outra opção."

Eu não costumo assumir nenhuma preferência entre os dois, mas nesta situação minha prioridade é Tessa. É o choro dela que escuto todas as noites. É ela quem está tentando reconstruir sua vida. Eu não sou bobo — Hardin pode estar sofrendo ainda mais. Só que ele conta com um bom sistema de apoio ao seu redor, e está fazendo terapia.

"É, eu sei, caralho."

Não fico nem um pouco surpreso com sua irritação. Hardin detesta que qualquer um, inclusive eu, sinta que precisa proteger Tessa. Essa é a função dele, em sua opinião. Apesar de ser justamente dele que quero protegê-la.

"Eu não vou fazer nenhuma burrada. Tenho uns compromissos agendados, e queria passar um tempo com vocês dois. Sinceramente, fico feliz só de estar na mesma cidade que ela."

Resolvo me concentrar na primeira parte do que ele disse. "Que tipo de compromissos? Está pensando em se mudar pra cá?"

Eu torço para que não. De jeito nenhum me sinto pronto para voltar a viver no meio de uma zona de guerra. Pensei que demoraria pelo menos mais alguns meses para que as forças da insanidade voltassem a juntar esses dois.

"Nem fodendo. É sobre umas paradas que eu venho fazendo, só isso. Conto melhor quando tiver mais tempo, o que não é agora. Estou com outra chamada na espera. Tchau." Ele desliga antes que eu possa responder.

Olho para o tempo da ligação na tela. Cinco minutos e doze segundos, um recorde. Atravesso a rua e guardo o celular de volta no bolso. Quando viro a esquina, dou uma olhada ao redor para me localizar. Fileiras de sobrados e prédios baixos de ambos os lados da rua. Ao final do quarteirão, uma pequena galeria de arte com gravuras exibindo formas coloridas e abstratas penduradas na vitrine. Nunca entrei nesse lugar, mas posso imaginar que essas peças custam uma fortuna.

"Landon!", uma voz conhecida me chama do outro lado da rua.

Vasculho a calçada até encontrar Dakota. Que coisa essa mulher, com essas roupas minúsculas. Está vestida da mesma forma que ontem: lycra justa, short de ginástica, top. Seus peitos não são muito grandes, mas são os mais empinadinhos que já vi. Não que tenha visto muitos, mas os dela são incríveis.

Ela começa a acenar enquanto atravessa o cruzamento. Se esse encontro não foi um fruto do destino, não sei o que mais pode ser.

6

Quando chega até mim, Dakota imediatamente me agarra pelo pescoço e me puxa para perto de si. O abraço dura um pouco mais que o habitual, e depois de se afastar ela apoia a cabeça no meu braço. Dakota é quase dois palmos mais baixa que eu, porém sua massa de cachos, sobre a qual sempre gostei de fazer brincadeirinhas, acrescenta alguns centímetros à medição oficial da carteira de motorista.

Seu nariz está vermelho, e seus cabelos, especialmente desalinhados. Ainda nem está muito frio, mas o vento está forte, e o ar que vem do East River é sempre um pouco mais gelado. Ela não está vestida de forma muito apropriada para o outono; na verdade, está pouquíssimo vestida. Mas eu é que não vou reclamar.

"O que você está fazendo por estes lados?", pergunto.

Ela mora em Manhattan, mas é a segunda vez que a vejo no Brooklyn esta semana.

"Correndo. Atravessei a Manhattan Bridge, depois continuei vindo em frente." Seu olhar cruza com o meu, mas logo em seguida se volta para minha testa. "Que diabos aconteceu com a sua cara?". Seus dedos pressionam minha pele, e eu faço uma careta.

"É uma longa história." Passo as mãos no ponto sensível e dolorido e sinto o coágulo de sangue perto do corte.

"Entrou numa briga da rua a caminho daqui?", ela provoca, e sinto um formigamento no peito, uma saudade ainda maior agora que estamos frente a frente.

Sem chance que eu vou falar sobre o que aconteceu com a minha testa. Ou meu joelho. Nossa, fico me sentindo um tarado toda vez que estou diante de Dakota, e só consigo gozar pensando nela.

"Não exatamente." Balanço negativamente a cabeça e continuo: "Levei um tombo no chuveiro. Mas gostei mais da sua versão. Me faz parecer mais descolado". Dou uma risada e lanço um olhar para ela.

Minha resposta a diverte, e ela joga o peso do corpo para trás, apoiando-se nos calcanhares dos tênis Nike cor-de-rosa. Os detalhes amarelos do tênis combinam com o top, e o cor-de-rosa combina com o shortinho minúsculo.

"Então, o que você está fazendo na rua? Está a fim de um café ou coisa do tipo?", ela sugere.

Seus olhos se dirigem para o outro lado da rua e se fixam no casal que vi antes. Os dois caminham de mãos dadas, com os dedos entrelaçados, pelas ruas do Brooklyn. É uma visão romântica, o casaco dele sobre os ombros dela, ele se inclinando para beijá-la na testa.

Dakota volta a olhar para mim, e desejo saber o que está se passando em sua cabeça. *Ela está com saudade de mim? Ver esse casal feliz de mãos dadas a faz querer meu afeto?*

Ela quer se aproximar de mim agora — *o que isso quer dizer?* Não tenho absolutamente nada com que me ocupar, mas é melhor fingir que faço alguma coisa da vida além de estudar e trabalhar.

“Estou com um tempinho livre agora.” Encolho os ombros, e ela enlaça seu braço no meu para guiar o caminho. Durante a caminhada, tento compilar uma lista de tópicos normais de conversa que dificilmente terminariam em constrangimento. Digo “dificilmente” porque, se existe alguém com talento para transformar situações normais em constrangimento, esse alguém sou eu.

A caminhada até o Starbucks é de apenas dois quarteirões, mas Dakota fica o tempo todo em silêncio. Tem alguma coisa errada com ela, dá para sentir.

“Está com frio?”, pergunto. Deveria ter feito essa pergunta antes. Só pode estar, assim com tão pouca roupa.

Ela olha para mim e faz que não com a cabeça, apesar de o nariz vermelho dizer o contrário.

“Toma aqui.” Me afasto dela com um gesto suave, tiro a blusa de moletom e entrego em sua mão.

Meu coração se aperta um pouco quando ela cheira o tecido cinza, como costumava fazer. Dakota adorava usar minhas blusas quando estávamos no colégio. Eu precisava comprar roupas novas várias vezes por mês para compensar as surrupiadas por ela.

“Você ainda usa Spicebomb.” É uma afirmação, não uma pergunta. Foi ela que comprou meu primeiro vidro de perfume, no nosso primeiro Natal juntos, e depois todos os anos.

“Pois é. Algumas coisas não mudam nunca.” Observo enquanto ela veste a blusa. Seus cachos acabam atrapalhando, e eu a ajudo a fazer a gola da peça passar por seus cabelos indomáveis. A blusa chega até seus joelhos.

Ela olha para a estampa na parte da frente.

“Relíquias da morte.” Ela toca a ponta do triângulo com as unhas sem esmalte. “Algumas coisas não mudam mesmo.”

Fico esperando por um sorriso seu, que não vem.

Ela cheira a blusa de novo.

"Isso é por que você gosta do cheiro ou por que ainda tem vários vidros que eu dei de presente?" Dakota enfim dá risada, mas, outra vez, alguma coisa não parece certa.

"Você pega uma mesa e eu busco o café", ofereço. Em Saginaw, era sempre assim: ela escolhia a mesa, em geral perto da janela, e eu pegava as bebidas. Pegávamos frappuccinos mocha, com uma dose extra de açúcar para ela e uma extra de café para mim. Sempre pedi duas fatias de bolo de limão para acompanhar, e ela sempre comia a cobertura do meu.

Meus gostos foram mudando ao longo dos anos, e não consigo mais beber esse milk-shake açucarado disfarçado de café. Peço um frappuccino para ela e um café americano para mim. E dois pedaços de bolo de limão. Enquanto espero que chamem meu nome, olho para a mesa onde Dakota está sentada, olhando para o nada, com o queixo apoiado nas mãos.

"Um frapê mocha e um americano para... London!" A barista bonita grita meu nome errado. Mas coloca as bebidas sobre o balcão com toda a solicitude e um sorrisão no rosto, como todos os demais empregados da rede da sereia.

Dakota se ajeita melhor no assento quando eu chego à mesa. Entrego seu copo de plástico enorme, e ela fica de olho no meu.

"O que é isso?", ela quer saber.

Eu me sento à sua frente, e ela leva o copo aos lábios.

"Você não vai gostar...", tento avisar.

É tarde demais. Ela não cospe, mas claramente sente vontade. Sua boca está cheia da mistura de água e café expresso, e ela fica parecendo um esquilinho ao fazer uma careta para tentar engolir.

"Eca! Como você consegue beber isso?", ela grita quando enfim consegue fazer descer pela garganta. Deslizo o copo dela para mais perto. "Tem gosto de alcatrão puro... eca!"

Ela sempre foi meio dramática.

"Eu gosto." Encolho os ombros e dou um gole no café.

"Desde quando você bebe esses cafés metidos a besta?" Dakota franze o nariz de nojo outra vez.

Dou uma risadinha. "Não é nada 'metido a besta'. É só café expresso misturado com água", digo para defender minha bebida.

Ela solta um risinho de deboche. "Parece bem metido a besta para mim."

Tem alguma coisa por trás das palavras dela. Ainda não consigo identificar ao certo o que é, mas parece que ela está brava com alguma coisa, e eu não sei o que fiz para isso.

É como se ainda namorássemos.

"Comprei bolo de limão também. Duas fatias." Empurro o saco de papel para perto dela, do outro lado da mesa. Ela sacode a cabeça e empurra de volta para o meu lado.

"Não posso mais comer essas coisas, e esse café vai ser meu almoço." Ela franze o nariz, e me lembro de suas reclamações sobre as mudanças de hábitos alimentares que precisou fazer ao começar a frequentar a academia. É preciso manter uma dieta bem restrita, que certamente não deixa espaço para bolo de limão.

"Desculpa aí." Faço uma careta e dobro a borda do saco de papel para fechá-lo. Vou levar para casa e comer mais tarde, quando não houver nenhuma testemunha da minha gula.

"Como é que você está?", pergunto depois de um longo silêncio. É como se nenhum dos dois soubesse como agir, agora que não somos mais namorados. Estamos agindo como se fôssemos desconhecidos.

Somos amigos desde muito antes de virarmos namorados; nossa amizade cresceu quando me tornei o melhor amigo do irmão dela. Sinto um calafrio na espinha enquanto espero pela resposta.

"Eu estou bem." Ela solta um suspiro, fechando os olhos por um momento. Eu sei que é mentira.

Estendo o braço para o outro lado da mesa e ponho a mão ao lado da sua. Tocá-la não seria apropriado, mas sinto muita, muita vontade de fazer isso. "Você sabe que pode me contar."

Ela soltou outro suspiro, desta vez de recusa.

"Eu sou seu porto seguro, lembra?" Eu lembro o meu compromisso com ela. Na primeira vez em que a encontrei chorando na frente de casa com os cabelos sujos de sangue, prometi que iria sempre mantê-la segura. Nem o tempo, nem um rompimento de namoro seriam capazes de revogar isso.

Claramente não é o que ela queria ouvir, porque Dakota afasta minha mão.

"Não preciso de um porto seguro, Landon, preciso de... bom, sei lá do que preciso, porque a minha vida está desmoronando, e eu não sei como consertar essa porra toda." Os olhos dela assumem uma expressão mais séria e ficam à espera de uma resposta.

A vida dela está desmoronando? O que isso quer dizer?

"Como assim? Por causa dos estudos?"

"Não só isso. Por causa de tudo... literalmente cada maldita parte da minha vida."

Não consigo entender. Deve ser porque ela não me ofereceu nenhuma informação que me permita ajudar.

Quando eu tinha uns quinze anos, percebi que faria qualquer coisa para vê-la bem. Eu sou o cara que põe a casa em ordem, que dá um jeito nos problemas de todos, principalmente da vizinha de cabelos cacheados com um pai filho da puta e um irmão que mal podia abrir a boca em casa sem ganhar um hematoma em troca. E aqui estamos nós, cinco anos depois, longe daquela cidadezinha pacata e decadente, longe daquele homem, e de fato, certas coisas nunca mudam.

"Me diz alguma coisa que eu possa entender." Minha mão encosta na sua, e ela a recolhe, como eu sabia que aconteceria. E eu deixo. Sempre deixei.

"Ainda não contei que fiquei treinando, *treinando* e treinando um pouco *mais* nos últimos dois meses. Pensei que o papel fosse meu. Minhas notas até caíram por causa do tempo que eu dediquei aos ensaios para o teste." Ela solta o ar com força e fecha os olhos.

"E o que aconteceu no teste? Por que você não passou?" Preciso de mais algumas informações para tentar oferecer uma solução.

"Porque eu não sou branca." Ela diz isso em um tom bem alto e convicto.

Sua resposta atinge diretamente a pequena bolha de raiva que se infla dentro de mim apenas em razão de coisas que não tenho como resolver. Posso dar um jeito em um monte de coisas, mas ignorância não é uma delas, por mais que eu pudesse querer.

"Eles disseram isso?" Mantenho um tom de voz baixo, apesar de não ser essa minha vontade. Será possível que alguém possa dizer isso para uma estudante?

Ela faz que não com a cabeça, soltando um suspiro.

"Não, isso não foi necessário. Todos os papéis principais ficam com gente branca. Estou de saco cheio disso."

Eu me recosto na cadeira de madeira e dou o primeiro gole no meu café.

"Você conversou com alguém sobre isso?", questiono.

Já falamos sobre isso antes algumas vezes. Ser mestiça no meio-oeste não incomodava ninguém no nosso bairro, nem na nossa escola. A população de Saginaw é bem variada em termos étnicos, e eu morava em um bairro habitado em sua maioria por negros. Mesmo assim, havia momentos em que perguntavam para ela ou para mim o que estávamos fazendo juntos.

Por que você só namora com caras brancos?, as amigas dela questionavam.

Por que você não arruma uma namorada branca?, umas garotas cafonas com delineador demais nos olhos e canetas de gel em suas mochilas que imitavam marcas famosas compradas no Kmart me perguntavam. Nada contra o Kmart, sempre gostei dessa loja, e até senti falta depois que fechou. Bom, a não ser pelo chão grudento — isso era muito ruim.

Dakota bebe pelo canudo por alguns segundos. Quando para, tem um pouquinho de creme grudado perto do lábio. Preciso me segurar para não limpar com o dedo.

"Lembra quando a gente ficava no Starbucks lá em Saginaw?"

E, de um momento para o outro, ela se desvia do assunto principal. Não quero forçá-la a continuar falando a respeito. Nunca fiz isso.

Faço que sim com a cabeça.

"Lembra que a gente sempre dava um nome falso?" Ela dá risada. "Teve uma vez que a moça ficou puta porque não sabia escrever Hermione e se recusou a anotar nosso nome no copo, lembra?"

A risada dela agora é para valer, e de repente volto a ter quinze anos, correndo pelas ruas atrás da sempre rebelde Dakota, que se inclinou sobre o balcão e pegou a caneta do bolso do avental da mulher. Estava nevando nesse dia, e chegamos em casa emporcalhados de lama. Minha mãe não entendeu nada quando Dakota gritou que estávamos fugindo da polícia quando subimos correndo para o quarto da minha antiga casa.

Eu me junto à sua recordação. "A gente achou mesmo que a polícia ia perder tempo com uma caneta afanada por dois adolescentes."

Alguns clientes olham na nossa direção, mas o café está lotado, então eles logo arrumam outra distração, algo mais interessante que uma conversa constrangida de um casal de ex-namorados.

"Carter falou que a mulher disse que a gente não ia poder mais voltar lá", ela acrescenta, ficando mais séria.

A menção ao nome de Carter faz minha nuca se arrepiar.

Dakota deve ter percebido alguma coisa nos meus olhos, porque estende o braço e segura minha mão. Eu sempre deixo que ela faça isso.

Usando um artifício dela, resolvo mudar de assunto. "A gente se divertia um bocado em Michigan."

Dakota inclina a cabeça, e a luz do ambiente atinge seus cabelos, fazendo-a brilhar. Neste momento percebo o quanto ando solitário ultimamente. Fora o toque rápido de Nora, eu não encostava em ninguém fazia meses. Não beijo ninguém há meses. Não abracei ninguém além de Tessa e minha mãe desde a última visita que Dakota me fez em Washington.

"Pois é, bastante", ela responde. "Aí você me largou."

7

Fico me perguntando se a expressão no meu rosto é capaz de revelar como estou me sentindo. Não ficaria surpreso em caso positivo. Meu pescoço certamente deu um pulo quando ela disse isso. *Ela deve ter visto isso*, é a única coisa que consigo pensar enquanto a encaro, incrédulo, e fico à espera de uma retratação daquelas palavras.

"Que foi?", ela pergunta, com um tom impassível.

Não acredito que ela...

"Eu não fui embora porque quis... eu não tinha escolha." Mantenho um tom de voz baixo, mas espero que ela perceba a sinceridade das minhas palavras.

O cara da mesa ao lado dá uma espiada rápida em nós, depois volta sua atenção de novo ao laptop. Seguro suas duas mãos sobre a mesa e dou um aperto de leve. Entendo o que está acontecendo. Ela está chateada por causa dos estudos, por isso projetou sua raiva e seu estresse sobre mim. Sempre foi assim, e eu sempre compreendi.

"Isso não muda nada o que aconteceu. Você foi embora, Carter não estava mais lá, meu pai..."

"Eu não teria ido a lugar nenhum se tivesse escolha. Minha mãe estava de mudança, e ficar para completar meus estudos no colégio não era motivo suficiente para morar sem ela em Michigan. Você sabe disso."

Pego leve com ela, assim como faria com um animal ferido atacando quem quer que se aproxime.

Sua raiva imediatamente perde força, e ela suspira. "Eu sei. Desculpa." Seus ombros desabam, e ela me olha.

"Você sempre falou comigo sobre todos os assuntos", lembro. Sei como é se sentir alguém tão pequeno em uma cidade tão grande. Nunca a ouvi falar sobre nenhuma amiga além de Maggy, e agora sei de sua amizade com Aiden, que por algum motivo horroroso existe, apesar de eu não entender por que, mas acho que prefiro não saber. A maneira como ela deu aquela voltinha para ele...

Dakota olha para a porta e solta outro suspiro. Nunca tinha ouvido uma pessoa suspirar tanto assim. "Estou bem. Vou ficar bem. Só precisava desabafar, acho."

Para mim, isso não basta.

"Você não está bem, não, Bebezinha", digo, instintivamente usando o apelido pelo qual costumava chamá-la. Seu rosto franzido se torna um sorriso tímido, e eu me recosto para deixar a familiaridade tomar conta. Ela está se abrindo, finalmente, e isso me deixa menos desconfortável na sua presença.

"Sério mesmo?" Dakota arrasta a cadeira para mais perto de mim. "Agora você pegou pesado."

Abro um sorriso, sacudindo a cabeça e ficando em silêncio. Não recorri ao apelido para me aproveitar dela de forma nenhuma.

Simplesmente a chamei assim sem querer um dia — sem saber nem por que, sendo bem sincero — e a coisa pegou. Ela se derreteu toda nesse dia, assim como agora. Isso me escapou sem pensar, mas não vou dizer que não fico contente quando ela encosta a cabeça no meu braço, segurando-o com a mão. Esse apelido bobo e sem motivo sempre exerce o mesmo efeito sobre ela. E eu admito que sempre adorei isso.

"Você está tão forte", ela comenta, apertando meu bíceps. "Desde quando isso?"

Ando me exercitando mais ultimamente, e estaria mentindo se dissesse que não queria impressioná-la, mas, agora que ela reparou, e com tanta proximidade, fico um pouco tímido.

As mãos de Dakota sobem e descem pelo meu braço, e com um movimento suave afasto seus cachos do meu rosto.

"Sei lá", respondo por fim, com um tom bem mais suave do que pretendia. Seus dedos continuam passeando pela minha pele, traçando formas invisíveis, me provocando arrepios. "Ando correndo bastante, e tem uma academia no meu prédio. Não uso muito, na verdade, mas corro todos os dias."

É muito bom ser tocado. Eu tinha me esquecido do simples prazer de ter uma companhia, e ainda mais o calor de outra pessoa. A imagem das unhas de Nora se arrastando pela minha barriga surge na minha mente, me fazendo estremecer. O toque de Dakota é diferente, mais suave. Ela sabe como encostar em mim, o que estou acostumado a receber. O toque de Nora reverberou em mim, o de Dakota me acalma.

Por que estou pensando em Nora?

Dakota continua me acariciando por um tempo, enquanto tento parar de pensar em Nora.

Fico um pouco envergonhado por receber esse tipo de atenção, mas, por outro lado, é bom sentir meu esforço recompensado. Transformei meu corpo como um todo nos últimos dois anos, e fico contente por ela ter gostado. Dakota sempre foi a pessoa bonita no nosso relacionamento, e talvez meu novo tipo físico a faça querer encostar mais em mim, talvez até passar mais tempo comigo.

É um pensamento raso e até desesperado, porém também o máximo que posso esperar em relação a Dakota.

Ela está ainda mais linda hoje em dia, e imagino que vá se tornar ainda mais à medida que for se transformando em uma mulher. Fizemos planos para entrarmos juntos na vida adulta. Teríamos dois filhos, segundo ela, apesar de eu preferir quatro. O mundo parecia diferente naquela época, e a ideia de que poderíamos ser o que quiséssemos tinha um aspecto bastante tangível. Em uma cidadezinha do meio-oeste americano, os holofotes e a cidade grande parecem inalcançáveis para a grande maioria — mas não para Dakota.

Ela sempre quis mais. Sua mãe era uma aspirante a atriz que se mudou para Chicago para entrar no ramo do teatro e tentar se tornar uma grande estrela. Isso nunca aconteceu; a cidade destruiu sua alma, e ela se tornou viciada na vida noturna, e nas coisas que as pessoas tomam para se manter acordadas e curtir a noite. No fim, conseguiu sair dessa, e Dakota sempre se demostrou determinada a fazer o que sua mãe não conseguiu: ter sucesso.

Ela chega mais perto. Seus cabelos pinicam meu nariz, e eu me recosto ainda mais na cadeira.

"Amanhã eu vou rir desse meu chilique", ela comenta, se ajeitando na cadeira, desviando o assunto de mim.

Digo que amanhã tudo vai parecer diferente, melhor, e que se precisar de alguma coisa, basta me ligar.

Ficamos em um silêncio sem constrangimento por um tempo antes de o celular de Dakota começar a tocar. Enquanto ela conversa, pego um guardanapo na mesa e começo a picar em pedacinhos.

Por fim, ela diz ao telefone: "Estou indo aí, segura um lugar pra mim", e enfia o aparelho na mochila. Dakota fica de pé com um gesto abrupto e joga a mochila no ombro. "Era o Aiden." Ela dá um gole enorme no frappuccino. Com o peito apertado, eu me levanto também. "Está rolando um teste, e ele arrumou uma vaga para mim. É para um anúncio da academia na internet. Preciso ir, mas valeu pelo café... a gente precisa se encontrar pra conversar de novo!" Ela põe a mão no meu ombro e me dá um beijo no rosto.

E, depois disso, desaparece porta afora. O frappuccino pela metade continua sobre a mesa, como um lembrete vergonhoso da minha solidão.

8

Na caminhada de volta para casa, fico pensando:

a) Isso foi estranho.

b) Eu detesto Aiden, com seu cabelo platinado e suas pernas compridas — que diabos ele quer com ela, aliás?

c) Ele provavelmente está tentando atraí-la para o lado das trevas — mas eu estou de olho!

Quando abro a porta do apartamento, sou recebido por um cheiro forte de baunilha. Ou Tessa exagerou no hidratante de novo ou está assando alguma coisa. Torço pela segunda opção. O cheiro de doces assando no forno é reconfortante para mim — minha casa na infância tinha sempre o aroma delicioso de cookies de chocolate e xarope de bordo —, e não quero me sentir assim por causa de um cosmético; morder essa isca seria como o que acabou de acontecer no caso de Dakota...

Jogo a chave na mesinha no hall de entrada e faço uma careta quando meu chaveiro dos Red Wings arranca uma lasca da madeira.

Minha mãe me deu essa mesa quando me mudei para Nova York e me fez prometer que cuidaria bem dela. Foi um presente da minha avó, e minha mãe tem adoração por tudo o que tenha relação com sua falecida mãe, principalmente por não ter sobrado muita coisa — já que Hardin destruiu um armário inteiro de seus amados pratos de porcelana.

Minha avó era uma mulher das mais amorosas, de acordo com minha mãe. Só tenho uma lembrança dela, e não é nada amorosa. Eu estava com seis anos na época, e ela me pegou roubando um punhado de amendoim de um cesto a granel no mercadinho da cidade. Eu estava com a boca e os bolsos cheios deles quando sentei no banco de trás de sua perua. Não me lembro por que fiz isso, nem se entendia o que estava fazendo, mas, quando ela se virou para me olhar, me pegou abrindo as cascas e comendo. Minha avó meteu o pé no freio na hora, e me fez engasgar com um pedaço de casca. Segundo ela, eu estava fingindo, o que só a deixou ainda mais irritada.

Enquanto eu tossia sem parar e tentava recuperar o fôlego, ela deu meia-volta com o carro bem no meio da avenida, ignorando as buzinas dos motoristas compreensivelmente irritados, e me levou de volta ao mercado. Ela me obrigou a confessar o que tinha feito e me desculpar não só com a moça do caixa, mas também com o gerente. Me senti humilhado, mas nunca mais roubei.

Ela morreu quando eu ainda estava no ensino fundamental, deixando duas filhas que não tinham como ser mais diferentes umas das outras. O restante de informação que tenho a seu respeito vem da minha tia Reese, que a faz parecer um tornado, em comparação com o restante da família, composta por gente bem tranquila. Quem mexesse com alguém dos Tucker, que era o sobrenome de solteira da minha mãe, era obrigado a encarar a vovó Nicolette.

A tia Reese é viúva de um policial, tem cabelos loiros e compridos, em um penteado armado e escandaloso, como suas opiniões sempre abundantes sobre tudo. Sempre gostei de ficar com ela e Keith, seu marido, antes que ele morresse. Ela era uma mulher alegre, divertida, que ria pelo nariz. O tio Keith, que já era incrível do meu ponto de vista por ser da polícia, sempre me dava um card de hóquei quando a gente se encontrava. Por várias vezes, desejei que ele fosse meu pai. Patético, eu sei, mas às vezes eu só queria ter uma companhia masculina. Até hoje, me lembro de quando ele morreu, dos gritos desesperados da minha tia ecoando pelos corredores, e do rosto pálido e das mãos trêmulas da minha mãe quando me falou: "Está tudo bem, querido, pode voltar pra cama".

A morte de Keith virou a vida de todos de cabeça para baixo, em especial a de tia Reese. Ela quase perdeu a casa em que vivia por pura *tristeza*. Não tinha mais motivação para viver, muito menos para pegar o talão de cheque e fazer os pagamentos da hipoteca com o dinheiro do seguro de vida do marido. Ela parou de fazer faxina, de cozinhar, de se arrumar, mas tomava conta direitinho dos filhos. Suas crianças estavam sempre limpas e arrumadas, com as barriguinhas arredondadas servindo como prova de que vinham em primeiro lugar para ela. Dizem que minha tia deu todo o dinheiro que recebeu pela morte de Keith à filha mais velha dele, de um relacionamento anterior. Eu nunca a conheci, então não sei se é verdade ou não.

Reese e minha mãe foram próximas a vida inteira, já que a diferença de idade entre as duas era de apenas dois anos. Apesar de a tia Reese só ter feito uma visita a Washington, elas sempre se falavam ao telefone. A morte da minha avó não parece ter afetado Reese tanto quanto a minha mãe. Ela lidou com a questão falando pouco e produzindo muito na cozinha. Mesmo assim, foi um momento bem difícil, e essa mesa que acabei de arranhar é a única lembrança que lhe restou.

Um filho ruim, sou eu...

"Oi?", Tessa chama da cozinha, interrompendo a procissão de mestres Yoda que começa a rondar minha cabeça.

Eu me abaixo para tirar os tênis e poupar o piso impecável de madeira antiga. Tessa passou a semana passada inteira encerando, e aprendi rapidinho a lição de não entrar em casa calçado por uns tempos. A cada pegada, juro que ela passava vinte minutos no chão com a enceradeira portátil na mão.

Considerando a sujeira espalhada pelas ruas de Nova York, seria melhor me acostumar a fazer isso sempre, inclusive...

"Oi?", Tessa repete, e desta vez sua voz está mais próxima.

Quando levanto os olhos, dou de cara com ela a poucos passos de mim.

"Você me assustou", ela diz. Tessa anda preocupada desde que um apartamento do primeiro andar do prédio foi arrombado. Ela não toca muito no assunto, mas dá para notar seus olhares preocupados para a porta a cada vez que ouve um barulho no corredor.

Tessa está usando uma camiseta da WCU e legging preta coberta por um pó branco que parece ser farinha.

"Desculpa. Está tudo bem?", pergunto. As olheiras em seu rosto são uma evidência clara de que não está.

"Ah, sim, claro." Ela sorri. "Estou assando doces na cozinha, tem como não estar?" Suas palavras se transformam em uma risadinha seca. "Nora está aqui também, lá na cozinha", ela acrescenta.

Meu cérebro ignora a segunda parte da informação por enquanto. "Minha mãe ficaria orgulhosa." Sorrio para ela e jogo minha jaqueta no braço da poltrona.

Tessa dá uma olhada para o que fiz, mas decide deixar passar. Tirando a mania de limpeza, ela é uma ótima colega de apartamento. Me dá tempo e espaço para ter privacidade e, quando está por aqui, gosto de ter sua companhia. Ela é minha melhor amiga, e não está vivendo um momento muito bom.

"Isso!", escuto Nora gritar.

Tessa revira os olhos, e lanço um olhar questionador, diante do qual ela simplesmente aponta com o queixo para a cozinha.

"Graças a Deus", ela comenta, com um tom sarcástico, enquanto a sigo para lá.

O aroma doce vai ficando mais forte a cada passo. Tessa vai diretamente até o balcãozinho móvel que chamamos de ilha. No mínimo, dez assadeiras estão empilhadas no espaço mínimo da bancada.

Tessa me avisa sobre a razão da celebração. "Ela deve ter acertado essa fornada."

"A gente dominou sua cozinha", Nora me diz. Seus olhos castanho-esverdeados se fixam nos meus por um momento antes de se voltarem para a bagunça.

"Oi, Sophia Nora de Laurentis", eu digo, abrindo a geladeira e pegando uma água.

Ao ouvir o nome Sophia, Tessa abre a boca para me corrigir, mas acho que entende minha piadinha e fica em silêncio.

Nora, por sua vez, responde: "Oi, Landon", sem mal tirar os olhos do que está fazendo.

Tento não olhar muito para as manchas de creme roxo da cobertura espalhadas na parte da frente de sua camiseta preta, que é bem justinha e está esticada sobre os seios. A cor da cobertura é tão chamativa...

Olha para outra coisa, Landon.

Repara no emaranhado de roxo diante dela, mas no fim não é emaranhado nenhum. É um bolo de três andares, pintado de roxo e coberto com flores enormes em lilás e branco. O centro das flores é amarelo, polvilhado de purpurina. O bolo quase chega a parecer de mentira, por ser tão detalhado. As flores doces parecem de verdade, e antes de me dar conta do que estou fazendo, me aproximo para cheirá-las.

Nora solta uma risadinha, e me viro para ela, que está me observando como se eu estivesse brincando.

Ela é mesmo muito linda. Os ângulos retos dos ossos do seu rosto a fazem parecer uma deusa. Seu visual é exótico, com uma pele bronzeada e olhos castanho-claros. Os cabelos são bem escuros, e brilham intensamente sob o zumbido da lâmpada do teto.

Preciso consertar essa luminária.

Uma batida na porta da frente interrompe minha admiração irrestrita.

"Eu atendo", Tessa avisa, e acrescenta com um sorriso: "Ficou lindo, né?" Ela cutuca Nora com a espátula e se dirige até a porta. Fico feliz em vê-la sorrir.

Nora fica vermelha e baixa a cabeça. Suas mãos se escondem atrás das costas.

"Ficou mesmo", concordo.

Estendo o braço, posiciono os dedos sob seu queixo e levanto o rosto dela para mim. Nora solta um suspiro de susto, e seus lábios cheios se abrem com meu toque. Sinto um calafrio na espinha quando ela se afasta.

Por que fui encostar nela desse jeito? Que idiotice.

E que vexame. Um vexame idiota.

Parece ser um comportamento recorrente quando ela está por perto. Em minha defesa, foi ela que começou com os contatos físicos aleatórios no outro dia, passando a unha na minha barriga.

Os olhos de Nora permanecem fixos nos meus. Percebo um toque de tédio por trás do orgulho envergonhado de sua criação culinária. Fico com a sensação de que não é fácil agradar essa mulher.

"Que foi?", ela diz, como se eu estivesse ao mesmo tempo sendo grosso e dando em cima dela.

Encolho os ombros. "Nada."

Passo a língua nos lábios, e os olhos dela percorrem meu rosto e se fixam na minha boca. Sua energia é cinética pura; essa mulher exala uma eletricidade insana. Antes que eu consiga concluir esse pensamento, ela diminui o curto espaço entre nós e me envolve com as mãos, que apoia na minha nuca. Sua boca é um tanto bruta no início, quando seus lábios se chocam com os meus. Minha boca se abre, aceitando-a de bom grado depois do choque inicial provocado por sua atitude. Seus lábios são quentes, e seu beijo é implacável. Sua língua passeia pela minha, e preciso me segurar para não agarrá-la com força e deixar seu beijo se misturar com o meu. As mãos de Nora começam a se afastar do meu pescoço. São pequenas, mas nem por isso menos marcantes. Hoje suas unhas compridas estão pintadas de vermelho. Ela deve ir bastante à manicure. Suas mãos estão espalmadas, acariciando os músculos do meu peito.

Beijando, provocando, beijando.

O beijo dela é como o toque da cera quente. A surpresa da queimadura provoca um ardor, mas que logo passa e se transforma em outra coisa, bem diferente. Minhas mãos encontram seus quadris, e eu a empurro contra o balcão. Um gemido suave escapa de seus lábios, e seus dentes se cravam no meu lábio inferior. Meu corpo reage antes que eu possa pensar a respeito. Tento dar um passo atrás para que ela não perceba minha excitação, mas Nora não permite. Ela me agarra pela calça e me gruda a seu corpo macio. Está usando uma camiseta justa, e uma calça legging ainda mais apertada. Com certeza, está sentindo cada centímetro meu encostado contra si.

"Minha nossa", ela sussurra na minha boca.

Eu suspiro dentro dela.

Nora se contorce e se afasta, e imediatamente sinto se instalar um vazio em mim.

Seu dedo de unha vermelha dá um tapinha na ponta do meu nariz, e ela sorri para mim, com o rosto corado e os lábios inchados por causa do beijo. "Ora essa, isso foi bem inesperado."

Ela leva a mão à boca e segura o lábio inferior entre o polegar e o indicador.

Inesperado? Acha mesmo?

Resolvo manter a pose, e me recosto no balcão. Encosto os cotovelos na pedra fria e tento pensar em alguma coisa inteligente para dizer. Meu corpo ainda está vibrando a mil, com uma eletricidade silenciosa percorrendo minhas veias, enquanto ela parece completamente impassível.

Mas o que foi isso?

Resolvo ser ousado, assim como ela. Pelo menos por um instante.

"Por que você me beijou?", questiono.

Ela me observa, estreitando os olhos, e respira fundo. A bainha de sua camiseta está meio desarrumada, perto da cintura. Nora está me enlouquecendo sem nem ao menos tentar.

"Por quê?", ela devolve a pergunta, com uma perplexidade sincera. Uma mecha de cabelo escapa de trás de sua orelha, e ela prende de volta. Seu pescoço está exposto, parece implorar pelo contato dos meus lábios contra sua pele. "Você não queria?"

Um *Sim, queria* talvez pareça meio desesperado.

Um *Não, eu não queria* pareceria grosseiro.

Fico à procura da resposta certa. Não que eu quisesse que ela me beijasse. Por outro lado, também não queria que *não* beijasse. Estou ficando confuso, e sei que, se tentar explicar para ela, vou complicar as coisas ainda mais.

Enquanto fico em silêncio feito um trouxa, ela parece se entediar de novo, e vejo as ondas de calor em torno de seu corpo se transformarem em um borrão morno.

Nesse momento, ela muda de repente de assunto. "Você deveria sair comigo e o pessoal do meu apartamento hoje à noite."

Então...

Uma parte de mim deseja continuar a conversa e tentar descobrir por que ela me beijou para começo de conversa, mas percebo que está na cara que Nora não quer falar sobre isso, então não insisto. Não quero deixá-la sem graça, ou dar a impressão de que não gostei.

Ainda estou tentando aprender como ser "adulto". Está se tornando mais fácil a cada dia que passa, mas às vezes esqueço que a intimidade instantânea é algo que só os jovens desejam. Se fôssemos adolescentes, esse beijo automaticamente significaria uma espécie de compromisso, mas o envolvimento entre adultos é tão... é muito mais complicado. Um processo muito mais lento. Geralmente é assim: você conhece alguém por meio de uma amizade em comum, e os dois se dão bem, e marcam um encontro. No fim do segundo encontro, geralmente, rola um beijo. No quinto encontro vocês transam, e a partir do décimo segundo começam a dormir juntos com mais regularidade, e um ano depois vão morar juntos, e em mais dois anos estão casados. Vocês compram uma casa, e logo chega o bebê.

Às vezes, as duas últimas partes se invertem, mas na maioria das ocasiões é assim que acontece. Pelo menos de acordo com os programas de TV e os filmes de romance. Claro que isso não vale para pessoas como Hardin e Tessa, que ignoraram qualquer precedente e foram morar juntos cinco meses depois de se conhecerem... mas mesmo assim.

"Isso foi um não?", ela insiste.

Balanço a cabeça, tentando me lembrar do que estávamos falando. O pessoal de seu apartamento... Ah, sim, sair com umas amigas dela.

Olho para a sala quando ouço Tessa falando com alguém e, quando me viro de novo para Nora, ela está se alongando, estendendo os braços e deixando ainda mais pele exposta. Ela é alta e curvilínea; parece ter no mínimo um e setenta e cinco.

É uma visão e tanto, com certeza.

"Aonde vocês vão?", pergunto. Não vou recusar, só estou curioso.

"Ainda não sei, pra ser bem sincera." Ela pega o celular no balcão e passa o dedo na tela. "Me deixa perguntar. Tem uma conversa em grupo que geralmente ignoro, porque na maior parte são três meninas taradas compartilhando fotos de caras pelados, mas vou perguntar."

Eu dou risada. "Parece ser bem o meu tipo de conversa."

Imediatamente me arrependo da piadinha, mas pelo jeito que me olha ela parece estar se divertindo. Por que não consigo calar a boca na presença dela? Preciso de um filtro contra besteira. Por outro lado, se não falar bobagem perto dela, posso acabar ficando sem ter o que dizer.

"Bom, então..." Ela dá risada. Minha vergonha é abafada pelo seu riso, um som leve e despreocupado, como se não houvesse nada de errado em seu mundo. Quero ouvi-la rir de novo.

"Às vezes, eu exagero na vontade de agradar", admito, rindo junto com ela.

Ela levanta o queixo para mim. "Não me diga." Seus lábios se franzem um pouco, como se quisessem me testar. Como se estivessem implorando para serem beijados de novo.

O celular dela começa a tocar a abertura de uma série que reconheço imediatamente.

Eu levanto uma sobrancelha. "*Parks and Recreation*? Não achei que você fizesse esse tipo", provoco.

Eu adorava essa série, pelo menos até a internet roubá-la de seus fãs de verdade e transformá-la em uma fonte de memes em que não vejo a menor graça.

Ela ignora a chamada, mas o telefone começa a tocar de novo. Nora rejeita a chamada de novo, e põe o aparelho sobre o balcão. Penso em perguntar o motivo disso, só para saber se está tudo bem. É inevitável. Isso virou meio que um hábito meu, me certificar de que está tudo bem com todo mundo. Mas, antes que eu me meta nos assuntos de Nora, Tessa volta à cozinha, seguida por um carinha usando um colete vermelho e um cinto de ferramentas.

"Ele veio consertar o triturador de lixo", ela explica. O cara sorri para ela, mantendo os olhos fixos em Tessa por tempo demais.

"A gente tem um triturador de lixo?", pergunto. Eu não sabia.

As duas se entreolham e fazem aquela expressão de quem diz *Ah, esses homens!*, como se estivéssemos na década de cinquenta.

Isso não é justo. Eu lavo a louça. Enxaguo. Esfrego. Seco os talheres se Tessa não fizer isso primeiro. Não sou um imbecil que não sabe da existência do triturador de lixo por preguiça — só não reparei na existência do dispositivo. Nem nunca usei. Pensando bem, acho que nunca usei um triturador de lixo na vida.

Nora pega o celular de cima do balcão. A tela se acende como se fosse tocar de novo, mas ela deve ter colocado no silencioso. Seus olhos se fecham em meio a um suspiro. "Melhor eu ir", ela anuncia. Seus olhos se voltam de novo para o telefone. Ela enfia rapidamente o aparelho no bolso da jaqueta, que está pendurada no encosto da cadeira de madeira.

Eu me aproximo para ajudá-la a vestir sua blusa. O cara da manutenção não tira os olhos dela enquanto Nora abraça Tessa e me dá um beijo no rosto. Alguma coisa explode dentro de mim, com um toque de amargura, quando percebo que ele está olhando para a bunda dela. E sem tentar nem disfarçar. Não que eu não entenda o motivo, mas não custa nada ter um pouco de respeito.

Antes que eu me irrite de vez com o sujeito, Nora acena para mim e diz: "Mando uma mensagem pra você quando a gente decidir aonde ir!"

Eu estaria mentindo se dissesse que não estava interessado, e um pouco preocupado, com esse retorno da parte dela. Não sei quantas opções Nora tem na manga. Não tenho informações sobre meus adversários — ah, não, estou comparando o envolvimento com uma mulher com uma competição esportiva. De novo. Sempre chego à conclusão de que as duas coisas não são muito diferentes, mas é melhor começar a ver a coisa de outro ângulo.

E por que já estou achando que Nora está interessada em se envolver comigo? Por que ela me beijou, e depois me chamou para sair com ela e as amigas?

Sim, exatamente por isso.

Não sei se isso é um avanço ou não no lance de virar adulto.

Quando Nora sai, Tessa se volta para mim com a expressão de um esquilo que encontrou uma pilha de nozes debaixo de umas folhas. "O que é que foi isso?", ela pergunta, toda curiosa.

Estou tão acostumado com sua curiosidade que isso nem me incomoda mais. Passo a mão no queixo, puxando de leve os pelos da barba que estão começando a crescer. Em seguida, levanto as mãos em minha defesa.

"Não faço a menor ideia, ela me beijou do nada. Eu nem sabia que ela me conhecia pelo nome..."

"Ela *o quê*?", Tessa grita.

Esse é o tipo de fofoca capaz de manter Tessa Young em um estado de tremenda agitação durante dias. Eu, com certeza, ainda vou ouvir falar bastante a respeito. E minha mãe provavelmente também vai saber disso.

O cara da manutenção inclina a cabeça para o lado, como se estivesse vendo uma cena de novela das 9h. Ele podia ser um pouco mais discreto. Por outro lado, se eu passasse o dia consertando aparelhos domésticos, também iria querer alguma distração ou divertimento. Seria como adicionar um pouco de cor a uma imagem em preto e branco.

"Eu também não sabia! Bom, eu sabia que ela conhecia você pelo nome", Tessa acrescenta, literal como sempre.

"Sei lá. Estou tão confuso quanto você."

Tem alguma coisa estranha na maneira como Tessa me olha, como se estivesse se esforçando para esconder sua decepção. Fico sem saber como interpretar isso. Meu palpite é que ela está sentindo falta de Hardin, mas devo estar errado. Não tenho ideia do que pensar sobre a situação como um todo.

Em vez de continuar alimentando uma fofoca que pode não dar em nada, amarro o cordão da minha calça de moletom e tomo a direção da porta.

"Nossa conversa ainda não está encerrada, Landon Gibson!", Tessa grita atrás de mim.

E por algum motivo isso faz com que eu me sinta um pouco menos como um criminoso em fuga.

9

Fecho a porta do apartamento atrás de mim e quase esbarro em alguém no corredor.

Quando o capuz cai de seu rosto, eu não o reconheço. Ele está usando um casaco preto e calça de agasalho. Faz um aceno para mim, em um gesto amigável, e ergue o capuz de novo sobre a cabeça. Nosso prédio tem mais ou menos vinte apartamentos, e já vi quase todo mundo que mora aqui, mas esse cara não. Talvez tenha acabado de se mudar.

"Opa, desculpa!", digo ao sair de seu caminho, mas ele responde com um grunhido.

Quando chego à esquina, engato uma corrida. Fico esperando que a dor no joelho reapareça, o que acontece, mas agora está suportável. A dor quente e contínua não é mais um latejar agudo.

Acelero o passo. Meus tênis Nike se chocam contra a calçada quase sem produzir ruído. Lembro que, quando comecei a correr, minhas pernas queimavam e meu peito parecia prestes a explodir.

Continuei forçando os limites — eu precisava ser saudável, e agora sou. Não como as mães com os carrinhos de bebê que circulam pelo Brooklyn, que bebem suco de clorofila no café da manhã e alimentam os bebês com repolho e quinoa. Mas pelo menos sou uma pessoa ativa.

Muitas vezes, minha mente se esvazia quando corro, mas em certas ocasiões fico pensando sobre minha mãe e seu bebê, sobre Tessa e Hardin, ou fico remoendo minha frustração caso o Chicago Blackhawks vença o Detroit Red Wings. Hoje sinto que minha cabeça está cheia.

Em primeiro lugar: o comportamento de Dakota. Ela quase não falou comigo desde o rompimento, e agora começa a agir como se a gente se visse todos os dias. Ela estava toda chateada por causa do teste que fez para uma peça, e eu gostaria de poder fazer algo a respeito. Mas não posso bater na porta de uma das academias de balé mais prestigiadas do país e fazer uma acusação de discriminação racial sem nenhuma prova. Principalmente com toda a loucura que anda rolando no país. A última coisa que quero é atrair uma atenção negativa para Dakota no momento em que ela está tentando iniciar uma carreira por aqui.

O tipo de ajuda que costumo oferecer a ela é bem diferente disso. Sua carreira é algo em que não tenho como interferir. Os obstáculos que lutamos para superar juntos parecem distantes agora, uma coisa que ficou no passado. Nossos problemas da época pareciam muito mais graves, muito mais urgentes.

Não sei como lidar com percalços cotidianos, como problemas com os estudos ou no estabelecimento de uma carreira.

É uma das poucas vezes na vida em que sinto vontade de ser mais parecido com Hardin, pelo menos por uma hora. Eu entraria naquela academia, bateria na porta e exigiria justiça para Dakota.

Convenceria a todos que ela é a melhor bailarina por lá, apesar de ainda não ser formada, como sempre diz, e que é imprescindível para eles. A melhor.

O balé para Dakota é como o hóquei para mim, só que dez vezes mais importante, porque é o que ela faz da vida. No colégio, eu não tinha a opção de jogar hóquei e, quando minha mãe me matriculou na escolinha do centro recreativo da cidade, tive por lá as duas piores horas da minha vida. Aprendi rapidinho que o hóquei é um esporte que adoro acompanhar como espectador, mas não de jogar. Já Dakota dança desde que era garotinha. Começou com hip-hop, passou para o jazz e se estabeleceu no balé na adolescência. Por incrível que pareça, começar no balé com essa idade é uma tremenda desvantagem e em alguns círculos é considerado tarde demais. Dakota, porém, destruiu esses conceitos preconcebidos em seu primeiro teste na *School of American Ballet*. Minha mãe deu o dinheiro para ela fazer a viagem como um presente de aniversário. Ela chorou de emoção e gratidão e prometeu à minha mãe que faria tudo para retribuir essa generosidade algum dia.

Minha mãe não queria seu dinheiro de volta, só queria ver sua linda vizinha superar as circunstâncias difíceis em que foi criada e ser bem-sucedida na vida. No dia em que ficou sabendo que foi aceita, Dakota entrou correndo na minha casa, sacudindo a carta acima da cabeça. Ela gritava e pulava sem parar, e fui obrigado a pegá-la no colo e virar seu corpinho de cabeça para baixo para acalmá-la. Sua felicidade era imensa. Assim como meu orgulho. Sua academia pode não ser a *Joffrey*, mas é uma instituição conceituada, e tenho a maior admiração por ela por frequentá-la.

Só quero que ela seja feliz, e que seu talento seja reconhecido. Gostaria de dar um jeito nessa situação por ela, mas isso está fora do meu alcance. Por mais frustrante que possa ser, não consigo pensar em uma solução plausível para o problema. Eu deveria ter perguntado o que mais está rolando em sua vida; dever haver alguma coisa em que posso ser útil...

Reservo esse pensamento para mais tarde e me concentro em Nora. Ela parece mesmo bem mais uma Nora do que uma Sophia, e por sorte eu não sou tão implicante como Hardin com o nome das pessoas. Ele se recusa a chamar Dakota de qualquer coisa que não seja Delilah, mesmo na cara dela. Mas já chega de pensar em Hardy.

Hardy.

Isso me faz rir. Eu o chamo assim toda vez que ele se refere a Dakota como "Delilah".

Quando passo por um mercadinho, uma mulher com as mãos ocupadas por sacos de papel fica me encarando, e paro de rir sozinho com meus planos absurdos e me concentro em Hardin. Ou Hardy.

Dou risada de novo. Preciso de mais café.

Estou a apenas vinte minutos de corrida do Grind, mas fica na direção oposta à do parque...

Mas o café vale a pena. É possível conseguir café em quase qualquer esquina por aqui, mas não um que seja bom — *argh*, o das lanchonetes é o pior —, e eu preciso ver se a próxima escala já saiu, de qualquer forma. Mudo a direção da corrida para os lados do café. Passo pela mulher com as compras outra vez, e vejo um dos sacos de papel escorregar de sua mão. Me apresso para tentar ajudar, mas não chego a tempo, e o papel rasga, fazendo os alimentos enlatados rolarem pela calçada. Ela fica tão irritada que não seria uma surpresa se gritasse comigo só por tentar ajudar.

Pego uma lata de canja de galinha antes que vá parar no meio dos carros. Mais um saco se rasga, e ela solta um palavrão quando suas verduras vão ao chão. Seus cabelos escuros cobrem seu rosto, mas calculo que deva ter por volta de trinta anos. Está usando um vestido largo, e tem uma barriguinha aparente por baixo. É possível que esteja grávida — mas também que *não* esteja: é melhor não perguntar.

Dois adolescentes atravessam a rua e vêm andando na nossa direção. Por um instante, chego a pensar que vão ajudar.

Nada disso. Enquanto nos esforçamos para mitigar o desastre, eles nem olham para o que estamos fazendo. Nenhum vizinho oferece assistência; simplesmente seguem caminho e, no máximo, fazem o favor de não pisar em uma caixa de arroz que ficou pelo caminho. Às vezes, não estragar as coisas que caem no chão perto da pessoa é o máximo que dá para exigir como demonstração de cortesia nesta cidade.

"Você mora muito longe daqui?", pergunto à mulher.

Ela ergue os olhos da calçada e balança a cabeça de um lado para o outro. "Não, só falta um quarteirão." Em seguida, passa as mãos escuras pelos cabelos e solta um grunhido de irritação.

Aponto para a pilha de compras dos dois sacos. "Certo. Vamos dar um jeito nisso." Como não carrego nenhuma sacola comigo, tiro a blusa de moletom e começo a abrigar os produtos em uma trouxa improvisada. Pode não caber tudo, mas vale a pena tentar.

"Obrigada", ela diz, um pouco ofegante, e se agacha para me ajudar. Eu a impeço com um gesto.

Um carro buzina, e depois outro. Estou com apenas um dos pés apoiado na rua, mas eles buzinam mesmo assim. A melhor coisa de morar no Brooklyn é a ausência de buzinas (na maior parte do tempo). Manhattan é um caos, uma ilha furiosa, mas eu consigo ver para mim um futuro Brooklyn, lecionando em uma escola pública, começando uma família. Meus devaneios em geral envolvem outras cidades, mais tranquilas. Mas eu ainda preciso encontrar uma garota para namorar, o que pode levar um bom tempo. Digamos que é um plano para daqui a cinco anos...

Certo, dez anos.

Ponho uma garrafa de óleo de cozinha debaixo do braço. “Consegui. Está tudo certo”, digo à mulher.

Ela me encara com os olhos semicerrados. Está me observando com um pouco de ceticismo, sem saber ao certo se sou um malandro ou uma boa alma. *Pode confiar*, sinto vontade de dizer. Mas esse tipo de afirmação só costuma causar ainda mais desconfiança. O vento fica mais forte e, depois de acomodar a maioria dos produtos na blusa, amarro as mangas para criar a melhor versão possível de uma trouxa com alças. Por cima, jogo uma caixa de biscoitos e uma embalagem de comida pronta. Fico de pé e ponho a trouxa nas mãos dela. Seus olhos se amenizam.

“Pode ficar com a blusa, eu tenho várias”, digo.

“Aposto que um dia você ainda vai fazer uma garota muito feliz, rapazinho”, ela me diz com um sorriso. Ela recolhe os demais sacos, que não se rasgaram, ajeita melhor a blusa nos braços e começa a se afastar. Fico lisonjeado com o elogio, mas logo me pego perguntando por que ela imaginou de cara que sou solteiro. Será que eu exalo desespero e solidão? Provavelmente.

“Precisa de ajuda? Quer que eu leve as coisas até sua casa?”, ofereço, tentado deixar claro no tom de voz que é só uma sugestão. Ela vai demorar um bom tempo para chegar em casa carregando as coisas desse jeito.

Ela faz que não com a cabeça e olha para um ponto atrás de mim, na direção de onde está indo. “É aqui pertinho. Está tudo sob controle. Obrigada.”

Percebo um sotaque diferente em sua voz, mas não consigo identificar de onde. Enquanto se afasta, me dou conta de que ela de fato não precisa de ajuda — está se virando muito bem carregando a sacola e a trouxa sozinha. Fico pensando se isso não deve ser visto como uma metáfora enviada pelas forças cósmicas para me dizer que eu não preciso ajudar todo mundo, como Augustus e seus cigarros em *A culpa é das estrelas*. Bom, não é exatamente a mesma coisa, mas enfim. Ele obviamente se saiu bem pior que eu, coitado.

Deixo a mulher seguir seu caminho e continuo minha jornada rumo ao sul, me embrenhando por Bushwick. Eu adoro o meu bairro. Fica perto das coisas mais maneiras de Williamsburg, mas o aluguel é bem mais acessível. Claro que o nosso aluguel não é barato — isso foi um tremendo choque quando me mudei para cá —, e custa quase a mesma coisa que a hipoteca da minha mãe. Mas o nosso lado do bairro está ficando cada vez mais disputado, e a tendência é que os preços dobrem em breve. Mesmo assim, as coisas não custam tão caro aqui quanto eu imaginava. Não que sejam baratinhas, de jeito nenhum, mas os boatos de que uma garrafa de leite custa dez dólares em Nova York não tem nada de verdadeiro... na maioria dos lugares. O imigrante russo que é dono do mercadinho de esquina embaixo do nosso apartamento gosta de cobrar caro, mas acho que é o preço a se pagar pela conveniência de chegar lá em menos de um minuto. Uma das melhores coisas da cidade é a oferta quase infinita de opções. De mercadinhos a restaurantes e pessoas, sempre existem opções.

10

Quando chego ao Grind, Posey está atrás do balcão despejando um balde de gelo no latão. Jane, a funcionária mais antiga da loja, que às vezes se refere a si mesma como "anciã-mor" com um tom de voz brincalhão, está limpando uma mancha no piso de madeira. Ela enfia o esfregão no balde, e a água com sabão transborda. Uma garotinha se levanta de uma mesa perto dos fundos e vai ver mais de perto enquanto Jane limpa a sujeira, encharcando o chão de água. Olho ao redor em busca de seus pais, mas o café está quase vazio. Das dez mesas, apenas duas estão ocupadas. Duas garotas com laptops e livros didáticos e um cara com quatro xícaras vazias de café expresso são as únicas pessoas que vejo na loja.

Quando nota minha presença, Posey me cumprimenta com um sorriso silencioso. A garotinha, que parece ter uns quatro anos, senta no chão e tira alguma coisa do bolso. Um carrinho vermelho atravessa a poça d'água, e vejo os olhos dela se iluminarem. Jane diz alguma coisa que não consigo entender.

"Lila, para com isso, por favor." Posey levanta a tampa do balcão e vem para o salão. Quando se aproxima da garotinha, se agacha até a altura dela.

A menina pega o carrinho antes que Posey possa alcançá-lo, protegendo-o junto ao peito, sacudindo furiosamente a cabeça. "Quer carro", sua vozinha avisa.

Posey estende a mão e segura o rostinho da menina. Com o polegar, acaricia a pele da criança e transforma o pânico em tranquilidade. Ela deve conhecer Posey.

A irmã dela, claro! Essa menininha de cabelos castanhos deve ser a irmã que ela mencionou algumas vezes.

"Pode ficar com o carrinho, mas não passa com ele na água, por favor." A voz de Posey é diferente quando fala com a menina. Mais suave. "Certo?"

Posey bate com o dedo na ponta do nariz da menina e dá uma risadinha. Ela é uma graça.

"Tá." A vozinha dela é ainda mais fofa.

Ando na direção delas e me sento em uma mesa próxima. Jane termina de limpar o chão, me cumprimenta e pede licença, avisando que precisa ir ao estoque terminar de fazer o inventário. Posey olha ao redor para avaliar o movimento do café, pergunta se alguém nas duas mesas quer alguma coisa e depois volta para onde estamos a garotinha e eu.

"Por favor, não conta pro Jacob que ela veio comigo para o trabalho." Posey se acomoda na cadeira diante de mim.

"Jamais", respondo com um sorriso.

Jacob pode ser bem babaca às vezes. É meio jovem demais para ser gerente, e o tipo de sujeito que se agarra a qualquer pequeno poder que for capaz de conseguir. É um pouco mandão, e bem idiota.

"Minha avó tinha médico, e eu não podia faltar", Posey se justifica, apreensiva.

"Bom, sorte sua, então; vai poder ficar com a sua irmãzinha o dia todo."

Posey sorri e acena com a cabeça, com o alívio estampado no rosto.

A pequena Lila não se vira para mim ao me ouvir falar. A sineta em cima da porta toca, avisando Posey sobre a chegada de um cliente. Ela olha para Lila e eu faço um aceno de cabeça, avisando que posso ficar um pouco com a menina. De volta ao outro lado do balcão, Posey cumprimenta dois caras de terno, e eu me viro para ver a menina brincar com o carrinho. Ela não presta a menor atenção em mim. O brinquedo a deixa fascinada, e ela fica uma gracinha empurrando o pequeno Camaro pelo chão desnivelado. Ela vai engatinhando atrás, apesar de claramente já ter idade para andar. Seus tênis se acendem quando seus pés tocam o chão, e os dedinhos retomam o carro nas mãos para virá-lo para outro lado. Ela não deixa de sorrir nem por um instante.

"Esse é um carro bem legal", digo. Ela não me olha, mas responde. "Carro", é o que ela diz.

Posey dá uma espiada em nós enquanto despeja o leite de soja da caixa para o liquidificador. Abro um sorriso, e os ombros dela relaxam. Ela contorce os lábios em um sorriso modesto e volta ao trabalho. Suas unhas estão pintadas de uma cor escura, com bolinhas amarelinhas. Observo suas mãos quando ela acrescenta o chá verde de uma jarra no copo com leite de soja e gelo. Ela mistura os líquidos sacudindo a cabeça ao som da música do Coldplay que toca nos alto-falantes. Desvio o olhar para a garotinha lindamente fascinada por seu Camaro de plástico.

"Zum", Lila fala baixinho. Ela ergue o carrinho no ar e fica observando com um olhar distante.

Continuo sentado em silêncio até os clientes irem embora. Posey está limpando os frascos de xarope doce com um pano molhado. As mesas estão sujas, pelo menos oito das dez. Vou até o lixo e pego a caixa de pratos sujos no armário ao lado. Lila ainda está dizendo "carro" e "zum" quando começo a recolher as coisas da primeira mesa. Deixaram uma gorjeta de três dólares.

Nada mau. É surpreendente o número de clientes que deixam a mesa bagunçada sem se preocupar em dar um tostão para a pessoa que vai limpar tudo depois. Não sei se por falta de educação ou por pura distração. É como o caso dos motoristas do Uber: todos acham que eles ficam com todo o valor da gorjeta, que é cobrado automaticamente, mas pelo que ouvi não é bem assim. Mesmo quando nós pagamos a taxa de serviço de quinze por cento, o repasse não vai direto para eles, por isso um cara da minha classe falou que a gorjeta deve ser dada em dinheiro. Por outro lado, ele falou que era francês, mas tinha um sotaque alemão, então a possibilidade de estar mentindo não é pequena... De qualquer forma, os baristas deveriam receber bem mais gorjetas do que costumam ganhar. Pronto, já fiz meu registro de utilidade pública. Bola pra frente.

Na mesa seguinte, há pelo menos quatro sachês de açúcar vazios. Fico impressionado ao ver que os envelopes foram dobrados para formar bonequinhos. Tem um palito de dente com um guardanapo na ponta fazendo o papel de uma bandeira encravada em uma montanha de açúcar. Tento me lembrar da pessoa que estava sentada aqui. Acho que era uma garota. Ou uma mulher. Não olhei direito para seu rosto, mas, quem quer que seja, com certeza tem muito talento para fazer desenhos com açúcar.

"Lila." Tento chamar a atenção da menina. Ela ergue os olhos, mas não se mexe, continua deitada no chão.

"Quer ver um desenho que fizeram aqui na mesa? É bem legal." Aponto para a montanha de açúcar e fico olhando para a espada na mão de um dos bonecos feitos com os pacotinhos.

Um "não" convicto é a resposta dela, o que não chega a me surpreender. Assinto com a cabeça e desmancho a montanha com um pano de limpeza. Continuo circulando pelo salão, limpando as mesas restantes, sempre de olho em Lila. Quando estou terminando de passar o pano na penúltima mesa, Posey sai de trás do balcão e vem até mim.

"Não precisava ter feito isso", ela diz; as íris castanhas de seus olhos estão quase imperceptíveis, de tão vermelhos que estão. "É seu dia de folga."

"Está tudo bem?", pergunto.

Ela olha ao redor e faz que sim com a cabeça, sentando com um suspiro na mesa mais próxima à irmã.

Posey encolhe os ombros. "Só estou cansada. O trabalho, os estudos, o de sempre." Seu sorriso aparenta um certo ânimo, apesar de suas palavras. Ela não é do tipo que gosta de reclamar, dá para perceber, apesar de ter motivo para isso, ou pelo menos para desabafar.

"Se precisar trocar algum turno ou coisa do tipo, pode me falar. Eu não me importo de ajudar, e estou com tempo livre este semestre." Na verdade, quase não tenho tempo livre, mas gostaria de dar uma força para ela. Posey está claramente mais sobrecarregada que eu.

Ela faz que não com a cabeça, e seu rosto fica vermelho. Mechas de cabelos avermelhados escapam do elástico pequeno demais para prendê-los. Sob a luz aqui de fora, parecem mais claros, como se ela tivesse pintado de vermelho. Sua aparência não deixa escapar nenhum de seus segredos.

"Eu preciso desses turnos. Mas se você conhecer alguém que fabrica bolhas para colocar pestinhas de quatro anos dentro enquanto trabalho, por favor, me avise."

Sorrio junto com ela e olho para Lila, que ainda está deitada no chão.

"Ela é autista", Posey conta. Em algum lugar no fundo da minha mente, eu soube assim que pus os olhos nela. "Não sabemos qual a gravidade ainda. Ela está aprendendo a falar agora" — Posey continua com uma pausa —, "aos quatro anos."

"Viu, às vezes não é tão ruim". Encosto meu ombro no dela de leve, tentando encontrar uma visão otimista em algo tão assustador. Ela descruza os braços, e seu rosto relaxa em um sorriso largo.

"Verdade." Ela leva os dedos aos lábios.

Posey chega mais perto da irmã e se ajoelha no chão. Não consigo ouvir o que diz, mas percebo que Lila fica contente.

Olho para o relógio; são quase seis horas. Se eu quiser sair com Nora e suas amigas, preciso voltar para casa e tomar um banho. Não estou nervoso com isso, na verdade, só não sei bem o que ela pensa de mim. Será que ela costuma beijar os outros assim do nada? Se for esse o caso, tudo bem, mas eu gostaria de saber como ela se sente em relação a mim, ou como prefere que sejam seus encontros. Ela já mostrou ser paqueradora antes — bom, pelo menos eu entendi seu comportamento assim, mas até então não tinha dado nenhuma indicação ou aviso de que pretendia me beijar da maneira como fez hoje de manhã. Ela se aproximou de mim com tanta confiança, me agarrou, passou a mão no meu peito. A lembrança do gosto de sua boca faz meu pau latejar. Preciso fazer alguma coisa a respeito, e dessa vez não vou rasgar a cortina do chuveiro, cair de bunda na banheira, cortar o rosto e machucar o joelho. Sexo seguro: vou ficar na minha cama com toda a segurança. Com a porta fechada. Vou inclusive colocar a cômoda na frente da porta.

Olho para Posey, que está sentada à mesa de novo, com o celular no ouvido e uma careta no rosto. Vejo quando ela sacode a cabeça e murmura alguma coisa antes de desligar. Sinto vontade de ser intrometido, perguntar se está tudo certo, mas por outro lado não quero me meter em sua vida contra sua vontade.

"Precisa de alguma coisa antes de eu ir?", pergunto, enquanto vou para trás do balcão verificar minha escala e preparar meu café expresso. Um expresso duplo. Penso em fazer um triplo, mas pode não ser uma boa ideia.

O turno de Posey já deve estar quase acabando. Ela faz que não com a cabeça, agradece e diz que está tudo bem. Me despeço de Lila e Posey com um aceno, e grito um tchau para Jane, alto o bastante para que ela possa ouvir lá do estoque.

11

Quando abro a porta pesada do café e saio para o ar do início da noite, meu telefone apita no bolso. Sacos enormes de lixo estão alinhados pelas ruas, a ponto de explodir e espalhar seu conteúdo nas calçadas. Em Manhattan, deve ser ainda pior, com tanto comércio e um milhão e meio de pessoas compartilhando um espaço bem menor. É impossível viver na cidade sem levar esbarrões, buzinadas e xingamentos.

Fico impressionado com a quantidade de gente que pode ser colocada em tantos apartamentinhos mínimos, com janelas e cozinhas minúsculas. Os cômodos do meu são maiores do que eu esperava (sem contar o banheiro), mas eu sabia que não teria como bancar um lugar espaçoso no Brooklyn que tivesse mais de cinquenta metros quadrados. Ken, o meu padrasto, está ajudando com o aluguel, mas venho guardando dinheiro desde que comecei a trabalhar, e pretendo pagar tudo de volta para ele um dia, ou pelo menos uma parte. Não gosto muito da ideia de ter a ajuda dele para manter minhas contas em dia. Sei como viver de forma responsável, em parte graças a ele e seus sermões sobre o gerenciamento de gastos na vida de estudante. Não torro minha grana em bebida e balada. Pago minhas contas e de vez em quando compro livros ou ingressos para jogos de hóquei.

Ter um familiar que ocupa uma posição tão importante em uma universidade sem dúvida nenhuma tornou minha vida na faculdade mais fácil. Recebo ajuda de todas as formas imagináveis, desde a escolha das disciplinas a cursar até na obtenção de vagas para cursos que supostamente estavam lotados. Ken tinha muito mais influência na Washington Central que na NYU, claro, mas é sempre bom saber quem é quem no departamento de matrículas.

Muitas vezes, me pergunto como seria minha vida se minha mãe tivesse ficado em Michigan. Eu a teria deixado sozinha para vir a Nova York com Dakota? Acho que me sentiria menos à vontade para me mudar caso ela não tivesse Ken e um grupo de amigos em Washington. Minha vida seria bem diferente se os dois não tivessem se conhecido.

Às vezes, acho que, fora os aspectos mais óbvios, Nova York não é *tão* diferente assim de Saginaw. Em Manhattan, quase nunca faz sol, que despeja a luz reservada aos habitantes da cidade em alguma praia distante da costa oeste. Fiquei tão acostumado aos dias nublados em todos os lugares em que vivi que, quando faz sol aqui no Brooklyn, fico com os olhos ardendo por pelo menos metade da caminhada até o trabalho. Comprei um par de óculos escuros, mas logo perdi. O sol dá as caras no Brooklyn o suficiente para que eu tivesse ocasião para usá-los, o que foi um dos motivos para eu preferir morar aqui, e não em Manhattan. Em setembro, as nuvens parecem se aglomerar bem em cima da concentração gigantesca de prédios. Quanto mais distante dos arranha-céus, mais o sol parece brilhar.

Uma figura atarracada e coberta por diversas camadas de casacos e um chapéu passa por mim na calçada, empurrando um carrinho de supermercado cheio de latas de alumínio e garrafas plásticas. Suas mãos estão envoltas por luvas grossas, marrons e desbotadas, cobertas de poeira preta. Mechas de cabelos grisalhos escapam por baixo da aba do chapéu xadrez vermelho e verde, e seus olhos estão semicerrados, como se o tempo e as dificuldades da vida tivessem deixado seu corpo à beira do colapso. Ele olha só para a frente, sem dar bola para mim, mas sinto um aperto no coração por ele.

Para mim, a pobreza de certas regiões da cidade é a coisa mais difícil de lidar por aqui. Sinto falta da minha mãe, mas ao ver a expressão triste e envergonhada no rosto maltratado de um homem de meia-idade sentado sob uma janela com um pedaço de papelão em que pede dinheiro ou comida... esse tipo de coisa me atinge com força. E deve ser ainda pior para eles saberem que estão encostados em prédios que movimentam milhões de dólares. Observar de estômago vazio os grupos de homens de terno saindo para o almoço e gastando vinte dólares em uma saladinha de grãos enquanto eles estão passando fome de verdade.

Saginaw não tinha uma população significativa de pessoas sem-teto. A maioria dos pobres da cidade tem onde morar. As paredes das casas antigas estão quase desabando, com o reboco apodrecido e mofado, e os colchões estão infestados de insetos que se alimentam de seu sangue enquanto dormem. Mas pelo menos eles têm um teto sobre a cabeça. A maioria das pessoas que conheço em Saginaw se esforça para ter uma vida melhor, mas as coisas não são fáceis por lá. A maior parte dos pais dos meus amigos era agricultor ou operário da indústria, mas, como quase todas as fábricas fecharam na década passada, ninguém tem emprego. Fora a heroína, a cidade não tem nenhum produto que movimente sua economia. Famílias que há dez anos viviam bem, hoje mal têm o que comer. A taxa de desemprego atingiu um recorde histórico, assim como a criminalidade e os problemas relacionados às drogas. A felicidade se foi junto com os empregos e, às vezes, acho que nunca vai voltar.

Essa é a grande diferença entre a minha cidade e Nova York. O clima de esperança que paira no ar por aqui faz toda a diferença do mundo. Milhões de pessoas se mudam para a maior cidade do país apenas para viver essa energia. Elas chegam com esperança. De mais felicidade, mais oportunidades, mais experiências e — acima de tudo — mais dinheiro. As ruas estão cheias de gente que deixou seus países de origem e criou um lar e uma vida para suas famílias por aqui. É uma coisa bem impressionante quando paramos para pensar a respeito.

As pessoas juntam tudo o que têm e vêm para cá, em um número absurdo de umas cem mil por dia. Metrô aberto vinte e quatro horas — qualquer tipo de serviço vinte e quatro horas —, e nada de picapes e tratores ocupando metade da rua, como em Michigan. Os prédios de tijolos da prefeitura naquilo que chamamos de "centro" de Saginaw não são nada perto dos arranha-céus de Nova York.

Então, pensando bem, Nova York e Saginaw não têm absolutamente nada em comum, e acho que não vejo problema nenhum nisso. Talvez eu esteja tentando buscar similaridades para tentar garantir a mim mesmo que viver aqui não vai mudar quem eu sou... que, o que quer que o amadurecimento signifique, ainda vou ser eu mesmo quando chegar lá, só que diferente.

Meu celular apita de novo. Tiro o aparelho do bolso e vejo o nome da minha mãe duas vezes na tela, fazendo meu coração disparar. Quando leio as mensagens, fico mais calmo. Uma é um link de uma matéria sobre um bar com tema de Harry Potter que acabou de abrir em Toronto, e o outro é uma atualização sobre o peso da minha irmãzinha. Ainda está miudinha, mas minha mãe ainda tem mais quatro semanas de gestação pela frente. O último mês deve servir para a pequena Abby crescer lá dentro.

A imagem da minha irmãzinha bebê enrugadinha com uma faixinha rosa na cabeça e balançando os bracinhos no ar me faz rir. Não sei como é ser um irmão mais velho, principalmente na minha idade. Estou velho demais, e provavelmente não vou ter nada em comum com a pequena, mas quero ser o melhor irmão possível. Quero ser o irmão mais velho de que eu precisava quando era menor. Vai ser uma mudança e tanto para minha mãe e para Ken, tendo uma bebê em casa depois de ambos terem seus filhos crescidos e já fora de casa. Minha mãe vivia me dizendo que mal podia esperar para ter a casa só para si, mas dá para ver que ela se sente sozinha por lá sem mim. Nós sempre estivemos juntos, para o bem e para o mal.

Enquanto espero o sinal abrir para atravessar a rua, lembro a mim mesmo a sorte que tenho por contar com uma mãe como a minha. Ela nunca questionou minha decisão de me mudar e sempre me apoiou nas minhas vontades, desde criança. Minha mãe era do tipo que começava a pensar na fantasia meses antes do Halloween. Chegou a dizer que eu poderia ir morar na Lua se quisesse. Quando eu era pequeno, muitas vezes achei que, se pulasse pegando bastante impulso, poderia ir parar lá. Às vezes, desejei que pudesse mesmo.

Quando o sinal abre, uma mulher de salto alto se esforça para atravessar a rua na minha frente. Não sei por que as mulheres se submetem a tamanha tortura para parecerem mais altas. O sinal aqui fecha rápido, costuma oferecer aos pedestres menos de trinta segundos para a travessia. Digito uma resposta rápida para a minha mãe, prometendo que vou ligar para ela à noite. Enfio o celular de volta no bolso, pois decido ler a matéria sobre o bar mais tarde.

Quero muito ir a Toronto, sempre quis, e daqui até lá o voo dura só uma hora, então talvez dê para planejar a viagem no recesso de inverno. Provavelmente vou sozinho, ainda que uma parte mais esperançosa e maluca de mim sugira convidar Nora — aposto que ela seria uma companheira de viagem bem divertida. E tenho a sensação de que já viajou muito mais do que eu. Os guias de viagens são úteis só até certo ponto. Eu adoraria viajar mais, e em breve.

Mas por que estou imaginando Nora e eu em uma praia tropical em algum lugar, ela com um biquíni minúsculo, com metade da bunda aparecendo? Eu mal a conheço, e já não consigo tirá-la da cabeça.

O mercadinho embaixo do meu apartamento nunca está cheio, e às vezes me sinto mal por Ellen, a jovem russa que trabalha atrás do balcão. Fico preocupado com ela sozinha na loja durante a noite. A sineta acima da porta toca quando entro, e Ellen ergue os olhos do livro grosso que está estudando e abre um sorriso educado. Seus cabelos curtos e ondulados estão presos com um elástico fino que combina com a blusa azul de bolinhas brancas que ela está usando.

"Olá", ela diz quando vou pegar leite na geladeira dos fundos.

"Oi, Ellen", respondo quando pego a caixa de leite; verifico as datas de fabricação e validade porque já comprei produtos vencidos mais de uma vez aqui. Em seguida, vou procurar Gatorade azul, para oferecer a Nora na próxima vez em que ela aparecer, mas aqui não tem. Estou com tempo, então posso passar no mercado da esquina depois de sair daqui.

E, pela segunda vez no dia, penso que poderia ter levado comigo uma das sacolas de tecido que Tessa sempre deixa perto da porta. Ela não gosta que a gente use plástico, e agora toda vez que abro a porta escuto sua voz me lembrando que as malditas sacolinhas estão destruindo o meio ambiente. Aquela mulher vê documentários demais. Logo vai começar a boicotar o uso de sapatos ou coisa do tipo.

Ellen fecha o livro quando me aproximo do balcão. Pego um pacote de chicletes numa prateleira ali perto. Ela parece estressada, então agora me arrependo de verdade de não ter trazido uma sacola, a que tem uma estampa de uma melancia e um melão. Perto da melancia tem um balão com um texto dizendo: *A gente devia fugir junto e casar*; e o melão responde: *Não dá*; e mais abaixo o rosto do melão aparece em close, e ele diz: *Desculpa MELAR seus planos*.

Ellen acha tanta graça quanto eu nesse humor envolvendo frutas, o que a torna uma pessoa da melhor qualidade. E talvez uma piada neste momento a fizesse sorrir.

"Como estão as coisas?", pergunto.

"Tudo bem, só estou estudando."

A registradora apita quando Ellen digita o preço do leite e do chiclete. Passo meu cartão na máquina.

"Você está sempre estudando", comento. É verdade: todas as vezes em que venho aqui ela está sozinha atrás do balcão, ou lendo um livro teórico ou preenchendo planilhas.

"Preciso entrar na faculdade." Ela encolhe os ombros, e seus olhos castanhos se desviam dos meus.

Faculdade? Ela ainda está no colégio e trabalha aqui até tarde, e quantas vezes por semana? Mesmo nos dias em que não entro na loja, eu a vejo trabalhando pela vitrine.

"Quantos anos você tem?" Não consigo evitar a pergunta. Sei que não é da minha conta, e não sou muito mais velho que ela, mas, se fosse seus pais, ficaria um tanto preocupado com minha filha adolescente trabalhando sozinha à noite num comércio no Brooklyn.

"Faço dezoito na semana que vem", ela responde com uma careta, o que meio que não combina com as adolescentes que costumam mostrar uma grande felicidade a cada ano em que se aproximam dos tão sonhados dezoito.

"Legal", digo quando ela me passa o recibo para assinar.

Ela ainda está fazendo careta quando entrega a caneta vermelha presa a uma pequena prancheta por um barbante encardido. Eu assino e a devolvo para ela. Ellen pede desculpas em profusão quando a impressora emperra antes de imprimir a minha cópia do recibo. Ela abre a tampa do aparelho, mas digo que está tudo bem.

"Não estou com pressa", aviso. Não tenho nenhum compromisso além de ir para casa estudar geologia. Ah, e tem também meu encontro com Nora, que está me deixando bem nervoso. Nada de mais.

Ela arranca a bobina de papel embolada e joga no cesto de lixo atrás do balcão. Pensando bem, percebo que Ellen nunca me pareceu alegre e despreocupada como uma menina de dezessete anos deveria parecer. Muitas vezes, esqueço que a maioria das pessoas no mundo não tem uma mãe como a minha — poxa, quase ninguém que conheci tem. Fui criado sem uma figura paterna, mas isso nunca me incomodou muito, sinceramente. Eu podia contar com a minha mãe. Cada um reage às coisas de acordo com sua experiência e com a maneira como foi criado. Hardin, por exemplo... suas experiências tiveram efeitos diversos nele em comparação a mim, e ele precisou trilhar um caminho diferente para absorvê-las. Não interessa por que; o que importa é que ele se responsabilizou por tudo e está se esforçando para entender seu passado e moldar seu futuro.

Quando eu tinha doze anos, comecei a contar os anos e os meses para o meu décimo oitavo aniversário — apesar de eu não ter nenhuma intenção de sair de casa de imediato, fiz dezoito anos logo no início do último ano de colégio. Por ter perdido o prazo de matrícula por causa da mudança, eu era um ano mais velho que o restante do pessoal. Não era minha ideia sair da casa da minha mãe antes de ir para a faculdade, mas isso foi antes de Dakota ter falado sobre mudar para Nova York em seu último ano de colégio. Depois de eu passar meses pleiteando vagas na FAFSA da NYU, procurando um apartamento para nós dois com acesso fácil ao campus de metrô, me conformando com a ideia de me afastar dos meus melhores amigos, minha mãe gestante e meu padrasto, a vida de Dakota mudou e ela esqueceu de me contar.

Ainda estou contente por ter me mudado, e feliz por estar me tornando um homem com consciência social, responsabilidade e planos para o futuro. Não sou perfeito — ainda não sei lavar direito minhas próprias roupas, e não consigo pagar minhas contas sozinho —, mas estou aprendendo e me divertindo com isso. Tessa me ajuda muito. Ela gosta de suas coisas bem mais limpas e arrumadas do que uma pessoa normal, mas nós dividimos as tarefas mesmo assim. Nunca deixei um par de meias sujas na sala de estar, nem esqueci de recolher minhas roupas sujas e suadas do chão do banheiro depois de sair do chuveiro. Sei que divido o apartamento com uma mulher com quem não tenho intimidade, então não deixo a tampa da privada levantada nem tenho um surto quando vejo uma embalagem de absorvente no lixo. Só me masturbo quando ela não está em casa, e sempre me certifico de não deixar nenhuma evidência do que fiz.

Talvez o incidente de ontem seja uma prova contrária a essa última afirmação. Minha mente se volta para esse acontecimento toda hora, a essa interação com Nora.

Depois de desligar a máquina e trocar a bobina duas vezes, Ellen imprime minha cópia do recibo. Decido ficar aqui um pouco mais; tenho a sensação de que ela não tem muito contato humano além dos personagens dos livros de história. Resolvo puxar assunto.

"Está planejando alguma coisa especial para o seu aniversário?"

Ellen bufa, e seu rosto fica corado. Sua pele está toda vermelha quando ela sacode a cabeça. "Eu? Não, preciso trabalhar."

Por algum motivo, eu já sabia que ela não teria planos além de ficar sentada num banquinho atrás de um balcão.

"Bom, aniversário é uma coisa superestimada mesmo", digo com o sorriso mais simpático que consigo. Ela meio que sorri, e seus olhos se acendem com um toquezinho de felicidade.

Ela ajeita a postura e ergue um pouco os ombros. "Pois é, né."

Desejo a ela uma boa noite, e ela responde que vai ser boa, sim. Enquanto fecho a porta da loja, recomendo que ela não estude demais. Puxa, como deve ser ter dezessete anos para uma garota criada na cidade? Realmente não consigo nem imaginar.

Durante a caminhada até o mercadinho da esquina, leio sobre o bar da matéria que minha mãe mandou e ligo para ela. Ken acabou de chegar de um congresso em Portland, e pega a extensão para entrar na conversa e falar sobre o placar do último jogo dos Giants. Com a mais recente derrota do time, ganhei uma pequena aposta que fizemos, e é inevitável me gabar um pouco. Encerramos logo a conversa para que ele e a minha mãe possam ir jantar.

Eu costumava comer com eles quase todas as noites, e conversar sobre atualidades, estudos, esportes e mais um monte de coisas. Apesar de me sentir contente pelo tempo que passei com a minha família antes de me mudar, pensar neles só me lembra da minha necessidade urgente de fazer novas amizades por aqui.

12

Depois de comprar não apenas um, mas três Gatorades vermelhos, volto para o meu apartamento.

Na frente do prédio, um caminhão de entregas barulhento está parado no meio da rua. O mercadinho lá embaixo recebe produtos dos fornecedores à noite; o caminhão de lixo passa às três da manhã quase todos os dias, e o barulho dos latões sendo esvaziados na caçamba metálica do veículo costumava me acordar toda hora. Mas recentemente fiz a melhor aquisição da minha vida e comprei um daqueles aparelhos que simulam sons do mar, de florestas tropicais, de noites no deserto e do único padrão que de fato uso: ruído branco.

Espero pacientemente pelo elevador e entro. É bem pequeno, comporta apenas duas pessoas de estatura média e uma sacola de compras. Em geral, não ligo de subir de escada, mas meu joelho começou a latejar de novo.

Quando chego ao terceiro andar, o elevador range e estala, e esses barulhos, junto com a minha apreensão sobre hoje à noite, me fazem perguntar quando enfim vou acabar ficando preso em um desses elevadores velhos da cidade durante horas. Se acontecesse hoje, eu não poderia sair com Nora...

Não, minha noite vai ser divertida.

Vai ser muito divertida, penso comigo mesmo enquanto guardo o leite e o Gatorade na geladeira.

É normal sair com uma mulher e as amigas delas, mesmo não conhecendo ninguém?, penso debaixo do chuveiro. Um banho sem incidentes, sem que cortinas e egos sejam arruinados, e bem agradável.

Totalmente normal, sem motivo nenhum para apreensão.

Mas, assim que me convenço disso, um pequeno detalhe de cabelos cacheados interfere nos meus planos. Quando estou deitado na cama, com os cabelos ainda molhados do chuveiro, começo a ler minhas mensagens. Há três novas, uma de Tessa, avisando que vai fazer hora extra e dizendo que nos vemos assim que possível, outra de Nora falando que em breve me manda mais informações sobre hoje à noite.

A terceira é de Dakota.

E aí, o que você tá fazendo?, leio a mensagem, e repito em voz alta, confuso.

Fico alguns momentos olhando para a tela antes de responder. Não quero dizer que marquei com outra pessoa, principalmente outra mulher. Não que eu queira mentir; prefiro fazer qualquer coisa a isso. Só não vejo nenhum desdobramento positivo em dizer o que *de fato* estou fazendo. Não sei nem se teria o que contar. Nós não estamos mais namorando, e Nora e eu somos só amigos, por mais que eu passe meu tempo pensando nela.

Mas resolvo mentir mesmo assim.

Estudando. E você?

Fecho os olhos antes de apertar o botão de enviar, e meu polegar age no piloto automático. Imediatamente me sinto culpado por mentir, mas sei que é tarde demais para voltar atrás.

Conecto o celular no carregador e vou até o closet para começar a me arrumar para a noite. Pego uma calça jeans escura com rasgos em ambos os joelhos. É mais apertada que as que costumo usar, mas acho que cai bem em mim. Até dois anos atrás, eu jamais caberia em uma calça dessas sem parecer um cupcake que cresceu demais e transbordou da forma. Na verdade, nem um cupcake... um muffin. Um muffin malsucedido.

Fico olhando para o closet, tentando arrumar algum senso estético que possa estar escondido em um ponto remoto do meu cérebro. Não encontro nada. Tenho elfos, magos, discos de hóquei e um monte de magos na cabeça, mas nenhum conceito de moda. Não tenho nada no closet a não ser camisas sociais, peças com estampa xadrez e um monte de moletons da WCU. Vou até a minha cômoda e abro a primeira gaveta. Vou usar uma cueca cinza, uma das poucas que tenho que não estão furadas. Meu quarto está meio abafado, então me inclino sobre o móvel para abrir a janela.

A segunda gaveta está cheia de camisetas, a maioria delas com frases estampadas na frente. Será que eu precisava ter comprado alguma roupa nova?

Onde é que está Tessa quando mais preciso dela?

Me arrumar para uma noitada fora de casa é uma coisa que não estou nem um pouco acostumado a fazer. Em geral, uso camisetas lisas com calça jeans ou esportivas — e, depois de mudar para o Brooklyn, acrescentei algumas jaquetas ao guarda-roupa. Eu diria que estou começando a aprender a me vestir sozinho.

Não sei a que tipo de lugar nós vamos, nem o que Nora vai vestir. Em geral, não sei muita coisa sobre sair com mulheres.

Pego uma camisa cinza e visto por cima da cabeça. As mangas estão meio compridas, então dobro antes de vestir a calça.

Meu cabelo está ficando comprido na frente, caindo um pouco sobre a testa, mas não consigo decidir se devo cortar ou não. Passo um pouco do spray da Tessa e tento pentear a franja rebelde para longe do rosto. Gosto de um visual mais largado, e de verdade gostaria de não ter falhas na barba, os pedaços sob as bochechas em que os pelos não crescem.

Quando estou vestido e com os cabelos de alguma forma domados, recebo uma mensagem de Nora.

A única coisa que está escrita é um endereço e um emoji de coração.

Isso me deixa empolgado... e um pouco mais nervoso.

E também me faz perceber que preciso sair logo e me apressar para não chegar atrasado. Calço as botas marrons enquanto digito o endereço no aplicativo de mapas do meu celular, aliviado por ver que posso chegar lá em meia hora a pé.

Posso usar a caminhada para acalmar minha mente e tentar pensar em coisas interessantes para entreter Nora e as amigas. Minha nossa, espero que elas não gostem de política: esse tipo de conversa nunca termina bem.

Estou tão preocupado com o desenrolar da noite que nem percebo que Dakota não me escreveu de volta.

13

Quando chego à casa noturna, percebo que é um lugar menor do que eu esperava. Fui a um clube uma vez em Detroit, e tinha o dobro do tamanho do prédio de tijolos diante do qual estamos na fila. A entrada do estabelecimento não é como nos filmes, onde tem sempre um brutamontes autoritário controlando a porta, um cara com uma prancheta e uma escuta no ouvido com o poder de elevar ou destruir a autoestima de alguém... Um simples aceno de cabeça dele enquanto abaixa a cordinha de veludo serve para validar as duas horas que as pessoas passam se arrumando para sair. Se você precisa esperar muito tempo lá fora, não tem qualquer moral. Pelo menos é assim que ele quer que você pense, o que é totalmente brutal.

Mas tudo não passa de uma fachada; ele provavelmente dorme sozinho em casa à noite e não se sente nem um pouco melhor a respeito de si mesmo ao se levantar. Seu falso poder tem uma data de validade de doze horas. Depois disso, ele continua se odiando e irritado por não ter conseguido a chance que merecia com a mulher com quem tentou alguma coisa ou o número do telefone de uma gostosona que nem ao menos se esforçou para tratar com algum respeito. É meio triste que, em pleno século XXI, as pessoas ainda se sujeitem a ser aceitas em casas noturnas com base em sua aparência. Faço o que posso para não validar esse tipo de coisa, mas sei que é assim que funciona.

Dito isso, fico aliviadíssimo ao constatar que este lugar não é nem um pouco assim. O predinho de tijolos fica em uma esquina, diante de uma fileira de food trucks estacionados em um terreno baldio. A rua não é tão movimentada como a calçada; apenas alguns táxis e um Tesla estão por perto.

Enquanto observo a pintura reluzente do Tesla sob as luzes, sinto o toque de uma mão no meu braço. Quando me viro, vejo Nora; seus olhos estão maquiados com uma sombra cinza esfumada. Ela está usando uma calça preta tão justa que parece ter sido costurada em suas coxas grossas. Os quadris estão escondidos por uma blusa preta com um símbolo da Adidas. Ao que parece, ela passou a tesoura na parte de cima, abrindo um decote V no tecido de malha. Por cima de tudo, ela vestiu um blazer preto, e nos pés usa tênis brancos. Seu visual parece ao mesmo tempo casual e produzido, definitivamente muita areia para o meu caminhãozinho.

Ela é bonita demais.

Gostosa demais.

Tudo demais.

Depois que Nora solta meu braço, fica parada em silêncio na minha frente, à espera de alguma coisa. Não sei o que fazer, então apenas a encaro de volta. Um monte de gente nos cerca na calçada enquanto esperamos para entrar.

"Então, vamos lá?", pergunto, apreensivo.

Seus lábios reluzentes se abrem em um sorriso, e ela assente com a cabeça. Percebo seus olhos percorrendo minhas roupas, e não consigo esconder uma certa vergonha.

Será que eu deveria ter vestido calças mais largas? Minhas mangas estão dobradas demais?

Os olhos de Nora enfim se desviam do meu corpo, e ela olha para a vitrine de vidro do bar. "Sim. Vamos lá." Então, apontando lá para dentro, ela acrescenta: "Elas já pegaram uma mesa."

Estou me sentindo bem deslocado aqui. Mando uma mensagem para Tessa para avisar que estou aqui, enquanto sigo Nora para dentro. Fico meio mal por convidá-la para vir também. Sei que ela preferiria estar na cama, lendo as páginas que grifou em seu livro favorito. Ela se sentiria mais à vontade sob o cobertor, chorando pelos erros e arrependimentos dos personagens, desejando ter um relacionamento que terminasse como os dos romances.

Mas ficar na cama amargando a infelicidade não faz bem para ela. Além disso, seria bom para mim ter outro rosto conhecido neste território nada familiar.

Quando a porta do clube noturno se abre, uma música eletrônica suave se espalha pela calçada. A batida é legal, ao mesmo tempo lenta e acelerada, suave e complexa. Acelero o passo para alcançar Nora e tentar puxar conversa.

"Você vem bastante aqui pra dançar?", pergunto quando entramos.

Ela se vira e passa o indicador nos meus lábios.

"Ninguém dança aqui." Ela sorri da maneira como uma mãe faz com o filho quando precisa explicar a coisa mais simples do mundo.

Quando olho ao redor, percebo que não estou numa casa noturna. Por que diabos não coloquei o nome do lugar no Google? É um bar como qualquer outro, e está lotado. Mesinhas de madeira, iluminação meio escura, decoração com tema industrial. Grupos de pessoas conversando, rindo e virando drinques. Um homem de cabelos brancos sacode um recipiente com líquido neon colorido, e todo mundo fica olhando e aplaudindo quando ele vira tudo sobre o gelo. O líquido borbulha, e uma fumaça sobe do copo. Fico bem impressionado.

Quando nos aproximamos do balcão, vejo a expressão de Nora passar da curiosidade ao ceticismo completo.

"*Esses barmen... é um truque mais velho que o outro!*", ela grita, alto o suficiente para o cara que prepara as bebidas ouvir por cima do som da música.

Olho para os lados e vejo que todos os rostos estão voltados para nós agora. Nora continua impassível, e dá uma bela encarada no homem quando se vira para ela.

"Argh. Eu deveria saber que era você." A expressão dele é de irritação, mas é puro fingimento. Pela maneira como ele olha para ela, dá para ver que os dois se conhecem, pelo menos bem o suficiente para fazer esse tipo de brincadeira.

Em um breve momento de irracionalidade, me pergunto se os dois já tiveram algum tipo de envolvimento... ou se eles continuam tendo.

Ela sorri e se encosta no balcão. "Oi, Mitch."

Nora usa o balcão como uma prateleira para seu decote. E ele percebe. E claramente gosta. Olha descaradamente dentro da blusa dela.

A camiseta dela está lá embaixo, o decote em V é bem chamativo, ainda mais em combinação com essa calça jeans. Nunca vi ninguém ficar tão bem usando roupas tão simples.

"Para de fazer cara feia, isso não combina com você", Tessa murmura no meu ouvido.

Por acaso meu crânio é transparente? Controlo a expressão no rosto e decido ser mais racional. Nunca fiz o tipo ciumento. Dakota deixaria um namorado assim totalmente maluco com sua personalidade brincalhona e a atração que parecia exercer sobre todos os caras do nosso colégio. Mas sempre fez um bom trabalho ao me garantir que eu não tinha motivos para disputá-la — ela era minha, e não havia razão para dramas ou ciúmes.

"Quando foi que você chegou aqui?", pergunto, distraindo meu olhar de Nora.

"Agorinha mesmo; o restaurante estava inesperadamente vazio." Ela suspira, encolhendo os ombros e demonstrando que preferiria estar em qualquer lugar que não aqui. Ainda está de uniforme: calça social preta e camisa branca; dá para ver as alças do avental para fora da bolsa. Que amiga mais leal eu tenho.

O barman tarado se aproxima, com seu sorriso aberto e os cabelos perfeitamente arrumados. Com certeza, é um cara legal. Tem os ombros largos de um jogador de futebol americano e o físico de um Adam Levine. É baixinho, mas musculoso. Uma combinação estranha, mas dá para entender por que é atraente.

Nora se estica toda para abraçá-lo, e ele a toma nos braços. O balcão é a única coisa que os separa de um contato corporal total. Olho ao redor e finjo observar o ambiente, mas com o canto do olho vejo que os dois ainda estão abraçados.

Dou uma olhada no bar. Os nomes de todas as bebidas estão escritos em giz em uma lousa enorme atrás do balcão, e quando ouço Nora pedir dois paro para ler do que são feitos. "Letters to Your Lover" tem gim, framboesa e mais alguma coisa que não consigo ler. Já o

"Knot-So-Manhattan" é uma mistura de bourbon, vermute e amaretto. Dá para ver um nozinho desenhado ao lado da lista de ingredientes escrita à mão.

Continuo a ler a criativa lista de coquetéis da casa, estimando que Nora tem uns vinte e cinco anos e conhece o barman, então não vamos ter problemas para conseguir bebidas alcoólicas. Eu não bebo com frequência — meia dúzia de latas de cerveja durariam meses na minha mão provavelmente —, mas bem que gostaria de um drinque agora. Tessa e eu saímos à noite algumas vezes e, quando pedíamos a carta de bebidas, éramos servidos sem que ninguém solicitasse nossos documentos. Sim, a gente dá umas escapadinhas de vez em quando.

Tessa parece se sentir meio deslocada, puxando o botão de sua camisa larga. "Vou até o banheiro", ela avisa. Eu assinto com a cabeça e fico lá parado, esperando que Nora se lembre da minha presença.

Observando Mitch melhor, ele me parece cada vez mais atraente... e cada vez mais irritante. Ele não deveria estar preparando bebidas e coisa e tal? Agora somos só eu, Nora, e um dos caras mais atraentes do mundo.

Esses tipos de cara vêm ao mundo só para fazer sujeitos como eu se sentirem mal. Seus dentes são todos certinhos e brancos como um par de tênis novos em folha. Olho para os dois de novo, me apoiando nos saltos da bota e tentando disfarçar um pouco. De repente, eu poderia ir atrás de Tessa até o banheiro, como as garotas fazem.

Antes que eu possa fazer isso, Nora larga o sr. Gostosão — que, aliás, tem uma pinta de figurão que não combina com um bar tão pequeno — e dá o braço para mim. Suas mãos estão frias quando tocam minha pele. Eu as procuro e as tomo entre as minhas, esfregando-as um pouco. Elas se aquecem quase imediatamente, junto com minha cara inteira, que está queimando de vergonha pelo que fiz. Ainda bem que está escuro aqui dentro.

Ela me encara com olhos curiosos. Depois, volta seu olhar para nossas mãos, para o meu gesto, e sorri. As luminárias penduradas no teto se movem, lançando sombras e luzes sobre seu corpo. A pele exposta de seu pescoço e seu peito brilha sob essa lenta dança. Nora está me encarando, e eu retribuindo o olhar, e não consigo parar.

Dou uma olhada de relance para o sr. Gostosão, que não está olhando para nós. Eu meio que gostaria que ele visse isso...

Qual é o problema comigo? Preciso parar de conversar tanto com o Hardin. Ele está me transformando em um babaca.

Um babaca neurótico.

Nora mantém o contato visual comigo. "Vamos sentar?"

É meio desconfortável manter o contato visual tanto tempo com alguém, principalmente uma garota bonita a quem já meio que admiti que estou a fim. Quando ela me beijou, meu corpo reagiu de um jeito que me convenceu de que passei a vida à espera dela, de um beijo como esse.

Ela se vira para o balcão, agradece Mitch e me entrega uma bebida com um pedaço de alcaçuz com um nó amarrado. O palito que vem no copo tem um arranha-céu de cabeça para baixo na ponta. Parece ser feito de madeira. Fico impressionado. O drinque de Nora tem um bilhetinho colado no copo. Parece uma carta. Fico duplamente impressionado.

Nora continua me olhando, e me lembro que ela sugeriu que fôssemos sentar. Faço que sim com a cabeça, considerando bem-vindo o afastamento do balcão, a área mais lotada do bar. As mesas também parecem bem cheias, mas pelo menos lá podemos ficar sentados. A música é agradável, não muito alta e com uma batida contínua. Não existe pista de dança; é um lugar para beber e conversar, que inclusive serve coisas para comer, não uma casa noturna. Ainda não acredito que, em vez de pesquisar a respeito do lugar, fui logo tirando conclusões precipitadas.

Nora me pega pelo pulso e me leva até os fundos do bar. O espaço vai ficando cada vez mais escuro à medida que nos afastamos do balcão, e por fim paramos ao lado de uma mesa cheia de mulheres que sorriem ao nos ver. Ainda fico impressionado com a proximidade física a que as pessoas nesta cidade estão acostumadas. As mesas pequenas estão tão próximas umas das outras que dá para ouvir a conversa de todos ao redor, embora a música ajude a amenizar o problema. A mesa tem algumas cadeiras que estão vazias e Nora faz um gesto para que eu me acomode em uma. Ela se senta diante de mim e ergue sua bebida. Nós batemos os copos, eu mexo um pouco no alcaçuz e no palito de madeira e os tiro do caminho antes de dar um gole.

Minha nossa, isso tem gosto de gasolina! De alguma forma, eu sabia que seria assim.

Sorrio para ela, mas balanço a cabeça para o lado e faço um gesto na direção da bebida. "Vou deixar o gelo derreter um pouco."

Ela dá risada, cobrindo a boca, e assente com a cabeça. "Eu entendo você! Ele fez os drinques bem *fortes*." Nora empurra um copo com água para mim com um sorriso. Em seguida, pega minha bebida e cheira, franzindo o nariz por causa do cheiro forte e empurrando para o canto da mesa, para longe de mim.

Gosto do fato de Nora não se importar de eu preferir não beber. Ela dá mais um gole em seu coquetel e lambe o açúcar cor-de-rosa na borda do copo. Ela solta o bilhete e abre o envelopinho da carta. Fico esperando que ela leia, e então estendo a mão. Nora bufa e revira os olhos por causa da mensagem melosa. Seus dedos brincam com a corrente fina de seu colar enquanto eu leio:

Pessoa amada, não abra uma nova porta
se tiver alguma coisa escondida em outra.

Eu dou risada e devolvo a cartinha. É uma tática de vendas inteligente. Enquanto fico me perguntando se a mensagem é sempre a mesma ou quantas delas existem caso não seja, Nora fica um pouco sem jeito e começa a me apresentar às suas amigas.

"Melody." Nora aponta para uma garota asiática bonita, usando bastante delineador, em uma linha reta que termina em uma ponta afiada.

"Oi", diz Melody, olhando para Nora e depois para mim.

A garota seguinte se chama Raine, a outra Scarlett, e a outra Maggy, e em pouco tempo seus rostos se tornam indistintos porque, na verdade, eu gostaria de conversar sozinho com Nora. Quero perguntar coisas como o que ela anda fazendo desde que chegou de Washington, que tipo de café gosta de beber, qual sua estação do ano favorita — basicamente conhecê-la um pouco melhor, já que, apesar de termos sido apresentados há um tempinho, nunca tivemos a chance de passar um tempo a sós.

Percebo que a amiga de Nora que se chama Maggy diz alguma coisa e cutuca o ombro da garota ao lado — e é como se uma lâmpada se acendesse dentro da minha cabeça.

Maggy é *Maggy*. *Maggy*... O que significa que...

A garota que recebe o cutucão se vira, e seu rosto se contorce em uma expressão perplexa quando me vê. Só pode ser uma alucinação, não é possível.

Quem está me encarando é Dakota; seus olhos imediatamente se arregalam, e seus lábios ficam franzidos de surpresa.

"Landon?", ela diz, com os olhos arregalados. Ainda assim, algo em seu tom de voz parece fingido, e fico com a sensação de que ela notou minha presença bem antes que eu notasse a sua.

Seus olhos estão cravados em mim, sugando cada partícula da empolgação que eu sentia quando passei pela porta. Nesses momentos, o ideal seria poder contar com um portal para atravessar, que me levasse para qualquer lugar longe daqui. Eu aceitaria até ser transportado para o meio da Batalha do Abismo de Helm. Infelizmente para mim, ainda não descobri um portal que me leve para dentro dos meus filmes favoritos.

Quando eu tinha dezesseis anos, minha tia me deu um kit de LEGO de O Senhor dos Anéis, e tentei reproduzir a cena dessa batalha. Era uma coisa complicada demais, e acabei desistindo. Dakota insistiu mais que eu, armando pelo menos cinquenta elfos com arcos e flechas em miniatura. Ela se dava melhor com as pecinhas de LEGO do que eu quando criança, e agora, na idade adulta, é muito melhor em colocar para fora as palavras necessárias em cada situação. Então aqui estou eu, e aqui está ela, me encarando, e então olhando para Nora, e se voltando de novo para mim. Observo enquanto ela junta as peças do quebra-cabeça e se dá conta de que estou aqui a convite de Nora.

Seus olhos amendoados se estreitam, e ela bufa ao se virar para Nora. "Era *esse* o gostosão de que você estava falando?"

Gostosão? Quê? Olho para o balcão, desejando poder ir me rastejando até lá para me esconder. Isso não vai terminar bem.

Nora revira os olhos, dá uma risadinha e mostra a língua. "Não começa a me encher o saco, Dakota."

Ai, não. Ela nem sabe o que está acontecendo aqui. E o tom de voz que Nora usa com Dakota é meio estranho; suas palavras transmitiram um certo incômodo.

Tessa se aproxima de nós e, quando vê Dakota sentada na mesma mesa que Nora e eu, fica paralisada e me lança um olhar tão confuso quanto o da minha ex-namorada. Minha capacidade de resolver problemas de repente se evapora, e fico sentado como um idiota, sem ter o que dizer.

Dakota se volta de novo para Nora, e tento pensar em algo para falar que esclareça a situação. Não quero causar constrangimentos. Pode acontecer qualquer coisa, menos um vexame aqui.

"Então, há quanto tempo vocês estão saindo?", Dakota pergunta.

"Não estamos saindo", eu respondo. Mas Nora, com um tom de voz mais alto que o meu, diz ao mesmo tempo: "Não faz muito tempo, é uma coisa recente."

Nora me olha, e meu peito se comprime. Ela fica confusa com a minha resposta.

Não faz muito tempo? Como assim? Nós estamos saindo? É isso o que está rolando?

Ela só me beijou uma vez e, fora os minutos em que Tessa estava no banho ou a caminho daqui, quase não passamos nenhum tempo a sós. Eu diria até que nós nunca conversamos direito.

Os olhos de Dakota se enchem de lágrimas, e percebo que ela está reunindo suas armas. Está coletando acusações, elaborando alguma teoria para que tudo faça sentido. Eu quase nunca testemunhei esse seu lado raivoso e, por algum motivo, uma parte de mim se enche de satisfação. Quando estávamos juntos, quase nunca brigávamos. Ela gritava muito, mas não comigo. Nunca comigo.

"Nós não estamos namorando", sinto a necessidade de esclarecer de novo.

As outras três moças da mesa começam a cochichar, provavelmente criando suas próprias versões para a novela que está sendo encenada ao vivo diante de seus olhos.

Olho para Nora, que está começando a sacar o que está rolando.

"Vocês dois se conhecem?", ela pergunta.

"*Se a gente se conhece?*" A voz de Dakota está mais grave agora, mais reservada, e ela agita as mãos, apontando para Nora e para mim.

Anda, portal. Aparece logo e me tira daqui.

Dakota está me olhando como se eu fosse algum tipo de predador, alguém de quem é preciso fugir. Isso me enche de raiva. Ela está a várias cadeiras de distância, mas dá para sentir sua mágoa daqui. Seus dedos agarram a borda da mesa e ela arregala os olhos para mim, à espera de uma explicação.

"Sim, *a gente se conhece.* A gente se conhece há muito tempo."

Dakota está fazendo uma encenação. Está tentando se distanciar desse momento, parecer calma e tranquila, escondendo o quanto a situação a chateia. Ela pega um copo e nem olha para o que é antes de virar tudo de uma vez.

Os ombros de Nora sobem e descem enquanto ela permanece em silêncio, respirando fundo. Está todo mundo olhando para mim agora.

Uma encarada.

Um olhar de expectativa.

Mais uma encarada.

Tessa está olhando para o celular; ela não vai me ajudar.

Agora dá para contar três encaradas...

... e um par de olhos revirados.

Dakota pega a bolsa do encosto da cadeira e passa voando por mim. Tento segurá-la pelo ombro, mas ela se desvencilha do meu toque, quase me derrubando da cadeira.

Fico observando enquanto ela vai embora. E, quando me viro de volta para a mesa, dou de cara com Nora.

"Você é o tal cara. O ex-namorado nerd de Michigan." O tom de voz dela é neutro, sem nenhuma surpresa, só um toque de vergonha. Eu fico de pé.

Ex-namorado nerd? É assim que Dakota me vê?

É desse jeito que Dakota se refere a mim? Me descreve para as novas amigas que fez na cidade?

Olho para a porta e vejo os cabelos de Dakota quando ela sai.

Não consigo imaginar como ela está se sentindo. Acha que estou namorando Nora, e eu menti hoje mais cedo sobre estudar.

É exatamente por isso que nunca minto. Não sei o que me deu na cabeça para fazer isso, mas eu deveria saber que o tiro ia sair pela culatra, que as mentiras sempre acabam mal. Além das vezes em que fingi saber do que ela estava falando quando não tinha a menor ideia, nunca menti para Dakota.

Alguém me segura pelo ombro e me obriga a me virar. Dou de cara com Nora de novo. Percebo que ela está me desafiando, me obrigando a escolher. Suas sobrancelhas estão erguidas sobre os olhos afiados, que eu pensei que ia poder admirar a noite toda. Pensei que fosse conseguir conhecer melhor essa mulher com uma autoconfiança suficiente para preencher esse bar inteiro, para iluminar uma cidade.

Como posso escolher? Eu mal a conheço.

Nora está completamente imóvel e silenciosa; apenas seus olhos conversam comigo. Se eu sair atrás de Dakota, ela vai voltar a falar comigo algum dia?

Por que essa possibilidade me incomoda tanto?

Mas eu não posso deixar Dakota ir embora sozinha a essa hora da noite. Ela está magoada, e sinto que nem imagino o quanto seu comportamento pode se tornar volátil neste momento. Seu impulso autodestrutivo é seu maior inimigo.

"Me desculpa." Essa é a única coisa que consigo dizer a Nora antes de sair atrás de Dakota noite adentro.

14

Quando saio do bar, Dakota está parada na calçada, acenando para um táxi. Vou correndo até ela e baixo sua mão.

"Não encosta em mim", ela protesta, e uma nuvem de vapor se condensa diante de sua boca no ar gelado.

Afasto a mão e paro na frente dela. Dakota mantém os braços abaixados, cruzando-os diante do peito como se quisesse se proteger de mim.

Imediatamente começo a me explicar. Ou a tentar fazer isso.

"Não é o que você está pensando", digo com um sussurro.

Dakota vira a cara para mim. Ela não vai permitir que eu me explique. Nunca me deixou fazer isso.

Seguro seu braço de leve, mas ela contorce o corpo todo, como se eu a estivesse machucando. Ignoro os olhares das pessoas que passam e continuo parado na frente dela.

"*Não o cacete!*", ela grita. "Você está de brincadeira comigo, Landon?"

Pelo cheiro de álcool em seu hálito e seus olhos vermelhos, vejo que ela tomou mais de um drinque. Desde quando ela bebe desse jeito? Ou melhor, desde quando ela bebe?

Na minha mente, ela volta a ser uma menina de dezesseis anos com os cabelos presos em um coque. Está usando short de ginástica e meias longas, do modelo com listras vermelhas no alto, sentada na cama de pernas cruzadas, lendo fichas de inscrição para se candidatar a vagas em faculdades e comendo pizza. A casa dela está silenciosa, o que não é muito comum. Seu pai não está. Carter saiu com Jules. Ela está dizendo que nunca ficou bêbada, mas gostaria.

Seu primeiro experimento nesse sentido não deu muito certo; a bebida alcoólica não tem o gosto bom que as personagens de *Gossip Girl* dão a entender. Dez minutos e três goles de vodca depois, ela estava abraçando o vaso sanitário, e eu segurando seus cabelos enquanto ela jurava que nunca mais iria beber. Antes que eu colocasse a garrafa de volta no freezer lotado de bebidas de seu pai, despejei metade na pia e completei com água, pensando que, se a bebida fosse diluída, o temperamento dele também amenizaria.

Ao que parece, a vodca não congela, mas a água sim. Na manhã seguinte, Carter apareceu na escola com o olho roxo e dores nas costelas por causa da besteira que eu fiz.

Foi um erro que nunca mais cometi.

"Ela é amiga da Tessa", digo. "A gente mal se conhece. Não é o que parece..."

Dakota me interrompe, falando sem olhar para mim. "Ela está falando de você há semanas!" Sua voz sai bem alta, afiada como uma faca.

"*Ele é tããão gracinha*", ela ironiza, imitando uma voz de garotinha apaixonada.

As pessoas que passam pela calçada ficam olhando para nós enquanto tento acalmá-la. Um cara de gorro me olha como se dissesse eu-sei-como-é-cara quando passa com a namorada. Sua namorada estava *tranquila*, e claramente não estava com raiva dele. Sortudo.

Tento me defender, mas não consigo soar muito convincente. "Não sei o que ela anda dizendo, mas eu não..."

Dakota ergue a mão perto do meu rosto, pedindo para eu me calar. Seu vestido é apertado nos quadris, expondo o contorno das coxas. Quanto mais ela se move, andando de um lado para o outro na calçada, mais o vestido sobe. Ela nem parece perceber, e continua fervilhando de raiva.

Depois de mais alguns instantes andando de um lado para o outro, ela se volta para mim, com os olhos acesos, como se lembrasse de algo. "Ai, meu Deus! Ela beijou você! Estava contando pra todo mundo!"

Ela recua alguns passos na calçada e esbarra em um homem passeando com um são-bernardo. "Era de você que ela estava falando! Esse tempo todo."

Minha nossa, por acaso Nora estava narrando para Dakota cada detalhe das nossas interações?

Dakota ergue a mão para chamar um táxi de novo. "Sai de perto de mim", ela avisa quando a seguro pelo ombro para equilibrá-la.

Ainda não disse nada, e sei que preciso ser cauteloso ao abordar a situação. Eu não esperava que as duas estivessem conversando sobre mim. Não sabia que Nora estava interessada a ponto de comentar com as amigas e, mesmo se estivesse, eu jamais imaginaria que Dakota fosse uma de suas colegas de apartamento. Como é possível o mundo ser tão pequeno?

"Eu vou junto. Quanto você bebeu hoje?", questiono.

Ela me dá uma encarada; seus olhos estão faiscando. Não obtenho nenhuma resposta. E nem esperava uma.

Os táxis quase não circulam por esta parte do Brooklyn, então eu digo: "Vou chamar um Uber. E vou mandar lá pra sua casa." Pego o celular no bolso.

Ela não me impede, e encaro isso como um bom sinal.

Enquanto esperamos o carro chegar, decido ficar calado. Dakota só vai voltar a ter um comportamento razoável quando estivermos a sós. Tudo isso não passa de um mal-entendido, e quero ter a chance de conversar com ela com calma, para conseguir me explicar.

Depois de três minutos de silêncio total, Daniel do Prius azul e uma avaliação cinco estrelas encosta no meio-fio. Coloco as mãos nos ombros de Dakota para conduzi-la até o carro. Ela se contorce para se desvencilhar de mim e cambaleia para fora da calçada para entrar pela porta do outro lado. Está passando um carro nesse momento, e corro até ela para tirá-la do caminho. Ela solta um grunhido, dizendo para eu não pôr a mão nela, então dou a volta de novo e entro pelo lado da calçada.

Vai ser uma noite bem longa. Digitei o meu endereço no aplicativo, não o dela, porque de jeito nenhum quero encontrar Nora, que, com certeza, deve estar irritadíssima com a situação.

"Como vão vocês?", Daniel pergunta.

Dakota ignora, apoiando o rosto na mão e encostando na janela.

"Tudo bem", eu minto.

Não há motivo para envolver o motorista nessa confusão toda; ele parece um cara legal, e seu carro tem um cheiro bom de caramelo.

"Que bom. Está esfriando hoje. Tem água aí atrás se quiserem, e um carregador pro celular também", ele oferece.

Agora entendo o motivo da avaliação cinco estrelas.

Olho para Dakota, e acho bom que bebesse um pouco de água, mas ela não parece disposta a ceder em nada no momento.

"Nós não estamos precisando de nada... mas muito obrigado", respondo.

O motorista dá uma espiada no retrovisor e parece entender tudo. Ele aumenta um pouco o volume da música e faz o resto do trajeto em silêncio. Vai ganhar cinco estrelas de mim também.

"Para onde você pediu pra ele levar a gente?", Dakota decide falar, na metade do trajeto. Olho pela janela. Estamos na metade do caminho para meu apartamento. Acabamos de passar pelo Grind.

"Lá pra casa. Eu nem sei seu endereço", lembro a ela.

O motivo para isso foi que ela mal manteve contato comigo desde que se mudou para cá, e nunca me convidou para ir a seu apartamento. Dakota tem mesmo o direito de se irritar com meu envolvimento com Nora — se é que dá para chamar o que está rolando entre nós de "envolvimento". Apesar de parecer que ela está sendo totalmente irracional, fico me perguntando se não fiz por merecer esse tratamento.

Ela bufa, mas não discute. Imagino que seja porque estou certo, e ela não quer ver Nora nem suas outras colegas de apartamento, que testemunharam toda a situação no bar. Fico com a impressão de que o lugar onde ela mora é cheio das relações de amizades com animosidades que Tessa me explicou uma vez enquanto víamos *Pretty Little Liars*.

Tessa... Nossa, eu a deixei sozinha lá. Pego o celular e mando uma mensagem me desculpando. Quando Dakota me espia com o canto do olho, com certeza querendo saber se estou escrevendo para Nora, digo: "Só estou avisando pra Tessa que fui embora..."

Daniel, o motorista cinco estrelas, encosta na frente do meu prédio e me dá uma última olhada cheia de solidariedade pelo espelho antes de eu descer. Pego minha carteira e dou para ele uma gorjeta de cinco dólares. Dakota desce do carro com pressa, batendo a porta com força quando saio pela calçada.

"Me deixa ajudar você." Estendo a mão para pegar a bolsa enorme com a qual ela está se complicando toda.

As alças da bolsa estão enroscadas no ombro de Dakota em um emaranhado confuso de couro marrom. Ela dá de ombros e fica parada, permitindo que eu a ajude. Rapidamente desembaraço as alças, me esforçando para não tocá-la, e quando a bolsa está livre, eu mesmo carrego. Acho que não é de propósito, mas ela se recosta em mim enquanto caminhamos até a porta da frente do prédio. O musgo que cresce na parede de tijolos parece mais espesso esta noite, mais sufocante.

Dakota se afasta e cambaleia até a entrada. Abro a porta, e ela solta um suspiro de alívio quando entra no corredor quentinho. Meu prédio não tem porteiro nem sistema de segurança, mas está sempre limpo, e os corredores em geral estão com cheiro de produtos de limpeza. Não sei se isso é exatamente bom, mas é melhor que certas alternativas.

Enquanto atravessamos em silêncio o corredor, me dou conta de que ela nunca esteve aqui antes. Quando me mudei para o Brooklyn, combinamos de nos encontrar para um jantar no meu apartamento, só para conversar e contar as novidades, mas ela cancelou uma hora antes do horário marcado. Eu havia preparado uma refeição completa, de quatro pratos — com a ajuda de Tessa, claro. Procurei em quase todos os mercadinhos do Brooklyn pela bebida preferida de Dakota, um refrigerante azul que vem numa garrafa de vidro, e só encontrei depois de uma hora de caminhada. Inclusive me segurei para não beber a embalagem de seis unidades, esperando por sua chegada. Na verdade, bebi duas garrafas, mas guardei outras quatro para ela.

Os sapatos baixos de Dakota produzem guinchos agudos em contato com o piso, e eu não me lembrava de que demorava tanto assim para subir até o meu apartamento. O elevador está demorando uma eternidade.

Quando finalmente chegamos ao apartamento e eu abro a porta, Dakota vai logo passando por mim e entrando. Coloco sua bolsa sobre a mesa e tiro os sapatos. Ela dá mais alguns passos até o centro da sala.

Nossa sala de estar parece bem menor com a presença dela. Dakota é como uma tempestade, produzindo ondas de raiva à medida que seus pulmões se enchem de ar. Seu peito se eleva, e depois se contrai, em um ritmo instável.

Caminho em sua direção, para o olho do furacão. Eu não deveria saber como abordá-la. Não deveria me lembrar a maneira exata de falar com ela, de acalmar seus ânimos.

Mas eu me lembro.

Me lembro de como caminhar lentamente até ela e envolvê-la pela cintura. Quando faço isso, meus braços assumem um caráter protetor, tentando defendê-la de tudo e de todos. Neste caso, de mim mesmo.

Meus dedos deveriam ter esquecido a maneira de erguer com suavidade seu queixo teimoso para olhá-la nos olhos. Mas não conseguiram, nem poderiam.

“Precisamos conversar sobre isso”, murmuro para o ar pesado entre nós.

Dakota respira fundo e tenta desviar os olhos de mim. Flexiono os joelhos para me colocar à sua altura.

Ela vira a cabeça de novo, mas eu me recuso a ceder antes de ser ouvido.

"Conheci a Nora um tempo atrás, lá em Washington", começo a explicar.

"Em *Washington*? Vocês estão juntos há tanto tempo assim?" Ela soluça ao terminar a pergunta, e se desvencilha do meu abraço.

Fico me perguntando se devo oferecer alguma coisa para ela beber. Acho que não é o melhor momento, mas, quando uma pessoa embriagada soluça, às vezes quer dizer que vai passar mal, não?

Onde foi que eu ouvi isso?

Este é um dos momentos em que eu gostaria de saber mais sobre bebedeiras e os efeitos que produzem no corpo.

Dakota tropeça em uma pilha de livros no chão e cambaleia, dando alguns passos incertos na direção do sofá. Melhor prevenir do que remediar. Vou pegar uma água para ela.

Eu balanço negativamente a cabeça. "Não, não, não. Ela foi algumas vezes lá em casa porque os pais dela são vizinhos da minha mãe e do Ken."

Sei que parece mentira, mas não é.

"A gente mal se conhece. Ela ajudou a minha mãe a preparar alguns doces, e agora que é amiga da Tessa..."

"Sua mãe? Ela conhece a *sua mãe*?", Dakota grita.

Cada coisa que digo parece uma pá de terra a mais no buraco em que estou me enfiando.

"Não... quer dizer, sim." Solto um suspiro. "Como eu falei, os pais dela moram perto dos meus. Mas não rolaram jantares em família com ela nem nada do tipo."

Espero que alguma informação se assente dentro dela para que veja que nada disso é o que ela está pensando.

Dakota vira a cara, e seus olhos passeiam pela sala de estar. Fico observando quando ela vai até o sofá e se senta do lado mais próximo da porta. Tiro a jaqueta e penduro no encosto de uma cadeira. Estendo a mão para pegar a dela, mas Dakota não está usando uma. Como não percebi? Eu me lembro do contorno de suas coxas, da marca do sutiã sob o vestido de malha fina. Não estou acostumado a vê-la vestida assim, com esse tipo de roupa.

Essa é a minha desculpa para ser um tarado que nem percebeu que ela estava sem blusa? Nem me passou pela cabeça oferecer a minha... o que está acontecendo comigo?

Enquanto espero por uma resposta, vou até o termostato e aumento um pouco a temperatura. Com um pouco de sorte, isso vai deixá-la mais sonolenta. Vou até a cozinha e pego um copo d'água para cada um.

Quando volto, ela faz que não com a cabeça, evitando me encarar; dá para ver que ela está se esforçando para se acalmar. "Por alguma razão, acredito em você, mas deveria mesmo? Tipo, assim tão depressa? Em um estalar de dedos?"

Ela apoia o queixo no cotovelo e olha para o outro lado da sala. "Eu não sabia que ia ficar tão incomodada de saber que você estava com alguém", ela admite.

Suas palavras me pegam de surpresa e, enquanto as assimilo, minha linha de raciocínio muda. Relembrando a briguinha entre as duas, entendi que Dakota estava irritada por me ver com Nora, mas por alguma razão pensei que estava furiosa por eu ter mentido sobre hoje à noite. Que ela fosse se incomodar por me ver com alguém — apesar de, na prática, eu não estar com ninguém — não foi a primeira coisa que me passou pela cabeça, diante das circunstâncias. Foi *ela* que terminou comigo há seis meses, e mal falou comigo depois disso.

Uma parte de mim sente vontade de gritar com ela: *Que coisa mais sem lógica é essa!?* Uma outra parte, porém, me lembra que, de certa forma, ela tem esse direito. Faço um grande esforço para ver a situação a partir de sua perspectiva antes de dizer alguma coisa, porque sei que, se abrir a boca agora, vou atrapalhar mais do que ajudar. Principalmente se fizer isso pensando só do meu ponto de vista. Só em mim mesmo. Mesmo assim, é uma coisa irritante.

Ela acha que seis meses depois pode gritar comigo por sair com uma garota com quem na verdade nem estou saindo? Sinto vontade de dizer isso, que ela está errada — e eu estou certo — e puto da vida também! Mas existe um problema em expressar esse tipo de irritação momentânea: descarregar isso sobre ela vai me deixar satisfeito por um momento, só que mais tarde vou me sentir péssimo por isso.

A raiva não costuma oferecer soluções, simplesmente cria mais problemas.

Mesmo assim, essa parte de mim quer dizer alguma coisa. Em vez disso, dou um gole na minha água.

Eu conheço de perto a raiva.

O tipo de raiva que eu conheço não é uma coisinha que explode ao ver seu ex saindo com outra pessoa seis meses depois do rompimento. Minha experiência com a raiva não envolve se irritar com um vizinho que deu uma batidinha no seu carro ao estacionar. A raiva que eu conheço aparece ao ver seu melhor amigo com o olho estourado porque seu pai ouviu dizer no bar um cochicho sobre ele passar tempo demais olhando para outro garoto.

A raiva que eu conheço faz você ferver por dentro e transforma suas entranhas em lava, queimando lentamente enquanto desce pelas encostas e domina tudo ao redor. Surge quando os hematomas de seus amigos têm a forma de punhos fechados e você não pode fazer merda nenhuma a respeito porque só vai causar mais estrago.

Quando você sente esse tipo de raiva, é muito, muito difícil perder as estribeiras por causa de pequenas coisas. Eu nunca fui de colocar mais lenha na fogueira. Sempre fui a água que extingue as chamas, o unguento que alivia as queimaduras.

Problemas banais surgem e desaparecem, e sempre evitei conflitos a qualquer custo, mas, às vezes, as coisas tomam uma proporção grande demais para suportar ou ignorar. Sou péssimo em confrontar os outros, não consigo manter uma discussão nem que minha vida dependa disso. Minha mãe sempre disse que eu nasci com um dom: uma carga enorme de empatia. Mas isso pode rapidamente se tornar um defeito em vez de uma virtude.

É inevitável para mim... Não suporto ver as pessoas sofrendo, mesmo se o meu envolvimento causar sofrimento para *mim*.

Ainda estou tentando entender o lado de Dakota quando ela enfim quebra o silêncio.

"Não estou dizendo que você não pode namorar", ela diz.

Eu me sento no braço do sofá, à maior distância possível dela.

"Só que não tão depressa. Não estou pronta para ver você namorando", ela acrescenta, dando um belo gole na água.

Depressa? Já faz seis meses.

Dá para ver por sua expressão que ela está falando muito sério, e não sei se devo continuar enfiando o dedo na ferida ou deixar tudo isso passar. Ela está bêbada, e sei que tem passado por muito estresse com a situação na academia e tudo mais. Eu sou esperto suficiente para saber pelo que vale a pena brigar, e não me sinto forte a ponto de permitir que esse assunto se transforme em uma bola de neve e vire uma briga séria.

O que ela está me pedindo não é nem um pouco justo, e fico frustrado com a facilidade com que fui arrastado de novo para esse papel passivo. Eu estou sendo indulgente com ela... mas isso é tão ruim assim? Estamos nos comunicando. Não tem ninguém gritando. Nem perdendo a cabeça. Quero manter a conversa viva. Se ela estiver a fim de revelar alguns segredos, eu vou querer ouvir.

"E quando você vai estar pronta para me ver namorando?", pergunto em um tom suave.

Ela se ajeita no sofá e assume uma postura defensiva. Eu sabia que seria assim. Fico olhando para ela, com uma expressão que tenta comunicar que não há motivo para se exaltar, estamos só conversando. Ninguém está julgando ninguém.

Os ombros dela relaxam.

"Não sei. Nunca pensei sobre isso." Ela encolhe os ombros. "Pensei que fosse demorar mais pra você me esquecer."

"Esquecer você?", questiono, começando a me preocupar com a sanidade dela. O que a faria pensar que eu seria *capaz* de esquecê-la? Um beijo em Nora? Essa garota diante de mim não me deu outra escolha a não ser seguir em frente.

Mas, puxa, seria melhor se ela não tivesse ficado sabendo sobre o beijo. Não porque gostaria de escondê-lo, mas porque é melhor não saber certas coisas. Mantenho o espaço entre nós, ficando a duas almofadas do sofá de distância.

"Não esqueci você", digo com toda a calma, "mas você não me deixou muita escolha nesse sentido, Dakota. Mal falou comigo desde que veio pra cá. Foi você que terminou comigo, lembra?"

Eu a encaro.

Ela está olhando para o chão.

"Você queria se concentrar em si mesma quando se mudou, e eu entendi. Deixei que você tivesse seu espaço e não fiz nada pra atrapalhar. Você não veio atrás de mim nenhuma vez. Não me ligou, não me atendia quando eu ligava. Agora está agindo como se eu fosse um vilão porque fui com alguém a um bar."

A história de deixar tudo isso passar já era.

De verdade, não quero brigar com ela. Só quero poder me comunicar de forma aberta e sincera.

Ela olha feio para mim. "Então você está *mesmo* saindo com ela."

Depois de tudo o que falei, é absolutamente frustrante que ela se concentre só nisso.

Estou tentando encontrar alguma lógica por trás dessas acusações, mas fica difícil, sem saber o que Nora anda dizendo.

A noite inteira fiquei repetindo que não tenho nada com Nora, mas ela não acredita. E agora está me cobrando um não envolvimento com ninguém que em nenhum momento foi combinado entre nós.

Se a situação fosse oposta, eu acreditaria nela. Conheço Dakota bem o bastante para saber que não mentiria para mim. Ela está complicando as coisas. Por que está fazendo isso?

"Para de mentir para mim." Ela agita os braços no ar, e suas pulseiras de metal se chocam uma contra a outra. "Eu entendo, Landon. Ela é bonita, é mais velha, é agressiva. Os homens gostam desse tipo de coisa. Você também gosta, e eu fui substituída de novo."

Eu posso me irritar com as explicações que ela está criando para os fatos ou posso morder a língua e lembrar que Dakota bebeu, está chateada, e anda vivendo sob muita pressão ultimamente.

Com um suspiro, saio do braço do sofá, me ajoelho no tapete diante dela e encaro sua expressão estoica. "Eu jamais mentiria sobre uma coisa como essa. Estou dizendo a verdade."

Seguro as mãos dela, que estão sobre o colo. Sua pele está fria, o que traz uma lembrança à minha mente. Sou transportado para um quintal, para uma sessão de amassos que protagonizamos aos quinze anos. As mãos de Dakota estavam tão frias que ela precisou colocá-las debaixo da minha blusa. A gente não conseguia parar de se beijar. Quando entramos, estávamos congelando, mas não fazia diferença. Nem um pouco.

"Posso perguntar uma coisa pra você, Landon?" O tom de voz dela é suave, e alguma coisa dentro de mim se derrete.

Eu não tenho como resistir a ela.

Estou aos seus pés.

Sempre estive.

"Qualquer coisa."

Dakota respira fundo e puxa uma das mãos do meio das minhas para prender o cabelo atrás da orelha. Viro sua outra mão e começo a seguir o contorno de sua pele, de sua cicatriz. Ela se encolhe por instinto, e consigo sentir o desconforto dolorido da lembrança que motivou essa reação.

"Você sente a minha falta, Landon?"

Suas mãos são macias e leves contra as minhas.

É um momento familiar, mas ao mesmo tempo estranho. Como pode ser.

Se eu sinto falta dela? Claro que sinto.

Desde o dia em que mudei para Washington. Já disse muitas vezes o quanto sinto sua falta. Já expressei meu sentimento de saudade muitas vezes, sem ouvir nada, nem remotamente parecido, em troca.

Me inclino em sua direção, aperto suas mãos e devolvo a pergunta. "Você sente a *minha* falta?"

Sem dar tempo para que ela responda, eu continuo: "Preciso saber, Dakota. Acho que está mais do que na cara que sinto sua falta, desde o dia em que fui embora de Michigan. Antes e depois de você ir me visitar em Washington. E diria que ter me mudado para o outro lado de país é uma prova de que sinto sua falta."

Ela parece pensativa por um instante. Dá uma encarada em mim por um momento, e então seu olhar se perde.

Por fim, ela abre a boca para falar. "Mas você sente falta de *mim*? Ou da ideia que eu represento, dessa familiaridade? Porque teve vezes em que me senti como se literalmente não fosse capaz de fazer nada sem você, e detestei isso. Queria provar para mim mesma que sabia me virar sozinha. Depois que o Carter morreu, eu me apeguei a você, e aí você foi embora, e não me sobrou mais nada. Você era meu porto seguro e, quando se mudou, levou minha segurança junto. Mas aí, quando você disse que vinha pra Nova York comigo, senti que ia ficar presa nesse porto seguro com você. Que eu ia ser criança pra sempre. Que não teria chance de me aventurar, de viver alguma coisa inesperada, com você ao meu lado pra me salvar."

Suas palavras queimam dentro de mim enquanto as assimilo. Elas apelam para minha maior insegurança, a voz dentro da minha cabeça que se preocupa com o que os outros pensam a meu respeito. Não quero ser o bonzinho. Já faz vinte anos que estou nesse papel, mesmo quando é dificílimo, e ainda não entendo por que as mulheres preferem o drama à normalidade.

Só porque um cara não sai batendo na cara de quem dá em cima de sua namorada não significa que não goste dela. Só porque não fica enciumado ou de cara feia toda vez que ela fala com outro, não significa que ele seja fraco ou desinteressado. Só significa que ele sabe manter suas emoções sob controle, que é maduro e respeitoso o suficiente para ser um membro funcional da sociedade. Que ele entende que todo mundo precisa de espaço, e que toda mulher deve ter uma chance de desenvolver seu lado independente.

Nunca vou entender por que os bonzinhos são tão malvistos.

Por outro lado, pensando bem, são os bonzinhos que acabam virando os maridos. As mulheres fazem um período de experiência com os bad boys, mas no fim acabam querendo trocar a Harley-Davidson por um Prius.

Esse sou eu.

O equivalente humano de um Prius.

Dakota seria um Range Rover, um modelo robusto e luxuoso, mas ainda assim de uma beleza impressionante.

Nora seria um Tesla, moderno, novo e veloz. Suas curvas são suaves e expressivas...

"Aí eu terminei com você... e veio uma sensação de aventura. Eu estava sozinha na cidade grande, com todas as complicações que isso significava", Dakota continua.

E que diabos tem de errado comigo, aliás?

Estou a poucos centímetros de Dakota, segurando as mãos dela. Não deveria estar pensando em Nora. É o pior momento possível para pensar em Nora com seus olhos irresistíveis, e seu lábio inferior mais proeminente que o superior.

E então percebo: pensar em Nora é bem menos complicado que tentar entender a lógica por trás dos sentimentos de Dakota. E não tenho a menor ideia do que dizer para a minha ex agora. Ela está dizendo que fui solícito demais, que de alguma forma a impedia de se virar sozinha, e estou com tanto medo de irritá-la, sem saber como responder. Com certeza, não posso dizer que *não* a coloquei em uma redoma. Mas era para ser um porto seguro, não uma prisão. Nunca a privei de sua liberdade de propósito. Só queria ajudá-la de todas as formas possíveis... e também Carter, seu irmão.

Dakota se mexe no sofá, enfia os pés sob o corpo, sem soltar minhas mãos, e fica à espera da minha resposta.

Só o que posso fazer é falar a verdade, disfarçando minha raiva o máximo possível. "Eu não vou pedir desculpas por ter sido bom pra você."

Suas mãos ainda estão entre as minhas. Ela remove uma e prende o cabelo atrás da orelha antes de me encarar.

"Não é isso o que eu quero." Ela suspira e passa a língua nos lábios, umedecendo-os. "Só estou dizendo que na época eu precisava de um tempo de você, de nós dois." Ela move nossas mãos entrelaçadas no espaço entre nós.

Na época? Ela está falando no passado, como se nosso rompimento fosse uma coisa que agora está sendo... superado? Esquecido? É isso?

Levanto a cabeça para encará-la. "O que você está tentando dizer? Que não precisa mais de um tempo?"

Ela crava os dentes no lábio inferior enquanto assimila minha pergunta.

A parte mais estranha de tudo isso é que não sei como me sinto. Uma semana atrás, caso essa conversa acontecesse exatamente da mesma forma, eu me sentiria de outra maneira. Não ficaria tão relutante em relembrar nosso passado. Ficaria empolgado, agradecido, feliz. Agora só consigo me sentir estranho. A informação não é assimilada como deveria.

Dakota ainda não me respondeu, e suas palavras parecem sufocadas enquanto seus olhos percorrem a sala e seu peito se enche, revelando uma respiração funda demais para indicar boas notícias.

"Posso beber mais um copo d'água?", ela pergunta, guardando a resposta para si.

Faço que sim com a cabeça e fico de pé, olhando-a nos olhos mais uma vez, à espera de uma resposta. Uma parte do meu cérebro me diz que preciso perguntar de novo, para ter certeza de que ela não quer mudar o status do nosso relacionamento.

Seria tão fácil assim retomar as velhas rotinas?

Quantos dias seriam necessários antes de ela voltar aos meus braços, deixando de lado sua necessidade de independência e aventura?

Pego o copo e, quando chego à cozinha, abro a gaveta perto da geladeira onde guardamos o Tylenol. Se os soluços e os passos cambaleantes servem de indicação do tanto que ela bebeu, Dakota não vai se sentir tão bem amanhã de manhã. Abro o frasco e despejo três comprimidos na mão, depois encho o copo com água. Em cima da pia, tem uma forma de bolo. Na bancada ao lado, o bolo de camadas com a cobertura roxa com flores que Nora e Tessa fizeram antes.

Nora deixou rastros no apartamento.

Fico me perguntando se como um pedaço antes de voltar à sala para lidar com Dakota. Ou, então, posso cortar uma fatia para cada. Duvido que ela vá comer, com o lance da dieta rígida e tudo mais. Levanto a ponta do plástico que protege o bolo e passo o dedo na cobertura.

Dakota chega à cozinha no momento exato em que enfio o dedo na boca.

Merda.

"Sério mesmo, Landon?" Ela abre um sorriso, e eu me encosto na bancada quando me viro. Dakota olha para o bolo e então para mim. Só o que posso fazer é encolher os ombros e sorrir.

Pego o copo d'água e entrego para ela. Dakota fica olhando para a água por um instante, pensando em alguma coisa para dizer, com certeza. Ela leva o copo à boca e eu volto para perto do bolo delicioso.

"Você sempre foi uma formiguinha mesmo." Sua voz é suave e deliciosa como o creme na minha boca. "Nunca soube resistir."

"Tem um monte de coisas que sempre foram irresistíveis para mim." Me viro para Dakota, que baixa os olhos para encarar os pés descalços.

Arranco um pedacinho do bolo com os dedos. Uns farelos se desprendem, e um pedaço da cobertura cai na bancada. Olho para Dakota e tento manter o humor da conversa.

"Pelo menos agora eu malho."

Eu era um garoto gordinho, sempre mais pesado que os demais. A culpa era dos doces da minha mãe e da minha preguiça de sair para brincar. Lembro de querer passar todo o tempo em casa, inclusive nos fins de semana, com a minha mãe. Comia doces demais e não era ativo como deveria para a minha idade, e quando o médico falou com a minha mãe sobre meu peso, fiquei com vergonha, e nesse momento soube que jamais deveria ouvir uma conversa particular entre duas pessoas de novo. Depois disso, ainda comia o que queria, mas me tornei mais ativo do que antes. Fiquei meio envergonhado de pedir ajuda para minha tia Reese, mas, quando fiz isso, ela apareceu no dia seguinte com uma bicicleta ergométrica no porta-malas e uns pesinhos nas mãos. Lembro de ter dado risada de sua roupa de ginástica rosa no estilo anos oitenta, com polainas e tudo.

Apesar do nosso visual absurdo enquanto nos exercitávamos juntos, ficamos mais saudáveis. Minha mãe se juntou a nós também, só que mais pela diversão, porque nunca perdeu a boa forma. Reese sempre foi mais cheinha que minha mãe, mas se tornou uma máquina, e nós dois perdemos peso juntos. Minha tia ficou feliz por finalmente poder usar um vestido que estava querendo comprar fazia tempo em uma loja caríssima, e eu me satisfiz por não carregar mais peso do que deveria no corpo, o que me deixava envergonhado.

Fiquei me sentindo ótimo por um tempo, e Dakota começou a reparar que o menino gordinho da casa vizinha não era mais tão roliço. O problema foi que a minha perda de peso não fez a menor diferença para o pessoal da escola. Eu perdi muito peso e não ganhei nenhuma massa muscular, então meu apelido mudou de "Landon Pança" para "Landon Palito".

Primeiro eu era muito gordo, depois muito magro. Nada do que eu fazia seria capaz de agradar aqueles babacas. E, a partir do momento em que deixei de tentar fazer isso, minha vida se tornou muito mais fácil.

"No que você está pensando?", Dakota pergunta, enquanto seus dedos envolvem meu punho e baixam meu braço — sua mão está mais quente. Seu corpo se encosta no meu e ela apoia a cabeça no meu peito. Então, dá mais um gole na água e põe o copo na bancada.

Ainda não respondi, sei disso. Só que não consigo pensar em mais nada para falar além de refazer a pergunta sobre ela querer ou não retomar nossa relação.

Será que eu *devo* tocar no assunto ou esperar para ver que rumo ela vai querer dar para a conversa?

Dou um gole na minha água e decido esperar, apesar de saber que não deveria confiar na minha capacidade de manter a boca fechada para não falar besteira. Nunca fui muito bom em saber o que falar, ou a hora certa para fazer isso. Não sou o cara tranquilo que iria se recostar na bancada e dizer: *Estava pensando em voltar com você e sair por aí, em busca da felicidade*.

Argh, até a minha fantasia disso é ridícula.

Não consigo manter contato visual, já que estou apreensivo com a resposta dela. Simplesmente não sei ser *esse* cara.

Com certeza, essa é uma das coisas em que posso pôr a culpa no meu pai. Esperei a vida inteira por momentos como este em que poderia xingar meu "pai de merda" por morrer cedo demais e não me ensinar a ser homem. Mas, mesmo quando penso assim, sei que estou sendo irracional e injusto. Minha falta de atitude nunca foi responsabilidade dele, mas quero ter alguém além de mim mesmo para culpar.

Se tivesse um homem para aconselhar na adolescência, para me ensinar a conversar com as meninas, eu poderia ter o que dizer. Deve ser por culpa dele que eu penso demais e ajo de menos.

"Landon", Dakota diz em um murmúrio baixinho, como se ela tivesse tomado uma decisão. Enquanto isso eu ainda estou aqui, decepcionado comigo mesmo e procurando alguém em quem pôr a culpa.

"Dakota", eu respondo, e ela vira o rosto. Com um gesto suave ajeito seu cabelo, acariciando os cachos grossos entre os dedos. Passei horas — talvez dias — da minha vida passando as mãos nesses fios, apaziguando essa garota. Seus cabelos sempre foram uma das minhas coisas favoritas nela. Seus dedos agarram minha camisa, e quase consigo ouvir o tecido estalar. Nunca mais vou passar minhas camisas sob a supervisão de Tessa. Acho que ela me fez engomar demais as roupas nesse dia.

Dakota me abraça com mais força, e eu abaixo a cabeça para beijar seus cabelos.

Ela suspira, se derretendo no meu peito, e com uma voz suave diz: "Eu dei o maior vexame".

Mantenho uma das mãos na bancada para nos equilibrar e levo a outra às suas costas.

"Ai, que vergonha. *Claro* que você e a Nora não estão juntos."

Meu braço fica tenso. Alguma coisa na forma como ela disse isso não me cai bem. Ela está achando que, como estamos aqui abraçados na minha cozinha, eu não posso estar com Nora, porque não sou do tipo que faria esse tipo de coisa? Ou a ideia de um nerd como eu namorar alguém como Nora é tão absurda que chega a ser ridícula?

Seja como for, lembro que para mim isso não deveria fazer diferença. Não estou namorando Nora, e com certeza *ela* não está nem um pouco interessada em *mim*. Ela é do tipo que devora caras como eu no café da manhã. Preciso parar de pensar nela. Já parei.

Dakota descola o rosto do meu peito apenas pelo tempo suficiente para falar.

"Estou me sentindo péssima", ela diz.

"Por beber demais ou por dar vexame?"

"Argh", ela grunhe contra o meu peito. "Pode ser as duas coisas?"

Dou um tapinha em suas costas. Dá para sentir que ela está exausta. Suas mãos estão apoiadas na cintura da minha calça. Ela as levanta, arrancando minha camisa de dentro do jeans. Sinto sua mão um pouco fria contra minha pele. A familiaridade do movimento circular dos seus dedos se mistura com o aroma de coco de seus cabelos, e de repente me sinto como um homem obcecado.

Já estive nessa situação antes, imerso em seu cheiro, seu toque. Sinto seus dedos pressionarem minhas costas e me encaixo em seu corpo. Estou mais do que acostumado com isso. Com ela. É natural que a rotina se estabeleça. Quando sinto seu toque, não consigo ver nada além dela.

"Vamos para o seu quarto", ela diz quando seus lábios encostam nos meus. Ela os mantém ali, roçando bem de leve a minha boca. "Não tem mais ninguém aqui, certo?"

Tessa não chegou. Verdade.

Por um instante, sinto uma pontada de culpa por Tessa não estar em casa porque eu a larguei em algum lugar. Mas, quando Dakota volta a me beijar, dessa vez de forma mais profunda, toda a culpa desaparece em uma onda de desejo.

Finalmente, não precisamos nos esconder mais, como fazíamos quando éramos mais novos. Nunca consegui trepar com meu amor na privacidade de uma casa vazia. Toda a ação entre nós aconteceu entre beijos silenciosos e gemidos abafados, mãos apressadas e línguas reprimidas. Nunca consegui devorar seu corpo como sempre sonhei. Quero passar a língua em cada centímetro de sua pele cor de caramelo, e permanecer um tempo extra onde ela mais precisa. Quero degustá-la por inteira, ouvir cada som de seu corpo.

Agora que tenho meu próprio apartamento, posso levá-la para a cama e fazer tudo o que sempre quis desde a adolescência. Lembro de como fiquei surpreso na primeira vez em que senti sua boca no meu pau. Lembro das muitas vezes em que ela quis experimentar coisas novas. Tudo parecia tão novo na época, tão excitante, quase de outro mundo e, em nossa lista de coisas favoritas para fazer juntos, o sexo logo assumiu o primeiro lugar. Foi só o que fizemos por um bom tempo, e não queríamos saber de mais nada.

As mãos de Dakota se movem para a parte da frente do meu corpo, circulando meu umbigo. Seus dedos param no elástico da minha cueca. Fico duro sob seu toque, e não tenho nem como tentar resistir. Afinal, é uma coisa biológica. Faz meses que ninguém encosta em mim, a não ser pelo beijo e pelos dedos de Nora. Dakota mostra que ainda se lembra do meu corpo, e passa o indicador sobre a pele sensível do osso do meu quadril. Eu me contorço todo, e ela ri, me puxando para perto.

Está com um humor muito melhor agora, mas o que estamos fazendo me parece estranho, como usar um cobertor molhado para combater um incêndio. No fim, tudo vai ser consumido pelo fogo do mesmo jeito.

No fim, mas não necessariamente agora.

15

Dakota me pega pelas mãos e me puxa para fora da cozinha. Eu a sigo, por ser o cachorrinho perdido que sou.

"Não esqueça sua água", lembro, apontando para o copo no balcão. Ela vai precisar.

Com um suspiro, ela solta minhas mãos e volta para pegar o copo. Enquanto está fazendo isso, pego o controle remoto da TV e ligo para Tessa, deixando o aparelho no mudo. Sempre me preocupo em deixar alguma luz acesa quando ela chega mais tarde que eu, e o abajur na mesa de canto está com uma lâmpada queimada que a todo momento prometo que vou trocar. Mas, quando deixo o controle de volta no sofá, escuto o som de vozes no corredor, e de chaves tilintando.

A fechadura estala e a porta se abre para Tessa entrar...

... com Nora.

Enquanto eu continuo imóvel, e um tanto atordoado, Tessa tira o gorro e fecha a porta atrás de si. Nora se livra da jaqueta e seu decote quase pula para fora da camiseta quando ela sacode os cabelos.

Então, as duas olham para Dakota e para mim, de repente percebendo que não estão sozinhas.

Por favor, Deus, pelo menos faça Nora pensar que eu só olhei para o rosto dela.

E, acima de tudo, cadê aquele maldito portal?

"Landon?", diz Tessa.

"Ei, eu não sabia que...", Nora começa, mas interrompe assim que Dakota sai da cozinha, aparentemente sem se dar conta de sua presença.

Dakota se aproxima de mim e, se colocando entre mim, Tessa e Nora, pega na minha mão. Enquanto seus dedos se entrelaçam com os meus, os olhos de Nora permanecem fixados nos meus. Ela não olha para minha mão segurando a de Dakota, mas fico com a sensação de que quer fazer isso.

"Vamos pra cama?", Dakota chama, me puxando na direção do quarto, sem olhar para nenhuma das duas.

Quando me volto de novo para as duas, os olhos de Nora estão sobre nossas mãos dadas, e Tessa está observando tudo boquiaberta e com os olhos arregalados.

Eu me viro para Dakota. Ela está me encarando de um jeito como quem diz: *Melhor não parar pra conversar com essa garota em vez de ir para o quarto comigo.*

Olho para Nora de novo, e depois para Tessa. Estou confuso e, aparentemente sem minha permissão, minha boca diz: "Hã, vamos. Boa noite, meninas."

Sigo Dakota para dentro do quarto, e ela fecha a porta.

Quando se vira de novo para mim, ela está furiosa.

"Mas que puta *cara de pau*!", ela rosna, jogando as mãos para o alto e depois pressionando as têmporas.

Vou até ela e cubro sua boca com a mão. “Ei, seja educada”, aconselho com um tom de voz suave.

Dakota continua falando, e levo minha mão livre a seu pescoço. Abro os dedos e toco nele. Começo a massagear sua musculatura tensa, e ela fica quieta.

“Ela sabia quem você era o tempo todo”, ela sussurra. “Eu sei que sim. Ela deve ter reconhecido o seu nome.”

Eu tento ser a voz da razão. Pode até ter sido o caso, mas ela parecia tão alheia à minha ligação com Dakota quanto todo mundo na mesa.

Eu encolho os ombros. “Tem certeza de que disse meu nome? Você tem alguma foto nossa em algum lugar?”

Faço uma careta depois da segunda pergunta; na verdade, não sei se quero saber a resposta.

Não conheço Nora muito bem, mas não a vejo como o tipo de pessoa que daria em cima de propósito do ex de uma colega de apartamento, sabendo que a história vai vir à tona em algum momento. Além disso, existem milhões de outros caras na cidade que receberiam seu interesse de muito bom grado.

Dakota está bufando. Seu vestido cinza está caindo do ombro, e ela parece tão pequena ao meu lado...

“Sei lá, de repente eu não falei seu nome com todas as letras.” Ela olha ao redor do quarto. Seus olhos pousam sobre uma foto nossa na minha cômoda. “E eu não mantenho fotos nossas expostas em nenhum lugar.”

Sua expressão é de culpa quando diz isso. Não que eu esperasse que ela mantivesse um altar para mim ou coisa do tipo, mas será possível que nem meu nome foi citado para suas colegas de apartamento? Nem uma única vez?

"Nada mesmo?", pergunto.

Ela faz um gesto com a mão e puxa minha camisa. Seus dedos estão tendo dificuldade para se livrar da peça, então passam para o botão da minha calça jeans. Eu os detenho, pondo a minha mão sobre a dela e a levando ao peito.

"Hoje não", digo com a boca colada ao seu rosto.

Com um gemido manhoso, ela puxa a mão de volta e leva de novo à minha calça. Solto um grunhido quando ela me agarra e começa a mover a mão para cima e para baixo.

Seja racional, eu lembro a mim mesmo.

Preciso pensar racionalmente, e não dá para fazer isso com Dakota me provocando desse jeito. Seguro sua mão e desato seus dedos com um movimento suave. Ela me encara, confusa.

"Você bebeu um pouco demais", digo, e a conduzo pelo cotovelo até minha cama. Ela fica em silêncio enquanto procuro com os dedos o zíper de seu vestido.

Ela segura os cabelos para facilitar meu acesso. Quando o vestido começa a cair, Dakota o segura junto ao peito, e eu tiro a meia-calça de suas pernas macias. Ela dá um passo para o lado, e o vestido vai ao chão. Vejo que não está usando sutiã.

Puta que pariu, ela não está usando sutiã.

Claramente está sendo uma noite de tentações para mim. Sua calcinha é pequena, vermelha e de renda. Sua bunda fica uma beleza assim, durinha e pequena. Ela se vira para me olhar com um sorriso diabolicamente malicioso.

"Eu não me lembro dessa", provoco. Enrosco o dedo na lateral da peça, e ela solta um grunhido quando o tecido estala contra sua pele quente.

Dou um passo para trás, e ela olha feio para mim.

"Você é malvado", ela diz, pondo a língua para fora e balançando de leve a bundinha. Dakota agora está brincalhona, e sei muito bem o que vem pela frente. Não há nada que ela possa fazer para dormirmos juntos hoje à noite, por mais sexy que ela esteja, de pé no meio do meu quarto só de calcinha. Nós não encostamos um no outro há meses, e não estamos namorando. E agora não é a hora de mudar isso. Não com ela bêbada, e nós dois confusos.

Ela vai entender melhor de manhã.

Eu a seguro pelos ombros. "Vamos pôr você na cama."

Dá para ouvir que Tessa e Nora estão conversando na sala, mas é impossível entender o que estão dizendo. Dakota pega o porta-retratos na cômoda e aproxima do rosto.

"A gente era *tããão* jeca!" Ela dá risada, passando o dedo pela camiseta xadrez horrorosa que estou usando na foto.

Seus seios descobertos são uma distração, mas concentro minha atenção na gaveta, de onde preciso tirar alguma coisa para vesti-la. Passo por ela e puxo uma peça sem olhar, que acaba sendo minha camiseta de corrida da Adrian High School.

Só poderia ser, porque estamos em uma espécie de momento místico, em que é impossível se desvencilhar do passado, por maior que seja o esforço. Dakota a arranca da minha mão e a leva para junto do peito, e depois do rosto, sentindo o cheiro do tecido gasto.

"Essa camiseta, ai meu Deus!" Ela parece feliz de verdade, e acho que nem percebe quando a conversa na sala de estar silencia de novo. Eu sim.

"A gente se divertiu muuuito com essa camiseta", ela provoca, passando a língua nos lábios.

Desvio o olhar de seu corpo inquieto.

"Para de me provocar e veste isso, por favor", eu peço.

Ela dá uma risadinha, claramente adorando ter seu corpo de dançarina admirado, e com razão. Dakota deveria se sentir sempre assim, linda e poderosa. Ainda está um pouco bêbada, mas curtiu o elogio por trás das minhas palavras.

O que me faz ser um pouco mais ousado.

"Você é muito linda, sabia?", digo, para que ela se deleite com os elogios, se aqueça por dentro com as palavras que merece ouvir. Mantenho uma expressão séria, e continuo a testar sua reação. "Você está muito gostosa e, se não estivesse bêbada hoje, eu ia acabar com essa bundinha."

Sei que pareço um idiota, mas, de acordo com a maioria dos romances eróticos, as garotas curtem esse tipo de conversa.

Dakota cai na gargalhada. Ela levanta uma das mãos e me dá uma encarada.

"Você ia *acabar com a minha bundinha*?" Ela começa a rir de novo, com os olhos fechados, e eu acabo contagiado por seu riso.

"Ei!" Tento respirar, mas minha barriga está doendo de tanto rir. "Eu li num livro, e queria ver como funcionava dizer em voz alta."

Dakota faz um esforço para conter o riso. "Vamos ficar no básico, nas coisas que você sabe fazer, e deixar essas sacanagens para os livros." Ela cobre a boca e baixa a cabeça, engolindo a risada.

O básico que eu sei fazer? Sei que nós não experimentamos muita coisa juntos, mas não porque eu não estava a fim. Ela nunca se mostrou disposta e, uma vez, quando tentei falar umas putarias mais pesadas, ficou sem falar comigo por três dias. Se as coisas que sei fazer são "básicas", não foi por falta de tentativa.

"Eu não sou tão básico assim", retruco, defendendo minhas habilidades, mas tomando o cuidado de manter um tom de voz baixa. Não quero que Tessa nem Nora ouçam isso.

Eu me sento na cama. Dakota se aproxima, ainda sorrindo. Ela morde o canto da boca. "Hã, talvez não, mas comigo era."

Talvez eu esteja sendo sensível demais, mas sinto que ela está desdenhando dos momentos íntimos que tivemos juntos. Nosso sexo era um sexo *adolescente*, apressado e escondido, apesar de eu estar perdidamente apaixonado. Não dava para fazer o que eu queria com ela com Carter no quarto ao lado, ou com seu pai dormindo no andar de baixo.

Nunca me senti insatisfeito com ela, nem com a sensação de que estava faltando algo em nossa vida sexual. Sempre achei que éramos ativos, e estávamos felizes e satisfeitos.

Pelo jeito, não.

Dakota senta na cama ao meu lado e cruza as pernas. Enquanto tirava sarro da minha cara e me provocava, ela calçou um par de meias minhas.

Ela limpa a garganta. "Com quantas garotas você ficou desde que a gente terminou?"

Quando a encaro, ela está enrolando uma mecha de cabelo entre o polegar e o indicador.

"Quantas? Nenhuma, Dakota", respondo, tentando forçar uma risadinha.

Ela ergue as sobrancelhas e joga a cabeça para o lado. "Sério? Ah, vai, eu sei que..."

"Você sim?", interrompo.

Se ela está assim surpresa por eu não ter dormido com ninguém, com quantas pessoas será que foi para a cama?

Dakota sacode a cabeça. "Não. Eu não. Só pensei que você sim."

"Por que você pensaria isso?"

Sentado aqui, trazendo todas essas questões à tona, começo a achar que essa garota mal me conhece. Dakota não diz nada, simplesmente dá de ombros e deita com a cabeça apoiada na cabeceira da cama. Ela olha para o teto antes de declarar por fim: "A noite de hoje não foi nada divertida."

Eu deveria mudar de assunto. Finalmente consegui fazê-la se deitar, e já quase sóbria.

"Tudo bem, já acabou mesmo. Já deve ser umas duas da manhã", digo a ela.

Ela sorri, eu me deito e apago a luz.

"Obrigada por tudo, Landon. Você sempre foi meu porto seguro", ela murmura no escuro.

Dá para sentir seus olhos em mim, apesar de eu não conseguir vê-los.

"Sempre", respondo, apertando de leve sua mão.

A noite de hoje não foi *nada* divertida, ela tem razão. Foi puro estresse.

Comecei o dia achando que ia sair com Nora, e acabei com uma Dakota bêbada na minha cama e Nora na minha sala de estar, provavelmente ouvindo cada palavra das coisas embaraçosas que conversamos. O corredor é curto, e as paredes são finas.

Para piorar, me sinto culpado por ter dado as costas para ela no bar. Eu não soube o que fazer. Conheço Dakota desde que me entendo por gente. Com ela, eu já passei pelos terríveis primeiros estágios do amor. Foi com ela que entrei, todo sem jeito, na vida sexual adolescente, quando a gente não sabe onde enfiar e goza quase instantaneamente quando consegue. Já conversamos sobre nossas vontades e conhecemos o passado um do outro. Não temos segredos, nem mentiras. Já compartilhamos uma tragédia. Já confessei meu amor por Dakota, e recomeçar tudo isso é uma ideia tentadora. Principalmente se ela estiver sentindo tanta falta de estar comigo quanto disse.

Quando penso que Dakota já dormiu, ela pega minha mão e leva ao rosto. Só então percebo que está chorando.

Eu me sento. Minhas mãos sacodem seus ombros, e pergunto várias vezes qual é o problema. Ela sacode a cabeça e respira fundo. Me seguro para não acender a luz, porque a verdade surge com mais facilidade no escuro.

"Eu...", ela choraminga. "Eu dormi com duas pessoas."

Suas palavras me cortam por dentro assim como seu choro abala a escuridão. É como se eu tivesse sido queimado. De um momento para o outro, não quero mais ficar perto dela.

Meu primeiro instinto é fugir. Para muito, muito longe.

Meu estômago começa a doer, e ela volta a chorar, cobrindo a boca com a mão. Dakota pega um travesseiro e leva ao rosto para não fazer barulho. Apesar da minha mágoa, não suporto vê-la assim. Então, faço o que sempre fiz. Deixo meus sentimentos de lado. Sufoco a raiva. Digo para minha vontade fugir sem mim. Pego o travesseiro, tiro de seu rosto, jogo no chão e a pego nos braços. Ficamos os dois deitados, enroscados um no outro.

"Desculpa", ela diz com a voz embargada.

Seu rosto está molhado de lágrimas, que eu seco com o dedo, antes que escorram ainda mais pela pele. Seus ombros estão trêmulos, e consigo sentir sua dor, ou sua culpa, talvez, ou nosso passado perdido, e tudo isso lateja dentro de mim também. Com um gesto suave, seguro seus ombros para mantê-la imóvel e ponho a mão em sua testa, para afastar seus cabelos do rosto e acariciá-los, massageando seu couro cabeludo.

"Shhh", eu faço.

"A noite já acabou", eu digo. "Vamos tratar disso amanhã. Descanse um pouco."

Continuo a massagear sua cabeça até que ela durma.

Se ela quiser discutir essa questão, estou disposto a ouvir. Deve haver alguma explicação que faça sentido, e agora que ela contou a verdade vai se sentir melhor para me dizer o que aconteceu. Assim que acordar, ela vai me explicar tudo.

Só que não.

Quando acordou, ela foi embora do meu apartamento sem dizer nenhuma palavra.

16

Quando saio do quarto, tento fazer silêncio para não acordar Tessa. Sei que ela vai querer conversar sobre a noite de ontem, mas preciso de um café antes disso.

Enquanto atravesso na ponta dos pés o pequeno corredor, olho para os quadrinhos que Tessa passou horas pendurando, deixando todos perfeitamente paralelos ao longo das paredes. Dentro de cada moldura, há um retrato de um gato usando diferentes tipos de chapéus. O mais próximo de mim é um gatinho rajado, com um panamá marrom e preto combinando com sua pelagem. Uma pena enorme se destaca na parte da frente.

Nunca prestei muita atenção a esses retratos, mas, no estado de humor estranho em que acordo esta manhã, sinto vontade de examiná-los mais de perto, e os considero bem divertidos. Sabia que tinha a ver com gatos, mas não tinha reparado exatamente o que eram. O seguinte é outro rajadinho, mas com a pelagem laranja e bege. Esse é bem gordo, e dou risada ao ver seu chapéu-coco. O que está de smoking usa também uma cartola... São imagens bacanas, e sinto vontade de cumprimentar quem as criou por tornar algo tão simples uma distração perfeita para uma manhã como esta. Olho para o restante das fotos e faço o máximo de silêncio possível ao chegar ao fim do corredor.

Fico um pouco surpreso por ver Nora dormindo no sofá. Pensei que ela tivesse ido embora ao descobrir que Dakota e eu não estávamos no seu apartamento.

Mas aqui está ela, com o braço para fora da almofada do estofado, com as unhas pintadas a poucos centímetros do piso de madeira. Seus cabelos escuros estão presos no alto da cabeça, seus joelhos estão dobrados e seus lábios estão entreabertos, como se ela estivesse suspirando. Os olhos estão bem fechados. Continuo andando na ponta dos pés; minhas meias quase não produzem nenhum ruído quando passo para a cozinha.

Depois que percebi que Dakota foi embora antes de o sol nascer, voltei a dormir por um tempo. Não fiquei exatamente surpreso por sua saída. Fiquei mais decepcionado por acreditar, ainda que só em parte, que ela fosse acordar ao meu lado. Ela deu uma de tonta ontem à noite, recaiu para a antiga versão de si mesma que adorava ficar comigo, a menina bobinha que amei durante metade da minha vida. Agora o sol nasceu e ela não está na minha cama, levando seu brilho embora também.

Uma onda de mau tempo deve ter chegado em algum momento da madrugada, e dá para ouvir o vento uivando pela janela aberta da cozinha, fazendo a cortina amarela se chocar contra o vento. Ouço a chuva apertando quando chego mais perto. Quando olho para o lado de fora, vejo um jardim de guarda-chuvas na calçada. O verde e branco de bolinhas está andando mais depressa que o verde-oliva, e o vermelho é o mais lento de todos. Os guarda-chuvas abertos parecem flores daqui de cima, e fico surpreso ao ver como a rua está movimentada, apesar do dia chuvoso.

Olho para Nora e fecho a janela sem fazer barulho, para que o vento e a chuva não a acordem. Eu ia preparar alguma coisa para comer também, mas faria barulho demais, então é melhor descer e pegar um bagel no mercadinho da esquina.

Só que... se eu sair agora, posso não estar aqui quando ela acordar, e gostaria de poder conversar sobre a noite passada. Quero me desculpar por ter ido embora com Dakota sem pensar duas vezes, sem dar nenhuma explicação. Ela não é o tipo de mulher que sente ciúmes; já a ouvi detonar programas como *The Bachelor* e dizer que seria a participante ideal exatamente por não ser ciumenta. Não que seja minha vontade provocar esse sentimento nela, mas detestaria saber que não fez diferença nenhuma Dakota ter interrompido nosso programa juntos e eu ter sido babaca a ponto de ter ido embora com ela.

Por outro lado, claro, não quero deixá-la desconfortável, nem que fique chateada por causa de ontem à noite. Foi um grande mal-entendido, e tenho certeza de que ela vai compreender.

Mas e eu?

Na verdade, acho que *eu* não entendi nada do que aconteceu entre mim e essas duas mulheres nas últimas vinte e quatro horas... A esta altura, faria de tudo para que elas se explicassem para mim em termos leigos. Não entendo como funciona a maneira como as pessoas se envolvem umas com as outras nesta cidade, apesar de sempre ouvir que os homens estão "em vantagem" por aqui.

Tento encaixar as peças na minha cabeça enquanto olho para a cortina amarela que cobre a janela da cozinha.

Primeiro, Nora passou a mão na minha barriga depois de me encontrar caído no chuveiro, depois me beijou, e aí me convidou para sair com suas amigas.

Segundo, eu fui embora com Dakota no meio do nosso programa juntos, na frente das amigas dela; mesmo se ela *não* gostar de mim, isso não deve ter feito bem para o seu ego.

Terceiro, ela me viu indo para o quarto com Dakota ontem à noite, provavelmente ouviu pelo menos uma parte da conversa e deve ter achado que a gente transou.

Isso é constrangedor para mim. Nem sei se Nora gosta de mim mesmo...

Solto um suspiro, desejando saber pelo menos em parte o que se passa na cabeça das mulheres.

Abro a geladeira devagar e faço uma careta quando duas garrafas se chocam na prateleira bamba da porta. Apanho uma e puxo para mais perto de mim, apoiando a porta da geladeira no quadril. Pego uma caixa de macarrão que já está aqui há uns dois dias, com uma espécie de molho de amendoim e pedaços de um frango dos mais questionáveis, e fecho a geladeira.

Quando me viro, dou de cara com Nora, com olhos sonolentos e cabelos bagunçados. Tenho um sobressalto e quase derrubo a comida, mas ela se limita a sorrir para mim. Seu sorriso é preguiçoso, e a maquiagem em torno de seus olhos está toda borrada.

"Você me acordou", ela diz, levantando as mangas da blusa até os antebraços. Seu short preto é tão curto que, quando ela se vira e vai até a geladeira, dá para ver direitinho onde suas coxas se juntam com sua bunda.

Ela puxa o short para baixo, tentando esconder um pouco mais do corpo, mas não há tecido suficiente para isso.

Não que eu esteja reclamando.

Desvio os olhos quando ela abre a geladeira e se abaixa. Metade de sua bunda deve ter saído para fora do shortinho minúsculo, e preciso forçar meus pés a continuarem plantados no chão, para segurar minha vontade de agarrá-la. Isso é uma novidade para mim, essa urgência física, esse latejar que desce do peito para a virilha. Nora pega um Gatorade vermelho, e eu levanto as sobrancelhas, apontando o dedo para ela.

Nora sorri e, com a maior cara de pau, cobre o rótulo com a mão.

"Duas co-coisas", começo, dando uma pigarreada sem jeito depois de gaguejar.

Agora que ela já está de pé, não me preocupo mais com o barulho. Tessa deve estar acordada na cama desde às sete da manhã mesmo. Jogo a caixa com os restos de comida no lixo e abro a geladeira de novo. Pego ovos e leite e coloco sobre a bancada.

"Aliás, três", corrijo. "Quer omelete?"

Abro a caixa de ovos e olho para ela. Nora dá uma espiada na sala e se vira para mim de novo, como se estivesse procurando alguém.

"Ela foi pra casa", digo.

Pelo menos, eu acho que foi para casa. Ela não está aqui, e que eu saiba não tem muitas opções de lugares para ir. Mas, como não sei quase nada sobre sua nova vida, deve haver um monte de coisas que desconheço. Por exemplo, ela pode ter um hipogrifo escondido no apartamento sem que eu tenha conhecimento — porque nunca vi seu prédio nem por fora, muito menos por dentro.

"Ah", Nora diz, parecendo surpresa. "Ontem à noite...", ela começa, mas quero terminar minhas três coisas primeiro, caso contrário vou esquecer.

"Espera." Levanto um dedo no espaço entre nós. Ela sorri e tapa a boca num gesto dramático. "Vamos começar do começo. Quer omelete?"

Abro o armário diante de mim e pego a frigideira com uma das mãos, já acendendo o fogo com a outra. Sendo bem sincero, foi a coisa mais natural e bem coordenada que fiz nas últimas vinte e quatro horas.

"Sim, por favor", Nora responde com uma voz de quem ainda deveria estar dormindo.

Não consigo nem imaginar como seria acordar ao lado dessa mulher pela manhã. Seus cabelos estariam todos bagunçados, ou então presos no alto da cabeça. Suas pernas estariam lisas e bronzeadas, apesar de eu apostar que ela não tem uma marquinha de biquíni.

"Só que eu sou vegetariana. Então, pra mim, só com queijo basta."

"Que tal umas cebolas e pimentão?", ofereço.

Ela faz que sim com a cabeça, abrindo um sorriso surpreso. "Nada de falar pornografia para mim logo de manhã."

Seu sorriso é contagiante, e fico impressionado de tê-la feito rir com esse tipo de humor. Minha omelete de dois ovos não vai sair lá essas coisas, mas vai ser aceitável. Como confeiteira, ela deve gostar de homens que se sabem se virar na cozinha. Ou pelo menos é o que eu acho.

Em uma tigela pequena, separo os dois ovos.

"Agora a segunda coisa." Olho para ela para saber se sua atenção está comigo.

Seus olhos se fixam nos meus enquanto ela solta os cabelos, que cai em ondas grossas de fios castanho-escuros pelos ombros. Quando ela sacode a cabeça, eu me sinto transportado para dentro de um comercial de xampu.

Seria muito esquisito dizer isso? Vai parecer que estou me esforçando demais para agradar?

Decido não falar nada. Comparar alguém com um comercial de xampu não deve ser um elogio dos mais normais, e não preciso dar ainda mais motivos para ela me achar péssimo.

Em vez de me arriscar a ser bizarro, resolvo ir direto aos assuntos pendentes entre nós.

"Eu não sabia que vocês moravam no mesmo apartamento", começo a explicar. "Não sabia que Dakota ia estar no bar. Me desculpa se eu fiz você passar vergonha na frente das suas amigas. Eu estava bem a fim..." — minha garganta está seca e estou me arriscando a tossir no meio da frase, mas tudo bem — "... de passar mais tempo ao seu lado. Não sei o quanto você sabe sobre a minha relação com Dakota, mas..."

Nora levanta uma das mãos. Eu fico quieto e jogo leite na tigela de ovos batidos antes de abrir de novo a geladeira. Nora vai até o fogão e aumenta o fogo. Isso deve ser um bom sinal.

Ela olha para o chão, e depois para mim. "Eu sei que você não sabia. E, porra, não fazia a menor ideia de que você era o cara de quem ela falava. Ela nunca contou nada pra gente que desse pelo menos uma pista de que vocês se conheciam. Nunca disse nem o seu nome."

E, ao dizer isso, surge algo em seu tom de voz que eu não sei se gostaria de saber o que é. Ela senta na bancada a poucos passos de mim. Seus pés ficam balançando diante da porta dos armários de madeira.

"Mas eu não estou brava nem nada." Seu tom de voz é impassível, de uma tranquilidade absoluta. "Então, não se preocupa. Eu entendo, e está tudo bem."

Nora está sendo incrivelmente compreensiva, mas está com aquela expressão de novo no rosto, o que é bem desconcertante. Uma cara de quem está entediada a ponto de examinar o esmalte nas unhas. E, grande surpresa, ela começa a cutucar o esmalte preto das unhas com os polegares.

"A gente não reatou", digo a ela.

A dor trazida pela confissão de Dakota arde dentro de mim, importunando meus pensamentos.

Nora sorri e ergue os olhos das mãos. "Não seria da minha conta se tivessem também." Ela dá de ombros como se eu tivesse dito que o céu é azul, e eu inclino a cabeça para o lado.

A omelete está no fogo, sibilando na frigideira quente, e o queijo está quase derretido, então pego os vegetais dela e uma fatia de presunto na sacola do mercadinho.

"Carne." Ela faz uma careta de nojo. "E carne processada, além disso. Eu estava começando a ficar impressionada. Ainda bem que você comprou de uma marca boa."

Quando ela ri, percebo que não quero que ela mude de assunto. Quero saber por que Nora acha que meu relacionamento não é da sua conta.

Nós não saímos juntos ontem à noite? Por uns cinco minutos, estava indo tudo bem, antes de você-sabe-o-que bater no ventilador. Além disso, este não é um embutido qualquer. Foi fatiado na hora no mercadinho. Paguei três dólares a mais pelo quilo deste presunto por causa da marca Hillshire Farm — e acho que isso é uma coisa importante de mencionar.

"É assim que você mantém a forma, então?" Aponto para seu corpo com a espátula que usei para virar a omelete. "Não comendo carne processada?"

"Não, apesar de não comer carne, ainda preciso tomar cuidado com a boca. Eu poderia facilmente comer todo esse queijo, e acho que é isso que vou fazer", ela responde, apontando para a bancada.

Termino sua omelete, coloco em um prato de papel e começo a preparar a minha.

Enquanto isso, observo ela calcular mentalmente minha tabela de prós e contras, o tipo de lista que as mulheres fazem quando conhecem um cara.

Aparência: 8 pontos (sendo bem realista, estou em algum lugar entre 6 e 10. Eu diria que sou um 7,5).

Altura: 8 pontos (por algum motivo, meu um metro e oitenta me rende oito pontos).

Habilidade culinária: 5 pontos.

Uso de carne processada na omelete: -2.

Prato de papel: -1.

Prefiro ignorar o fato de que devo ter perdido uns dez pontos por causa da noite passada. Muito provavelmente, devo estar perto de uma média dois no momento.

"Mas percebi que, à medida que vou ficando mais velha, preciso me esforçar um pouco mais que o resto das pessoas para manter a aparência." Ela aponta para a perna, e eu me distraio com uma sarda bem no meio de sua coxa.

O short dela é *bem* curto, e uma sarda leva a outra. É como se as manchinhas tivessem se alinhado perfeitamente até a beirada do short. A reação de qualquer ser humano seria ligar os pontos.

Ela se vira um pouco e olha para a própria bunda. "Mas algumas coisas eu gosto de manter como são."

Estou suando.

Posso muito bem desmaiar por causa da elevação de temperatura induzida pelo fato de ela ter mostrado a bunda de forma tão sutil. E por causa disso estou olhando *de novo* para suas coxas. Ela dá um apertão na bunda com a mão e olha para mim.

Eu desvio os olhos, é inevitável.

Preciso dizer alguma coisa.

Preciso dar uma resposta divertida.

O problema é que não consigo pensar em nada nem remotamente divertido para dizer, e não quero que ela pense que estou pensando o que ela acha que estou pensando...

Droga, estou pensando demais outra vez.

"Principalmente sendo confeiteira por profissão e por lazer", ela continua, como se não tivesse acabado de fundir meu cérebro. "Eu prefiro ficar sem internet a ficar sem açúcar." Ela se vira de novo para mim, e de alguma forma consigo não me concentrar de novo nas sardas em suas coxas.

Ela está falando sério, e dá para ver em seus olhos e seus lábios contorcidos que é uma questão importante.

Me dá vontade de fingir que sou um desses viciados em tecnologia que pede a senha do Wi-Fi assim que entra nos lugares, mas, depois de ontem à noite, não tenho mais energia para querer encenar alguma coisa.

"Você faz isso parecer uma questão de vida ou morte", provoco.

Ela abre um sorriso, então, dou uma guinada na nossa conversa: "Segunda coisa, parte b: se quiser falar sobre Dakota, tudo bem."

Nora me lança um olhar de irritação. Eu ignoro. Quero que ela saiba que eu não sou o tipo de cara que não fala o que pensa, que quer fazer os outros adivinharem, e quando a pessoa descobre já até esqueceu qual era o assunto. Eu não sou esse tipo de cara.

Fui criado pela minha mãe, e minha capacidade de comunicação é um mérito dela.

Não engulo meias verdades, e também não digo nada pela metade. Eu não poderia ir embora com a minha ex e depois não querer explicar tudo para a garota com quem de fato saí. Não quero que Nora crie uma versão de mim que pensa que conhece. Quero que sua opinião se baseie em fatos e boas experiências.

Mas, por enquanto, ainda não consegui dar nenhum exemplo positivo do tipo de pessoa que sou. Limpo a frigideira e espirro o spray antiaderente na superfície antiaderente. Nenhum dos dois produtos funciona direito, mas, mesmo assim, só metade da comida fica grudada no fundo da panela. Isso já é uma vitória para mim.

"Vamos lá", eu digo, tentando incentivá-la a prosseguir a conversa.

Nora me olha com uma certa desconfiança. "Como estou vendo que você não vai deixar esse assunto morrer, vou falar sobre essa loucura de ela ser minha colega de apartamento e você morar com Tessa. Porra, isso é que é mundo pequeno."

Ela inclina a cabeça e a balança para os lados.

É *mesmo* um mundo pequeno — pequeno *demais*, na minha opinião. Fico bem curioso para saber como foi possível que minha ex-namorada tenha acabado no mesmo apartamento que a minha... amiga Nora.

"Como foi que vocês se conheceram? Se ela estuda balé e você é confeiteira..."

Nora ajeita o pescoço e levanta uma das mãos. "Eu não sou confeiteira. Sou chef."

Seu tom de voz deixa claro que ela ouve muito isso, e não gosta desse tipo de generalização. Ops.

"Enfim", Nora continua, "minha colega de apartamento desde a faculdade, a Maggy, postou um anúncio em busca de uma terceira pessoa pra morar lá. A Dakota apareceu lá um dia com uma mala debaixo do braço e a maior marra que eu já vi na vida." Dá para ver na sua expressão que ela se arrependeu de dizer isso para mim. "Sem querer ofender", Nora acrescenta.

"Claro."

Sinto que deveria defender Dakota, mas não quero fazer isso agora. Nora tem direito a dar sua opinião, e eu não tenho procuração para defender ninguém. Quem são esses dois caras com quem ela dormiu? Eu conheço algum? Muito provavelmente, não. Só conheço meia dúzia de gente em Nova York, e ela está solteira desde que se mudou para cá. Não quero nem começar a me perguntar se ela foi para a cama com alguém que conhecemos desde a época de Michigan.

"Bom, é a minha cara ter a sorte de marcar pra sair justamente com a colega de apartamento da minha ex. Desculpa aí", digo com uma risadinha, tentando dar uma levantada no astral.

A expressão dela fica mais séria, e Nora encolhe os ombros de novo. "Tudo bem. Não era exatamente um programa a dois. Eu nem tenho tempo pra namorar. Então, qual era sua terceira coisa? Teve a omelete, a saída que deu errado, e tinha também mais uma coisa."

Eu fico imóvel por um momento para tentar me lembrar, e ela se inclina para a frente e me dá uma cutucada no rosto. Meu coração dispara. "A terceira coisa... qual era?" Ela se inclina para trás e encosta a cabeça no armário. Em seguida, abre a tampa da garrafa de Gatorade vermelho e dá um gole. O timing não poderia ser melhor.

"Isso!" Aponto para a garrafa vermelha em sua mão.

Nora fecha a boca cheia de Gatorade e arregala os olhos.

"Você outro dia mesmo odiava, e agora eu vejo *isso*!" Dou um tapinha na garrafa com os dedos enquanto ela dá um gole enorme.

Um fio de baba escorre por seu queixo quando ela segura o riso, e eu caio na gargalhada, encostando meu corpo ao seu. Suas coxas se separam, e ela não se afasta quando pego o pano de prato na bancada e enxugo seu rosto em um gesto delicado.

Estou posicionado no meio de suas pernas agora, e meu corpo está mais do que ciente disso. Ela engole a bebida, e então segura meu antebraço com as duas mãos. Seus dedos pressionam minha pele, e eu chego mais perto. Meu peito está roçando o seu, e seus tornozelos envolvem minhas pernas. Minha atração por ela é tanta que até dói. Física e mentalmente, em cada lugar possível de haver dor, eu sinto uma pontada — desejo e necessidade misturados em um coquetel de sentimentos confusos.

Neste momento, ela deixa de ser a garotinha sentada na bancada dando risadinhas e lançando olhares. É uma mulher sedutora que envolve meu pescoço com um dos braços, passando as unhas na minha pele, que fica toda arrepiada. É impossível que ela não tenha sentido que estremeci, mas eu é que não vou me preocupar com isso estando deste jeito. Sou só um pouco mais alto que Nora com ela sentada assim sobre a bancada. Quando olho para ela, vejo que está com a respiração pesada, os olhos semicerrados e a cabeça levemente abaixada.

Levo a mão até seu queixo, erguendo-o devagar até seu olhar encontrar o meu. Ela chega mais perto. Sua respiração atinge minha boca e, por instinto, eu agarro suas coxas. Só que esse instinto não deveria existir, porque eu só encostei nessa mulher uma vez, por mais que meu corpo não consiga se convencer disso. Ele parece ter vontade própria, e não tenho condições de impedi-lo.

Ela sussurra meu nome, e eu ouço, deliciado. É como se sua língua envolvesse meu nome em açúcar. Minhas mãos vão subindo até chegar à parte em que suas coxas se tornam sua bunda, deixando um rastro vermelho em sua pele lisa. Sua respiração se acelera de novo quando ela olha para as coxas e depois de novo para mim. Empurro seu rosto de leve com o queixo quando ela vira a cabeça. Minha boca encosta com delicadeza em seu pescoço, em beijos suaves de admiração e carência.

Ela geme; suas pernas apertam minha cintura, e ela segura minha mão, esfregando o corpo junto ao meu. Levo a boca à sua orelha, perdido de tesão por ela. A luxúria tomou conta de mim.

Nora aperta com mais força minhas mãos contra suas pernas, levando-as para mais perto do alto das coxas, e a cintura da minha calça já está roçando nela. Ouço mais um gemido, e suas unhas pressionando minhas mãos. Fico atordoado. Essa mulher quase desconhecida para mim conseguiu me fazer ficar me esfregando nela na cozinha com Tessa em casa, logo ali no quarto, depois de Dakota ter fugido de mim mais cedo. E, apesar de tudo, estou completamente à sua mercê. É como se eu estivesse inalando gás hilariante, como se não conseguisse distinguir o preto do branco, ou os toques mais inocentes das investidas sexuais. Seu beijo é forte o suficiente para me deixar de joelhos. Ela parece um anjo da escuridão por entre os meus olhos semicerrados e, apesar de nunca ter sido religioso, estou me sentindo um devoto de Nora.

Eu não deveria estar fazendo isso, e ela também não, mas não quero parar. É um desejo, uma necessidade. Aqui na bancada da cozinha, na mesa da cozinha, até no chão da cozinha.

Sinto seu corpo se afastar do meu quando meus dentes roçam a sua orelha.

"Isso... é...", ela murmura. "Isso não vai ser legal para mim. Nem para você." Ela põe a mão no meu peito, e dou um passo atrás.

"Minha nossa." Ela leva a mão ao peito e respira fundo algumas vezes. "Você não vai fazer naaaaada bem pra mim. E eu vou ser ainda pior pra você."

Ela desce da bancada e baixa a bainha do short em uma tentativa desesperada e frenética de esconder seu corpo de mim.

Tento não ficar olhando, ciente de que a cada segundo que passa ela vai sentir a dúvida se instalar em seu corpo e também de que está pensando em uma lista de motivos pelos quais o fracassado que divide o apartamento com Tessa não serve para ser seu namorado. Está tentando me comunicar alguma coisa, e estou sendo o típico macho da espécie, olhando para ela em vez de tentar entender o que está me dizendo.

Só que não. Estou tentando manter uma boa compreensão da realidade e daquilo que está rolando entre nós. Ainda bem que não estou completamente perdido, e ainda sou capaz de olhar em seus olhos e ouvir sua lista de motivos pelos quais não podemos nos atracar todas as vezes que ficamos sozinhos na cozinha.

17

"É a cozinha", acrescento, quando ela menciona a terceira razão para não irmos para a cama.

Perdi as duas primeiras porque não consegui deixar de ser um desses caras que ficam olhando embasbacados para as mulheres, uma categoria da qual eu pretendia me excluir. Em minha defesa, ela estava falando sem parar enquanto ajeitava o sutiã. Seria difícil não ficar olhando enquanto seus peitos macios eram empurrados para um lado e depois para o outro.

"A cozinha deixa a gente maluco", digo antes de me virar para quebrar mais dois ovos na tigela e bater com a colher.

Se ela não quer ser beijada por mim, eu é que não vou beijá-la. O latejar que ela provoca no meu corpo pode ser ignorado.

Pode, sim.

Tenho certeza.

Nora está me olhando, satisfeita por eu continuar preparando o café da manhã, no fim das contas. Estendo a mão e pego um terceiro ovo. Quando coloco o óleo na frigideira, ela se aproxima e pega a garrafa de leite na bancada, acrescenta mais meia xícara à panela e abre a gaveta dos talheres. Em seguida, pega um garfo para bater os ovos, movendo-o muito mais depressa do que eu conseguia com a colher. Resolvo me afastar, fazendo uma leve mesura à sua habilidade de chef.

Ela reconhece o gesto e dá risada, mas a chuva lá fora quase abafa o som. Gostaria que parasse de chover, para eu poder ouvir melhor o som de sua risada fofa.

Nora abre a tampa de um dos potes plásticos com vegetais picados. Ela acrescenta um punhado de cebolas à panela, depois os pimentões, e espera um pouco para acrescentar os ovos. Enquanto me supera sem nenhuma dificuldade na cozinha, ela ainda se recosta na bancada para me olhar.

"A Tessa é minha amiga e, se a coisa for longe demais, posso perder isso."

Esse é o motivo número quatro? Ou será o cinco?

"Nós temos muita bagagem emocional, e isso vale para os dois", ela acrescenta.

Sete, talvez oito se contarmos os problemas separadamente?

"Quantos motivos você tem, dez?", digo em um tom leve. "Ou quer ir correr comigo para terminar de enumerar os motivos por que não podemos ser amigos?"

"Eu não disse que não podemos ser amigos. Eu estava falando sobre a outra coisa", ela explica, movendo a mão entre nós.

Eu a imagino correndo ao meu lado, listando as razões palavra por palavra. Eu também tenho algumas — só não estou tão disposto a falar quanto ela. Nora ainda está agitando as mãos entre nós. Decido provocá-la um pouco.

"O ar? Tipo o nitrogênio e o oxigênio..."

Ela estende a mão livre, tapa minha boca, e me lança um olhar de quem diz cala-a-boca-engraçadinho que me atinge como a flecha do cupido.

Argh, ainda bem que não disse isso em voz alta.

"Eu estava falando dos beijos. E das mãos bobas." Seus olhos se voltam para os meus lábios e se fixam neles.

"Não vejo nada de bobo em mãos que...", começo, mas ela tapa minha boca de novo.

"A gente não pode continuar fazendo isso e acabar deixando a coisa sair de controle. Sua ex é minha colega de apartamento, ela mora comigo, sabe onde é que eu durmo." Nora sorri, apesar de eu não achar que ela esteja exatamente de brincadeira. "Eu só queria que a gente resolvesse certas coisas antes... Tessa me contou sobre o seu rompimento."

Os olhos dela se enchem de compaixão...

E eu meio que odeio quando as pessoas sentem pena de mim.

Mas assinto com a cabeça. "Eu entendo. Não sabia muito bem o que você estava planejando, nem o que estava sentindo, e eu estava tentando esquecer Dakota", explico.

Ela balança a cabeça. "Que bom que estava. Mas vamos ficar na amizade. Nada de pegação, nada de beijos" — a voz dela se torna mais arrastada, e seus olhos se desviam dos meus — "e definitivamente nada de mãos nas coxas... E nem mordida na orelha, nem beijo no pescoço...". Nora limpa a garganta e ajeita a postura.

Eu pigarreio também, e procuro um pano de prato para limpar as mãos suadas.

Estou me deixando levar por suas palavras e me transportando de volta para dois minutos atrás, quando fui possuído por um desses personagens de histórias românticas. Ela estava a um gemido de me fazer dizer coisas como: *Vou devorar você,* na minha melhor versão de uma voz sedutora.

Uma lista de comédias românticas me vem à mente, guiando meus pensamentos.

"O próximo passo no acordo seria você propor uma amizade colorida, e a gente discutir a respeito por uns trinta segundos antes de topar", eu digo. "Um mês depois, um de nós dois ia se apaixonar, e a coisa ia ficar feia. Mais um mês e a gente ia ter um relacionamento perfeito, ou um desastre completo. Não tem meio termo. É um fato indiscutível, comprovado pela indústria do cinema."

Eu gosto de me sentir totalmente sem filtro quando estou perto dela. Já fiz papel de bobo na sua frente mais de uma vez, então a essa altura ela já deve estar acostumada. Não temos um passado, nem expectativas. Ela dá risada e balança a cabeça. Sua omelete está cozida agora, e o cheiro na cozinha está delicioso. Nora coloca no prato, e uma nuvem de vapor se ergue até o teto.

"Certo." Nora prende uma mecha de cabelo atrás da orelha. "A gente pode cortar tudo isso pela raiz e ficar só na amizade. Eu não tenho tempo pra briguinhas em restaurantes com garotas de vinte e um anos que não poderiam nem beber em público, pra começo de conversa."

Por algum motivo, ela fica parecendo bem mais velha ao dizer isso, e eu me sinto como um garotinho levando bronca da mãe.

"Estou começando uma carreira numa cidade difícil e não quero cagar tudo por causa de um menino universitário bonitinho."

O uso da palavra "menino" acaba de ferir meu ego já abalado. Tenho quase vinte e um anos, e mais coisas em comum com pessoas da idade dos meus pais do que com universitários. Já fui parado duas vezes no campus por alunos pensando que eu era um professor. Tenho uma aparência madura. É verdade — minha mãe diz isso também.

Argh. Usar minha mãe como padrão... talvez eu seja, *sim*, só um menino. Isso me incomoda um pouco.

Eu não imaginava que Nora me visse como algo além de um igual, mas, pelo jeito, para ela, sou só um universitário que ia servir só para passar o tempo ou coisa do tipo.

"Amigos, então." Abro um sorriso, e ela assente com a cabeça. De agora em diante, vou ser só amigo de Nora e Dakota.

Não vou deixar as coisas se complicarem.

Sem chance.

18

Faz duas semanas que não tenho notícias de Dakota. Ela não entrou em contato desde o dia em que saiu de fininho da minha cama no meio da noite, nem atendeu às minhas ligações, nem respondeu às duas mensagens que escrevi. Talvez eu tenha exagerado na dose, importunando-a demais quando ela claramente não queria conversar, mas quero saber se está tudo bem. Por mais que eu tente me convencer de que essa não é mais minha função, minha cabeça não aceita isso. Ou talvez seja meu coração, ou provavelmente as duas coisas.

Conheço Dakota bem o bastante para saber que, quando ela precisa de espaço, vai querer distância, e não há nada que possa mudar isso. A parte mais complicada é que eu não estou acostumado a ser a pessoa de quem ela quer distância.

Desde que decidimos ser só amigos, já vi Nora duas vezes, mas só falei com ela uma vez. Somos amigos, amigos que não se beijam. Amigos que não se beijam e nem pensam nisso.

Ainda estou tentando resolver essa parte. Nora não começou a vir menos ao nosso apartamento; simplesmente está indo embora mais cedo, e eu estou chegando em casa mais tarde que o normal. Tenho ficado para ajudar Posey a fechar o café. Ela anda cobrindo tantos turnos de Jane ultimamente que achei que estivesse precisando de ajuda. Parece bem sobrecarregada. Não quero me meter em sua vida, mas sempre fui bom em captar os sinais que as pessoas emitem. Acabamos nos tornando meio que bons amigos durante os longos turnos juntos, e ela anda falando mais sobre sua rotina enquanto lavamos louça e limpamos o pó de café grudado por toda parte do Grind.

Estou gostando das horas extras e da companhia dela. Ando me sentindo sozinho, por isso, me agarro a cada detalhe das nossas conversas, o que faz com que eu me sinta um pouco mais conectado com o mundo em geral. Ela é nascida e criada aqui — uma nova-iorquina convicta, uma coisa que milhões de pessoas por aqui tentam parecer. Sua família morava no Queens e, quando ela tinha cinco anos, sua mãe morreu. Posey e Lila tiveram que mudar para o Brooklyn, para morar com a avó.

É bom ter alguém para conversar sobre assuntos variados. E também ouvir opiniões e ideias sobre coisas que desviam minha atenção daquelas em que não quero pensar.

Não quero pensar em Dakota, nem sentir falta de Nora. Por acaso gostar de duas pessoas ao mesmo tempo me torna alguém que não presta?

Na verdade, não sei se gosto de Nora ou se sinto apenas uma atração por ela. Não a conheço o suficiente para fazer uma comparação pelo que sinto por Nora...

Quer dizer, *Dakota*.

Porra, estou bem confuso.

Estou pegando pesado demais comigo, mesmo mantendo distância das duas?

Fui apaixonado por Dakota durante anos; eu a conheço como a palma da minha mão. Ela é quase da minha família. Ela tem um espaço cativo no meu coração.

Já Nora é outra conversa; ela é instável comigo, às vezes esquenta, às vezes esfria e, sem dúvida nenhuma, sabe me seduzir. Sinto atração e ao mesmo tempo uma curiosidade a seu respeito, e não consigo tirar da cabeça que cortamos pela raiz um potencial relacionamento antes que algo tivesse a chance de florescer, então, eu não posso nem ficar triste por alguém que na verdade nunca foi minha.

Portanto, faz duas semanas que estou evitando as mulheres em questão: trabalhando até mais tarde, frequentando mais grupos de estudos, ficando em casa e vendo programas de culinária com Tessa. Ela anda obcecada por isso ultimamente, e a TV proporciona um ruído de fundo agradável quando estou estudando. Posso acompanhar vagamente os programas, mas não tenho interesse suficiente para dedicar toda a atenção da minha mente a eles — e desconfio que com Tessa seja a mesma coisa.

Numa noite, durante o episódio de *A guerra dos cupcakes*, meu celular vibra, e o nome de Hardin aparece na tela. Os olhos de Tessa seguem o som e o brilho da luz, e ela lê o nome dele. Seus olhos se voltam de novo para a TV, e ela morde o lábio inferior.

Tessa está infeliz demais, e eu odeio isso. Hardin está sofrendo como o diabo, e merece isso, mas eu odeio isso também. Não sei que tipo de coisa Hardin precisa fazer para conseguir ser perdoado, mas sou capaz de apostar que ele está disposto a mover mundos e fundos se for preciso — inclusive universos inteiros — para não ter que continuar a viver sem ela.

Esse tipo de amor desesperado, essa chama que consome a pessoa por dentro... isso eu não sei como é.

Meu amor por Dakota era — e ainda é — do tipo que se mantém em fogo brando. Tivemos nossas brigas e complicações, mas, na maioria das vezes, fomos nós dois contra o mundo. E eu com a espada em riste, e o canhão apontado, pronto para atacar qualquer inimigo que se aproximasse. O principal inimigo era o pai dela, o maior e mais cruel dos trolls. Passei muitas noites resgatando minha princesa das paredes amareladas e das cortinas com estampa da Cinderela que cobriam as janelas da sua casa. Escalava a fachada suja e desgastada, abria a janela empoeirada e a puxava para a segurança dos cookies de chocolate e da voz suave da minha mãe.

As coisas eram difíceis na casa dela e, quando Carter se foi, nem mesmo os melhores cookies, a mais suave das vozes e os mais apertados dos abraços eram capazes de confortar Dakota. Nós compartilhamos sofrimentos e prazeres, mas, quanto mais penso a respeito, e quanto mais comparo nosso relacionamento com os que vejo e leio nos livros, mais me dou conta de que, apesar de sermos quase uma família, Dakota e eu não passávamos de duas crianças.

Alguém por acaso precisa passar a vida inteira com a pessoa que a ajuda a crescer e amadurecer? Ou esse é só um ponto de passagem no caminho para o que ela vai se tornar, e o papel dessa pessoa termina quando as coisas seguem adiante? Houve um tempo em que pensei que Dakota fosse ser minha jornada e meu destino, mas estou começando a sentir que era mais como uma parte do caminho dela.

Mas será que eu, Landon Gibson, um amador em termos de relacionamento, sei de que diabos estou falando?

Quando pego o celular, a chamada já caiu na caixa postal. Ligo para Hardin na mesma hora, e ele atende no primeiro toque.

"Oi", digo, olhando para Tessa, que puxa o cobertor até o pescoço, como se estivesse se protegendo de alguma coisa.

"Vou marcar minha viagem. Vai ser no mês que vem", ele diz, alto o suficiente para Tessa ouvir. E, a cada palavra que sai da boca de Hardin, ela estremece um pouco mais.

Ela fica de pé e sai da sala sem dizer nenhuma palavra.

Começo a sussurrar para ela não me ouvir: "Não sei se é uma boa..."

"Por quê?", ele interrompe. "O que está acontecendo, cadê a Tess?"

"Ela acabou de ir para o quarto, tremendo como se estivesse morrendo de medo depois de ouvir sua voz do outro lado da linha." Não é um jeito suave de dar a informação, eu sei, mas estou sendo sincero.

Hardin faz um ruído que me provoca um aperto no peito. "Se ela pelo menos falasse comigo... Porra, que merda."

Eu solto um suspiro. Sei o quanto ele se incomoda com a situação. Assim como ela. E eu. Mas foi ele quem provocou isso tudo, e não seria justo eu forçar um encontro se Tessa não estiver a fim.

"Tenta passar o telefone pra ela", ele pede.

"Você sabe que eu não posso fazer isso."

"*Porra*, cara."

Consigo até vê-lo, passando as mãos nos cabelos.

Ele desliga o telefone, e eu não ligo de volta.

Espero alguns minutos para bater à porta de Tessa.

Ela abre quase imediatamente e dou um passo para trás no corredor de novo.

Olho para a foto do gato rajado e me pergunto como nunca reparei nessas imagens estranhas antes.

"Está tudo bem?", pergunto à minha amiga.

Ela olha para o chão, depois para mim. "Está."

"Você mente muito mal", digo.

Ela volta para o quarto e deixa a porta aberta, fazendo um gesto para eu entrar.

Tessa se senta na beirada da cama, e eu olho ao redor. O quarto está impecável como sempre, e ela mudou um pouco a decoração desde a última vez em que entrei aqui. A TV não está mais sobre a cômoda; no lugar do aparelho há uma pilha de livros, organizados pelo sobrenome do autor. Três exemplares gastos de *Orgulho e preconceito* chamam minha atenção.

Tessa deita na cama e olha para o teto. "Eu não me incomodo com a visita. Ele é da sua família, e eu não posso impedir vocês dois de se verem."

"Você também é da família", lembro a ela.

Me sento na outra beirada da cama, perto da cabeceira de estofamento azul. A cor combina com a das cortinas, e não consigo ver nem um grão de poeira na janela.

"Eu fico aqui esperando e esperando, mas não sei como..." A voz dela parece distante.

"Esperando o quê?"

"Eu parar de ficar magoada por causa dele. Só de ouvir aquela voz..."

Faço uma pausa para que ela recupere o fôlego antes de dizer: "Vai demorar um pouco, eu acho."

Queria ter raiva dele também, para poder falar o quanto Hardin lhe faz mal, que é melhor para ela manter distância, mas não consigo.

E não vou fingir que eles estão melhores do que estariam se estivessem juntos.

"Posso perguntar uma coisa?" O tom de voz de Tessa sai suave.

"Claro." Coloco os pés sobre sua cama e fico torcendo para que ela não repare no quanto minhas meias parecem sujas sobre o edredom branco.

"Como você conseguiu esquecer a Dakota? Eu me sinto muito mal por não ter ajudado quando você estava sofrendo. Estava tão ocupada com os meus próprios problemas que nem imaginei que você pudesse estar se sentindo como eu estou agora. Desculpa por ser uma amiga de merda."

Dou uma risada baixinho. "Você não é uma amiga de merda. Minha situação era bem diferente da sua."

"É a sua cara dizer isso. Eu sabia que você ia me dizer que não sou uma amiga de merda." Ela sorri, e não consigo me lembrar da última vez que a vi fazer isso. "Mas, sério mesmo, como você conseguiu esquecer a Dakota? Você ainda se sente devorado por dentro quando olha para ela?"

É uma boa pergunta. Como foi que consegui esquecê-la?

Fico sem saber como responder. Não quero admitir, mas acho que nunca me senti tão mal como Tessa está agora. Eu sofri quando Dakota terminou comigo, principalmente considerando a *maneira* como aconteceu, mas não me afoguei no sofrimento desse jeito. Mantive a cabeça erguida e dei meu apoio para que ela seguisse em frente com a vida.

"Comigo foi diferente. Dakota e eu quase não nos vimos nos últimos dois anos, então, não tinha a convivência intensa de você e Hardin. Nunca moramos juntos, e acho que eu já tinha me acostumado a me sentir sozinho."

Tessa vira para o lado e apoia o queixo no cotovelo. "Você se sentia sozinho enquanto namorava?"

Faço que sim com a cabeça. "Sim... Ela morava do outro lado do país, lembra?"

Tessa assente. "Lembro, mas você não precisava se sentir sozinho por isso."

Não sei o que responder. Eu me sentia sozinho mesmo quando conversava com Dakota todos os dias. Não sei o que isso diz sobre mim, ou sobre meu relacionamento.

"Você se sente sozinho agora também?", Tessa pergunta, com os olhos cinzentos concentrados em mim.

"Sim", respondo com toda a sinceridade.

Ela se deita de barriga para cima e volta a olhar para o teto. "Eu também."

19

Minhas aulas se arrastaram hoje. Bom, tem sido assim a semana inteira. Não consigo mais me concentrar depois do que rolou comigo e com Dakota. E Hardin ainda liga avisando que vai vir na semana que vem... No fim de semana que vem...

Isso não me dá muito tempo para acostumar Tessa com a ideia de que ele vai estar aqui, no espaço dela.

Quando ele ligou de volta naquela noite, não atendi. Foi a primeira vez em um tempão que Tessa e eu nos comunicamos de verdade, e estávamos ocupados demais lamentando nossa solidão. Foi bem triste, mas *legal* também, passar esse tempo com ela.

E, milagre dos milagres, em vez de continuar ligando várias vezes, Hardin me deixou uma mensagem na caixa postal. Uma coisa incrível. Mas, pensando bem, lembro de ele ter falado que precisa vir porque tem um compromisso na cidade que "não pode perder".

Ele só pode estar procurando emprego aqui — caso contrário, por que teria um compromisso "inadiável" aqui em Nova York? Só pode ser coisa de trabalho...

Ou, então, ele se cansou de ficar longe de Tessa. Não consegue se manter afastado dela por muito tempo; ele precisa dar um jeito nisso.

Quando me aproximo do meu prédio, um caminhão de entregas barulhento está parado bem no meio da rua. O mercadinho no andar de baixo recebe entregas no meio da noite. As vozes escandalosas e o som das portas pesadas sendo fechadas, abertas e fechadas de novo, me deixava maluco no começo, por estar acostumado com a tranquilidade e o silêncio dos bairros residenciais do estado de Washington, no meu "castelo" no alto do morro. Ainda me lembro de como aquela casa me pareceu grande quando estacionamos nossa perua lá na frente. Escolhemos o jeito mais barato de viajar, atravessando o país de carro, apesar das várias tentativas de Ken de nos comprar passagens aéreas e mandar nossas coisas de caminhão. Olhando para trás, acho que foi o orgulho que motivou minha mãe a provar que estava indo para lá por causa do amor que sentia por ele.

Eu me lembro da primeira vez que a ouvi rir na frente dele. Era uma risada diferente — do tipo que transformava seu rosto e sua voz. Os cantos de seus olhos se elevavam, e a alegria que era emitida de sua garganta parecia vir das profundezas de seu ser, e enchia o ambiente de luz e ar fresco. Foi como se ela tivesse se tornado uma versão diferente, mais feliz, da mãe que eu conhecia e amava.

Obviamente, quando conversamos agora, ela sempre demonstra uma preocupação a meu respeito: meu regime de sono depois que me mudei para a cidade. Minha mãe vive me perguntando quando vou procurar um médico para dar um jeito nisso, mas não me sinto pronto ainda para fazer essas coisas práticas em uma cidade nova. Marcar consultas médicas e renovar a carteira de motorista são coisas que podem esperar. Além disso, eu não quero dirigir nesta cidade e, na minha opinião, o verdadeiro problema do meu sono é o caminhão de lixo passando às três da manhã.

Então, em vez de procurar um médico, comprei minha máquina de produzir ruído branco. Isso me ajudou demais. Tessa gosta do barulho, mas foi criada perto de uma ferrovia, e diz que sente falta dos trens passando durante a noite. Ultimamente, nós dois andamos nos apegando a qualquer coisa que nos lembre de casa. Minha sensação em Nova York é a de que nossa casa é mesmo nosso castelo ou, se não um castelo, pelo menos um cubículo dentro da cidade em que exercemos o controle. Ao que parece, tanto para Tessa como para mim, controlar o som que ouvimos dentro do apartamento nos faz sentir no controle das coisas, só que de formas diferentes.

Do lado de dentro, os corredores do prédio são vazios e silenciosos.

Quando desço do elevador no meu andar, sinto cheiro de açúcar e especiarias. Nora deve estar aqui, e as duas devem estar fazendo algum doce na cozinha. Tem uma música tocando; a voz de uma garota cheia de atitude assumindo uma postura de desprezo pelos jovens americanos da atual geração preenche o apartamento quando abro a porta. Tiro os sapatos e deixo do lado da porta. Quando entro na cozinha, coloco a garrafa de leite que comprei na bancada perto de Tessa, mas é Nora que me agradece primeiro. "Por nada", digo a ela, tirando a jaqueta pelos ombros e os braços.

Preciso muito fazer alguma coisa para o aniversário da Ellen. Ela estava ainda menos animada hoje quando perguntei sobre a chegada do grande dia.

"Eu estava passando na frente do mercado, e a Tessa me mandou uma mensagem pedindo", acrescento.

Mesmo assim, Nora sorri para mim.

Nossa, ela é ainda mais linda do que eu me lembrava, e faz só uma semana que a gente não se vê.

Nora pega o leite e vai até a geladeira. "Você perdeu uma puta gafe de confeitaria. A Tessa pôs creme de chantilly em vez de creme de leite fresco na receita do scone[1]."

"Você falou que ia guardar segredo", Tessa resmunga em tom de brincadeira, olhando para mim. "A massa ficou solada."

"Pois é. E depois os scones queimaram", Nora diz.

Acho que gosto da sensação reconfortante que ela parece experimentar aqui. Gosto de ela poder se movimentar com facilidade pela cozinha, com as costas retas e sorrindo, relaxada. Ela abre a geladeira e guarda o leite. Desvio os olhos quando ela se abaixa para pegar a jarra de água gelada na prateleira de baixo. Tento não deixar minha mente prestar tanta atenção ao fato de sua calça branca ser tão justa. Não é bem uma calça de moletom, mas também não é de ginástica. Sei lá o que é: a bunda dela fica incrível com aquele tecido esticadinho por cima, acentuando seu formato redondo.

Ela está usando uma camiseta folgada de mangas compridas, no estilo daquelas de beisebol, com os braços de uma cor diferente do resto do corpo. As mangas azuis estão puxadas até os cotovelos. Seus cabelos grossos e escuros estão presos em um rabo-de-cavalo bem alto, e suas meias têm desenhos de bacon com ovos em estilo caricatural. Sua barriga está um pouco de fora, mas me recuso a olhar, ciente de que não vou conseguir parar.

Nora vai até o forno e pega uma assadeira com biscoitos, ou será que são scones? Provavelmente, scones. Em geral, não gosto muito

---

[1] *N. da E.: scone é um tipo de pão, ideal para ser comido com creme e geleia, bastante apreciado pelos britânicos.*

disso; o Grind vende uns scones saudáveis com gosto de farelo cobertos com azeite de oliva e assados em pão integral. Não são para mim.

As habilidades de confeiteira profissional da minha mãe arruinaram meu gosto para biscoitos e bolos feitos por outras pessoas. Nossa casa sempre foi cheia de doces, um dos motivos para eu ser um garoto gordinho. Preciso malhar um pouco mais que as pessoas normais para poder comer as coisas de que eu gosto sem ganhar muito peso. Demorei um bom tempo para perceber isso, mas ainda bem que aconteceu.

Eu me lembro da sensação de quando os babacas do meu colégio pararam de ter um motivo para tirar sarro do meu peso — não que eles não tenham arrumado outra forma de me tratar como lixo —, mas fiquei me sentido mais leve, tanto física como mentalmente, e comecei a adquirir uma confiança que nunca tive.

Tessa e Nora passaram todos os dias da semana na cozinha, mas eu fiquei escondido no quarto, tentando pôr meus estudos em ordem e descansando depois do trabalho. Até nos meus sonhos ouvi as vozes dos clientes insatisfeitos olhando para o cardápio no quadro da parede.

"Hã, vocês vendem, tipo, uns frappuccinos aqui? Igual do Starbucks?"

"Por que não tem leite de castanha-de-caju?"

"Qual a diferença entre um cappuccino e um latte?"

Só trabalhei três horas hoje, mas esta semana foi exaustiva. Estou tão cansado que não quero ficar entocado no quarto hoje. Quero conversar com Tessa, e até com Nora. Detesto o jeito como meu peito se comprime quando ela me olha, e seu olhar sempre se cruzando com o meu. Decidi ser sociável esta noite. Faz bem conviver com as pessoas, mesmo que sejam só elas duas.

Nora tira os scones da assadeira e põe para esfriar. Pelo cheiro, são de mirtilo. Eu me sento à mesinha de três lugares e fico vendo Nora se mover pela cozinha. Ela pega um saco plástico cheio de uma gosma amarela e torce a ponta, criando um triângulo cheio de cobertura. Em seguida põe uma ponteira de metal e espreme a cobertura em cima de cada um dos scones. Nora comenta que acrescentar a cobertura deixa os scones mais gostosos, mas estou muito ocupado tentando evitar que meus olhos fiquem se voltando para sua bunda por tempo demais para conseguir prestar atenção.

De repente, também me vejo envolvido na dúvida entre dever ou não estar aqui, porque não quero atrapalhar.

"Como foi o trabalho?", Tessa pergunta.

Ela enfia o dedo em uma tigela de massa com bolinhas azuladas. Mirtilos, talvez? Sua boca se abre, e ela enfia um dedo lá dentro.

Olho para Nora, que está arregaçando as mangas de novo. Isso me leva a reparar no tecido da bainha da camiseta. Parece que foi cortado com uma tesoura para mostrar um pedaço da barriga.

Em geral, não dou bola para isso. Nem um pouco. Não consigo imaginar por que alguém se importaria, a não ser que também esteja se sentindo torturado pela tentação que Nora representa, mesmo sabendo que nada de bom vai vir dali.

A pele dela é de um tom mais escuro que a minha, e não consigo determinar sua etnia só de olhar. Por outro lado, sei que ela saiu uma mistura linda e exótica. Não sei exatamente qual, mas seus olhos amendoados são lindos, assim como as sobrancelhas escuras e os cílios grossos sobre as maçãs do rosto saltadas. A camiseta fica perfeita nela, assim como todas as roupas que a vi vestir. Seus quadris são bem cheios, e o tecido branco ressaltando sua bunda é algo difícil de não olhar. Será que já mencionei isso?

Eu me permito admirá-la por mais alguns segundos. Uma olhadinha de um ou dois segundos não vai fazer mal... certo?

Ela ignora meu olhar, meu desejo de passar os dedos na pele exposta de sua nuca. Meus pensamentos me levam para um mundo em que Nora está deitada ao meu lado, e minhas mãos passeiam por sua pele. Eu adoraria vê-la saindo do banho, e sua pele estaria úmida, os cílios mais escuros contra a pele quando ela piscasse...

"Tão ruim assim, é?", Nora pergunta.

Eu faço que não com a cabeça. Estava tão perdido em meus pensamentos que não respondi à pergunta de Tessa sobre meu dia no trabalho. Digo que foi o mesmo de sempre, corrido e lotado. As primeiras semanas de aula nas faculdades são épocas de movimento intenso no café, mesmo no Brooklyn.

Eu não quero entediá-la com os detalhes da torneira da pia quebrada, que fez Aiden se molhar todo. Não digo que não dei risada quando ele não estava olhando — o cara ficou putíssimo porque seu cabelo ficou todo bagunçado. E foi ainda mais engraçado porque foi ideia dele mexer na torneira, para começo de conversa, alegando que sabia consertar o vazamento.

Draco... se deu mal de novo.

Tessa me diz que pegou turnos extras nos próximos dois fins de semana, e sei que está mencionando sua escala porque está incomodada com a chegada de Hardin, e quer manter distância. Eu deveria contar que ele vai vir no fim de semana que vem, e é essa minha intenção, mas vou esperar até Nora ir embora, para Tessa ter um tempo sozinha para assimilar a ideia e descobrir como se preparar para a visita.

Vejo a luz interior de Tessa se apagar a cada dia que passa na cidade sozinha, enquanto ouve dizer que Hardin está melhorando sob a influência de seu novo grupo de amigos e com o aconselhamento na terapia. Realmente acredito nisso, e que esse tempo longe era algo necessário para ele, por mais que tenha detestado.

Se os dois não acabarem casando e tendo um monte de crianças teimosas e descabeladas, vou perder toda a fé que tenho no amor.

Eu odeio a palavra *terapia*. É um grande estigma não conseguir levar a vida sem alguém tentando curá-lo.

Por algum motivo, é considerado impróprio falar sobre a terapia nas pausas para a água durante o expediente, apesar de fofocar sobre a vida dos colegas ser totalmente aceitável. Às vezes, as prioridades do mundo são mais do que invertidas.

"Alguma notícia da sua mãe?", Tessa me pergunta.

Nora volta a se movimentar pela cozinha, toda à vontade. Ela lava as grelhas e molha uma esponja para limpar as bancadas enquanto explico a Tessa que minha irmãzinha está usando a barriga da minha mãe para treinar futebol. "Ela jura que a pequena Abby vai ser a primeira escolha no draft da *MLS Superdraft*[2]", digo a elas.

Minha mãe contou que sente muitas dores à noite, porque a bebê está crescendo. Mas não reclama disso — está fascinada pelas mudanças que seu corpo está passando na idade que tem, e se sente eternamente grata por ter uma gestação saudável e sem sustos.

"Parei de ouvir o que você estava falando quando mencionou não-sei-o-que da MLD", Nora brinca, envergando os lábios.

Um leve divertimento. Seus olhos sempre parecem ter um toque de tédio, como se sua vida antes do momento presente tivesse sido muito mais interessante em todos os sentidos.

---

[2] *N. da E.: MLS Superdraft é um campeonato norte-americano de futebol que reúne jogadores egressos de universidades.*

"Eu estava falando sobre futebol. Você não acompanha nenhum esporte?", pergunto. Sei que Tessa não acompanha.

Nora faz que não com a cabeça. "Não. Prefiro arrancar meus olhos e comer com ketchup."

Dou risada de sua resposta mórbida e detalhada.

"Então tá." Estendo o braço para pegar um scone já com cobertura, mas ela segura minha mão.

"Precisa deixar a cobertura esfriar", ela explica, sem me soltar.

"Só, tipo, uns três minutos", Tessa acrescenta.

A mão de Nora é tão quentinha.

Por que ela não me solta?

E por que eu não quero que isso aconteça?

Eu deveria estar pensando em superar a atração que sinto por ela. Deveria me habituar ao papel de amigo. Parece perda de tempo ficar questionando por que estou sentindo isso ou aquilo, mas estou tentando me colocar um pouco mais no controle de mim mesmo, e lançar essas perguntas parece uma boa maneira de fazer isso.

Preciso lembrar a mim mesmo o tempo todo que devo me contentar com a amizade. Mas é difícil fazer isso com ela aqui, me olhando desse jeito, vestida assim.

Olho para nossas mãos. A dela é mais escura que a minha e, quando nossos olhares se cruzam, Nora parece se lembrar que não deveria segurar minha mão assim; amigos não ficam de mãos dadas.

O telefone de Tessa toca, e Nora tem um sobressalto. Seu rosto fica vermelho, e quero tocá-la de novo, mas não posso.

"É o meu chefe. Preciso atender", Tessa avisa.

Ela faz uma pausa e olha para nós dois, perguntando silenciosamente se pode mesmo nos deixar sozinhos.

Nora abre um sorriso, e seus olhos comunicam o que sua boca — e a minha — não consegue.

A cada passo que Tessa dá no corredor, o ar na cozinha fica mais carregado. Nora se mantém ocupada pegando uma panela na bancada e jogando na pia. Ela abre a torneira, pega o frasco de detergente e começa a esfregar. Não sei se devo ficar aqui, parado, todo sem jeito, enquanto ela lava a panela, ou se é melhor ir para o meu quarto passar mais uma noite sozinho.

Pego o celular e leio as últimas mensagens que recebi. Uma é de Posey, um meme sobre baristas. Enquanto rio em silêncio, os ombros de Nora se viram para mim.

Ela parece mudar de ideia, e volta a se virar para a pia. Nora pega o detergente e aperta o frasco de novo. Bolhas de sabão flutuam ao seu redor, e percebo que ela ainda está esfregando a mesma panela.

Dou um passo silencioso para a frente e olho dentro da pia. A panela está limpa, sem nenhum resíduo de massa, com a superfície brilhando, apesar de uma grossa e desnecessária camada de sabão. Enquanto suas mãos trabalham desnecessariamente, me aproximo mais um pouco. Meu pé acerta o pé de uma das cadeiras, e ela tem um sobressalto ao ouvir o barulho.

"Então, como vai você? Alguma novidade?", pergunto, como se nunca tivesse falado com ela, e como se não tivesse acabado de tropeçar numa cadeira.

Os ombros de Nora se levantam quando ela respira fundo e sacode a cabeça, balançando o rabo-de-cavalo de um lado para o outro. "Na verdade, não", é só o que ela diz, e volta a esfregar a panela. Por fim, enxagua tudo e põe para secar no escorredor ao lado da pia.

Onde está Tessa? Seria bom se ela voltasse para amenizar esse climão na cozinha.

"Como vai o trabalho? Você ainda gosta de lá?" Simplesmente não consigo calar a boca.

Nora encolhe os ombros de novo, e acho que escutei dizer: "Tranquilo."

"Você está brava comigo ou coisa do tipo?", minha boca diz sem me consultar.

Brava comigo? Eu tenho cinco anos e estou perguntando se Carter ficou chateado por minha mãe ter passado em cima de um de seus brinquedos com o carro?

Antes de eu me complicar ainda mais e tornar a situação constrangedora, Nora se vira para mim. Seu pescoço parece pulsar, e seu peito levanta e abaixa em um latejar lento. Meu peito está em chamas, e com um aperto que não estava lá até agora há pouco, por causa de uma pessoa que é praticamente uma desconhecida.

"Brava com você? Por quê?" Seus olhos parecem sinceros; seus lábios estão entreabertos, e ela está à espera de uma resposta que, por algum motivo, é mais difícil de fornecer do que deveria ser.

Esfrego a mão na nuca, pensando, pensando, pensando, sempre pensando.

"Por tudo? O lance com a Dakota, o beijo, o..."

Quando Nora abre a boca, interrompo a frase para deixá-la falar. Ela apoia o cotovelo na bancada, e seu olhar se concentra em mim. Está me encarando com força, e nesse momento eu gostaria de conhecê-la bem o suficiente para saber o que está pensando, o que está sentido. Não consigo entendê-la, por mais que eu queira.

Em geral, sou bom em sacar o comportamento das pessoas. Sei quando alguém está sentindo alguma coisa, mesmo se esforçando para esconder. O movimento acelerado dos olhos para o outro lado do cômodo, uma sutil mudança no centro de gravidade...

Existe um milhão de jeitos de ler uma pessoa.

"Não estou nem um pouco brava com você. Está tudo meio confuso, é verdade", ela diz, e a maneira como seu tom de voz muda um pouco no fim da frase me deixa apreensivo.

Nunca quis conhecer tanto uma coisa como aquilo que ela mantém escondido. A totalidade de seu ser me remete a uma espécie de segredo, o mais próximo que já estive de um mistério real, difícil de resolver, mas cuja solução se torna uma obsessão.

"Landon, o motivo por que..."

Mas a voz dela se interrompe pelo som de solas de borracha contra o piso de cerâmica. Eu me viro. Os tênis brancos que tocam o chão estão presos a um par de pernas cobertas com roupas justas. O corpo é magro e está usando um tutu reluzente e um collant preto.

Os olhos de Dakota se cravam em Nora, que está a poucos centímetros de mim, e ela parece se tornar maior, mais sinistra e mais forte.

Dakota ajeita os ombros e estufa o peito, exigindo atenção.

"Dakota..." Instintivamente me afasto de Nora e me aproximo dela.

"Então foi pra cá que você veio?", ela questiona.

Fico confuso por um instante, mas então percebo que ela não está falando comigo. Está virada para Nora.

Os olhos de Nora se voltam para mim. "Não, eu estava aqui com a Tessa..."

Dakota a interrompe no meio da frase. "Eu falei pra você ir embora, não pra vir correndo pra ele."

Estou mais do que confuso com a situação. A voz de Dakota se ergue como uma onda furiosa, prestes a engolir meu minúsculo apartamento no Brooklyn.

"Eu falei pra ficar longe dele", Dakota diz. "Ele está fora de cogitação. A gente *combinou*."

Os olhos de Dakota se estreitam, e os de Nora se arregalam; ela ainda parece chocada com a presença de Dakota na cozinha.

"É melhor eu ir." Nora pega o pano de prato na bancada para secar as mãos. Ela faz isso bem rapidamente, e Dakota e eu ficamos em silêncio enquanto Nora sai da cozinha sem olhar para nenhum de nós. A porta da frente se abre e se fecha em menos de vinte segundos, e ela se vai sem ao menos se despedir de Tessa.

Aconteceu tudo muito depressa, e estou tão atordoado que fico sem reação para ir atrás dela.

Fico me perguntando o que aconteceria se tivesse ido, e como Dakota reagiria.

20

Dakota está de pé na cozinha, com os olhos cravados em mim e os lábios contorcidos de raiva. Seus cabelos estão soltos, com os cachos caídos sobre os ombros. Está cutucando as unhas, e não gosto nem um pouco de seu comportamento. Ela está agindo como se ainda estivéssemos no colégio. Ou melhor, como se estivéssemos no jardim de infância, e o tutu que está usando não ajuda em nada a fazê-la parecer uma adulta.

"O que foi isso? Qual é a sua, hein?", pergunto.

Bom, soou mais como se eu tivesse tirando satisfações, mas tenho direito a alguma explicação.

Nada disso faz sentido.

E, obviamente, ela logo fica na defensiva, olhando feio para mim como se fosse eu que estivesse dando uma de criança ciumenta. Dakota não diz nada, só fica me encarando, mas de repente seu olhar se acalma. Seus lábios se afastam, e ela se recosta na bancada como se nada tivesse acontecido.

Decido não deixar isso passar batido. "Por que você expulsou a amiga da Tessa do nosso apartamento?"

Dakota me olha. Acho que está usando o silêncio para ganhar tempo para arrumar uma explicação.

Por fim, alguns segundos depois, ela começa a falar.

"Pra mim, ela não é só a amiga da Tessa, Landon. É minha colega de apartamento, e não quero que ela fique perto de você. Ela não faz bem pra você. E não vou deixar vocês dois se apegarem."

Ela faz uma pausa antes de acrescentar: "Eu me recuso a deixar isso acontecer".

Não sei o que é pior: o tom de voz dela ou o ciúme e a possessividade que transparecem em suas palavras. Minha pele esquenta, e a adrenalina invade meu peito.

"Certo, pra começo de conversa, eu não fazia ideia que vocês moravam juntas... então, ainda estou assimilando isso. E, em segundo lugar, não é *você* quem decide quem faz bem pra mim ou não, Dakota", rebato.

Ela empalidece como se tivesse levado um tapa na cara.

"Então você gosta *mesmo* dela!" A boca de Dakota se contorce em uma careta ao dizer isso.

Estou ficando mais irritado a cada segundo que passa, e dá para sentir a tensão entre nós crescer a cada respiração dela.

"Não. Bom, não sei o que sinto por ela, pra ser bem sincero." Minha resposta faz parecer que estou fugindo da verdade, mas eu não sei *mesmo*.

Sempre fui sincero com Dakota, a não ser nos momentos em que a verdade só pioraria as coisas.

Só o que eu sei é que Dakota não tem o direito de decidir com quem vou me "apegar".

Ela atravessa na minha direção, com seu tutu purpurinado se sacudindo a cada passo. "Bom, então tenta entender, porque eu não quero que você fique confuso a meu respeito também." Ela revira os olhos.

Eu reconheço esse tom de voz, essa postura defensiva.

"Para com isso. Trata de ser você", digo a ela.

Dakota sabe exatamente o que estou dizendo.

Dakota é muito boa em se desvencilhar de seus sentimentos e se desvincular de qualquer sinal de perigo de sofrimento. Ao longo dos anos, aprendi a lembrá-la a baixar a guarda e lidar com as emoções. Mas só quando é aconselhável fazer isso... sempre me preocupei com sua segurança.

Ela solta um suspiro de derrota. "Eu andei pensando muito em você ultimamente."

"O que tem eu?", pergunto.

Dakota engole em seco e morde o lábio inferior.

"Acontece que eu amo você, Landon."

Ela diz essas palavras de uma forma totalmente casual, como se não fossem provocar nada em mim, formar um nó tão forte, entalado sob minhas costelas, esperando para ser desfeito, e só assim aliviar a dor.

Não ouço essas palavras da boca dela desde antes de sua mudança para Nova York. Essas três palavras soavam tão naturais aos meus ouvidos junto com meu nome... porém, agora não mais.

Agora, elas me cortam por dentro, destruindo o processo de cicatrização do sofrimento e da solidão que senti depois que ela me largou.

Essas três palavras ameaçam destruir o abrigo frágil que venho tentando pôr de pé desde que ela decidiu que não me queria mais,

Essas três palavras são muito mais importantes para mim do que ela é capaz de imaginar, e sinto que meu coração está prestes a irromper furiosamente do meu peito a qualquer momento.

Eu não esperava uma declaração de amor. Estava me preparando para palavras furiosas, não isso.

Não sei o que me machucaria mais, para ser sincero.

"De verdade, Landon." A voz de Dakota quebra o silêncio, e eu fecho os olhos. "Amo você desde que me entendo por gente, e me desculpa por ter causado aborrecimentos na sua vida. Eu magoei você, sei disso, e eu lamento muito..."

A voz dela fica embargada no fim da frase, e seus olhos se enchem de lágrimas. Ela está mais perto de mim agora, o suficiente para eu ouvir sua respiração. "Eu fui egoísta, ainda sou, e por mais confuso que isso possa parecer não consigo suportar a ideia de ver você com outra pessoa. Não estou pronta para compartilhar você. Fico lembrando da primeira vez que te vi..."

Abro os olhos e tento recobrar o fôlego.

Eu deveria impedi-la de ficar escavando antigas lembranças, mas não consigo. Quero ouvir Dakota falando sobre isso.

Preciso ouvir.

"Você estava andando de bicicleta na rua. Dava pra ver da janela do meu quarto. Carter tinha acabado de chegar de um acampamento, e um dos pais ligou pro meu pra falar sobre um boato de que ele tinha tentado beijar outro menino."

Meu coração acelera ao ouvir essas palavras. Ela nunca fala sobre Carter, não com esse nível de detalhamento, não mais.

"Meu pai chegou pisando duro pelo corredor, com a cinta na mão." Ela estremece ao se lembrar.

Eu também.

"Foi uma gritaria só. Lembro de achar que a casa iria acabar caindo se ele não parasse."

Os olhos de Dakota estão longe de mim. Sua cabeça não está mais em Nova York, está em Saginaw. E eu estou lá com ela.

"Você estava andando de bicicleta na rua, e sua mãe estava lá fora também, tirando fotos... ou filmando, sei lá, e quando o Carter começou a gritar a cada cintada que levava, fiquei de olho em você e sua mãe. Ela caiu, como se tivesse tropeçado nos próprios pés, e você correu para socorrer como se fosse o adulto e ela, a criança. Lembro de ter desejado ser mais forte, como você, pra poder ajudar o Carter. Mas eu sabia que não tinha como."

Seus lábios começam a tremer, e meu peito se comprime, fazendo uma dor imensa se espalhar pelo meu corpo como o rastro de uma chama.

"Você sabe como era. O que acontecia quando eu tentava ajudar", ela disse.

Sei mesmo.

Vi o pai dela bater em Carter algumas vezes. Minha mãe chamou a polícia duas vezes, até nós aprendermos que o sistema era falho, muito falho, e bem mais complicado do que duas crianças poderiam imaginar.

Meus pés me levam para mais perto de Dakota sem pedir permissão para a minha mente. Ela ergue uma das mãos pequenas e detém meu passo.

"Só escuta, não tenta consertar nada", ela pede.

Faço tudo o que está ao meu alcance para ceder aos seus desejos. Fico olhando para os números em verde no fogão e levo as mãos às costas. São quase nove horas, o dia passou voando.

Sigo me concentrando nos números enquanto ela continua.

"Eu me lembro da primeira vez que você falou comigo, da primeira vez que disse que me amava. Você se lembra da primeira vez que disse que me amava?"

Lembro, sim... como poderia me esquecer desse dia?

Dakota tinha fugido; Carter me contou que ela estava desaparecida fazia horas.

O pai deles, bêbado e aparentemente ignorando o fato de que o paradeiro de sua filha de quinze anos era desconhecido, ficou sentado em sua poltrona reclinável imunda, com uma lata de cerveja gelada suando na mão. Sua barriga era bem grande — toda aquela bebida precisava parar em algum lugar. Não se barbeava fazia semanas, e os pelos em seu rosto estavam crescendo livremente pelo queixo e arredores.

Não consegui uma resposta dele, nem ao menos desvia sua atenção da maldita tela da TV. Lembro que ele estava vendo *CSI*, e que a pequena sala de estar estava cheia de fumaça e atulhada de lixo. As latas vazias de cerveja cobriam a mesinha, e as revistas não lidas se empilhavam no chão.

"Cadê ela?", perguntei pela quinta vez.

Minha voz saiu tão alto que fiquei com medo de que ele se irritasse e batesse em mim, como fazia com o filho.

Mas não foi essa sua reação; ele simplesmente continuou olhando para a tela, e eu logo desisti, percebendo que o cara estava bêbado demais para fazer alguma coisa útil.

Quando ele se mexeu, tive um sobressalto, mas o susto logo passou. Ele só estava pegando um cigarro. Quando apanhou o cinzeiro, as guimbas e as cinzas caíram sobre o carpete marrom. Ele nem pareceu perceber, assim como ignorava minha presença, alguém que perguntava onde estava sua filha.

Peguei minha bicicleta e dei uma volta pelo bairro, parando todo mundo que encontrava no caminho. Comecei a entrar em pânico quando Buddy, um dos bêbados que viviam no bosque ali perto, disse que a viu passar por lá. Nós chamávamos esse lugar cheio de árvores e de lixo de Ponto, onde havia um monte de gente que levava vidas vazias. Drogas e bebida eram as únicas coisas que dava para encontrar por lá.

O Ponto não era um lugar seguro, e lá ela estaria em perigo.

Deixei minha bicicleta na beirada do bosque e corri para a escuridão como se minha vida dependesse disso. Em certo sentido, era verdade.

Ignorei as vozes intoxicadas e as dores musculares e continuei correndo até o meio do lugar. O Ponto não era muito grande. Dava para correr de uma ponta a outra em mais ou menos cinco minutos. Eu a encontrei perto do meio do caminho, sozinha, intacta, encostada contra uma árvore.

Quando a localizei, meus pulmões ardiam, e eu mal conseguia respirar direito, mas ela estava a salvo, e era só isso que importava. Dakota estava sentada de pernas cruzadas no chão do bosque, cercada de terra, gravetos e folhas. Ao colocar os olhos nela, experimentei o maior alívio que já tinha sentido na vida.

Ela ergueu os olhos e me viu parado à sua frente, com as mãos nos joelhos, tentando recobrar o fôlego.

"Landon?" Ela parecia confusa. "O que você está fazendo aqui?"

"Procurando você! Por que você veio pra cá? Você sabe como é este lugar!" Eu estava gritando, o que a levou a olhar ao redor, examinando o entorno com seus olhos escuros.

Um cobertor pendurado em galhos quebrados, roto e imundo, estava sendo usado como uma barraca improvisada. Havia garrafas de cerveja espalhadas pelo solo; tinha chovido fazia pouco tempo, e o chão não estava totalmente seco, nos deixando cercados de lixo molhado e poças de lama.

Ajeitei a postura do corpo e estendi a mão para ela. "Você não pode vir aqui nunca mais. Não é um lugar seguro."

Ela parecia em transe. Ignorou minha mão e começou a falar. "Eu poderia acabar com ele, sabia? E ainda sair livre, acho."

Meu coração disparou, e me encostei na árvore para entrelaçar meus dedos aos seus.

"Ando vendo um monte de programas sobre crimes, e do jeito que ele bebe, e as coisas que apronta... Eu sairia livre. Poderia vender a casa e sair desta cidade de merda. Eu, você, Carter. A gente pode sair daqui, Landon. Pode mesmo."

A voz dela estava carregada de uma urgência dolorosa, e fiquei arrasado ao perceber que em certa medida aquela conversa era séria.

"Ninguém sentiria falta dele..."

Uma parte de mim desejou incentivar o plano, para aliviar seu sofrimento, ainda que por poucos momentos, mas eu sabia que, caso fizesse isso, mais cedo ou mais tarde cairíamos na real, e a vida iria se tornar ainda mais difícil do que já estava.

Decidi tentar distraí-la em vez de responder que obviamente ela não poderia *matar* alguém. Mas Dakota precisava se afastar de lá, mesmo que apenas em sua mente.

"Pra onde a gente iria?", perguntei, sabendo o quanto ela adorava esse tipo de devaneio.

"A gente pode ir pra Nova York. Eu posso ser dançarina por lá e, você, professor. É bem longe daqui, mas ainda tem neve."

Durante nossa adolescência, cada vez que eu fazia essa pergunta a Dakota, vinha uma resposta diferente. Às vezes, sugeria até sair do país. De todas as cidades do mundo, Paris era sua favorita; suas fantasias incluíam dançar na casa de ópera mais famosa de lá. Mas viver em Saginaw era nossa realidade, e todo o resto não passava de sonho.

"A gente podia inclusive viver em um prédio bem alto. Em qualquer lugar menos aqui, Landon, qualquer lugar mesmo." Sua voz parecia distante, como se estivesse vindo de um ponto muito, muito remoto.

Quando me virei para ela, seus olhos estavam fechados. Havia uma mancha de terra em seu rosto, e seu joelho estava esfolado. *Ela deve ter caído*, pensei comigo mesmo.

"Eu iria pra qualquer lugar com você. Isso está bem claro, né?", perguntei a ela.

Dakota abriu os olhos, e os cantos de sua boca se ergueram em um sorriso. "Qualquer lugar?", ela questionou.

"Onde quer que seja", prometi.

"Eu amo você", ela afirmou.

"Eu sempre amei você", confessei.

Ela apertou minha mão e apoiou a cabeça no meu ombro. Ficamos sentados lá até o sol se levantar, levando o silêncio à sua casa atormentada.

E agora, na cozinha do meu apartamento no Brooklyn, relembrando nossos sonhos e a origem do nosso amor, Dakota diz baixinho: "Você disse que sempre me amou".

"Amei mesmo", é só o que consigo responder.

Porque é a verdade.

21

Os últimos trinta minutos foram confusos, para dizer o mínimo. Não sei como deter essa espiral em direção a Dakota, nem se devo fazer isso. Suas palavras significam muito para mim... só que, mesmo assim, tenho a sensação de que há alguma coisa faltando aqui, uma pequena parte de mim que se recusa a ceder. Estou meio na defensiva, e não sei se devo me render a ela assim tão facilmente.

Mas essa espiral tem muito poder sobre mim, e supera a vozinha irritante que fica me dizendo que tem alguma coisa faltando.

Não quero que este momento termine.

Não quero que ela vá embora.

Quero que ela fique e compense todas as vezes que me abandonou, para me sentir normal de novo. É mais fácil se concentrar nos outros e em deixar todo mundo feliz do que aceitar o fato de que estou me sentindo um pouco mais sozinho do que quero admitir. Retomar a rotina com ela seria bem fácil. Houve um tempo em que pensei que tinha sido feito para protegê-la, que cada molécula do meu corpo existia para esse único propósito. Eu era mais feliz quando estava com ela, quando tinha alguém que fazia com que me sentisse importante, requisitado, necessário.

Dakota veio até aqui, ao meu apartamento — veio correndo *para* mim. Mas será que já desistiu mesmo de correr *de* mim?

Seu corpo está bem próximo agora, tanto que eu poderia estender a mão e puxá-la para os meus braços se quisesse... e eu quero. Preciso sentir seu toque. O arrepio familiar que se espalha pelo meu corpo no rastro de seus dedos. Preciso ver se ela consegue preencher o vazio que deixou dentro de mim, como se meu corpo estivesse esburacado.

Dou mais um passo à frente e envolvo seu pequeno corpo com os braços. Ela se encosta em mim sem hesitação, e meus lábios se movem com cautela à procura dos seus.

Sua boca é tão macia; seus lábios são como nuvens nas quais quero me perder, bem distantes do mundo cotidiano e do sofrimento que compartilhamos. Quero flutuar em seu espaço, onde só existem eu e ela, ela e eu. Nada de rompimentos, nem tragédias, nem pais de bosta, nem estudos, nem longos turnos de trabalho.

No momento em que meus lábios roçam os seus, Dakota solta um suspiro, e um alívio toma conta de mim. O avanço da minha boca é tímido e cauteloso, para não apressar as coisas. Minha língua desliza sobre a sua, e ela está se derretendo para mim, como sempre fazia.

Levo minha mão à parte inferior de suas costas e a puxo para mais perto. O tecido do tutu farfalha junto à minha calça de moletom, e ela usa as duas mãos para empurrar a peça purpurinada até o chão e em seguida cola seu corpo no meu.

Ela é minha, talvez não para sempre, mas pelo menos por agora.

A boca de Dakota está um pouco rígida, como se tivesse se esquecido de como é me beijar. Acaricio suas costas enquanto ela tenta reconhecer minha boca. Meus polegares passeiam em pequenos círculos em suas costas, e ela suspira entre meus lábios. Seu beijo é bem lento, e sua boca tem gosto de lágrimas. Fico sem saber se são suas ou minhas.

Ela dá uma fungada e se afasta.

"Qual é o problema?", pergunto. Minha garganta está cheia de nós, e minhas palavras saem devagar, quase entaladas. "Está tudo bem?"

Ela assente com a cabeça e olho para seu rosto para observá-la melhor. Seus olhos castanhos estão cheios de lágrimas e seus lábios estão úmidos e voltados para baixo em uma careta.

"O que foi?"

"Está tudo bem..." Ela limpa os olhos. "Não é que eu esteja triste, só estou emocionada. Senti muito sua falta." Ela funga de novo, e uma única lágrima escapa e percorre seu rosto. Eu apanho com o polegar, e ela respira fundo quando minha mão segura seu rosto. "Você me dá um tempo pra assimilar tudo isso? Por favor, Landon, não sei se mereço mais uma chance, só que nunca mais vou magoar você. Desculpa."

Eu a puxo para junto de mim, sentindo o alívio e a preocupação me invadirem enquanto a abraço. Esperei meses para ouvir essas palavras, apesar de não ter ouvido exatamente um sim. Apesar de ela precisar de tempo para assimilar tudo, nunca esperei por um pedido de desculpas ou algo próximo de uma declaração de amor. Será que foi por isso que estranhei tanto essas palavras? Desejei ouvir exatamente isso por tanto tempo que no fim acabou acontecendo. Mas será uma bênção ou uma maldição? Ou as duas coisas?

Minha cabeça não para de girar.

Deixo meus pensamentos de lado para confortá-la.

"Shhh", eu faço, apoiando o queixo em sua cabeça.

Alguns segundos depois, ela se afasta um pouco para me olhar.

"Eu não mereço você", ela diz baixinho. E, sem olhar nos meus olhos, complementa: "Mas quero você mais do que nunca".

Dakota apoia a cabeça com força no meu peito e chora. Suas mãos agarram minha camiseta. Um apito discreto ressoa no apartamento, e ela reage rápido, afastando a cabeça do meu peito.

O momento não poderia ser pior.

"Desculpa, é o meu agente", ela explica, tomando o caminho da sala. "Bom, ainda não é, mas pode ser."

Agente?

Desde quando ela tem um agente? Ou quer ter um? E o que um agente pode fazer para uma estudante de balé clássico? Sei que ela está fazendo testes para pequenos papéis em comerciais, mas será que decidiu virar atriz?

Vinda da sala, sua voz interrompe meus pensamentos. "Preciso ir!"

Logo em seguida, a cabeça de Dakota aparece na porta da cozinha. "Desculpa, mas é importante!" As lágrimas desapareceram de seu rosto, e a careta foi substituída por um sorriso radiante.

Talvez minha perplexidade esteja estampada na minha cara, porque ela entra na cozinha e diz: "Eu volto amanhã, certo?".

Dakota fica na ponta dos pés e me beija de leve na bochecha.

Sua mão dá um apertão na minha. Ela parece outra pessoa. Está feliz, cheia de leveza. Estava com saudade dessa versão dela, e não consigo decidir se devo ficar decepcionado por sua saída bem no meio da nossa... o que quer que seja, ou empolgado pela oportunidade que está prestes a receber.

Resolvo ficar feliz por ela e não questionar seus motivos.

"Amanhã eu trabalho, mas vou estar em casa na sexta à noite, depois das aulas", aviso.

Dakota sorri. "Eu venho na sexta!" E então acrescenta: "E quem sabe não posso dormir aqui?".

Ela me olha meio sem jeito, como se nunca tivesse dormido comigo antes. Em seguida, morde os lábios, e não consigo deixar de me recordar da última vez em que esteve na minha cama. Bom, não exatamente a última, porque ela estava bêbada e nós nem nos tocamos, mas a vez anterior.

Ela estava linda, com a pele descoberta reluzindo sob a luz fraca do abajur do meu quarto na casa de Ken. Tinha me acordado no meio da noite com a boca no meu pau. Sua boca estava tão quentinha, tão molhada, e eu estava com tesão demais, e acabei passando vergonha, gozando depois de apenas algumas esfregadinhas de seus lábios contra mim.

"Landon?" Dakota me transporta de volta para a realidade.

"Sim, claro." Sinto meu sangue descer para o pau.

Os hormônios são uma coisa traiçoeira e vergonhosa.

"Claro que eu quero que você durma aqui."

"Legal. Até sexta", ela diz, me dando um beijo rápido na boca. Em seguida, aperta minha mão e vai correndo para a porta.

O sono se recusa a vir. Minha mente está presa no passado.

Deitado aqui, olhando para o ventilador no teto, me sinto com dezesseis anos, escrevendo bilhetinhos na aula, com medo de ser pego. Ela ri das palavras que escrevi, insinuações sexuais que eu sabia que iriam fazê-la sorrir. O professor era tão distraído que na maior parte do dia a gente trocava bilhetinhos o tempo todo sem que ele percebesse. Nesse dia, porém, para nosso azar, ele notou a movimentação. Me pegou no flagra e me obrigou a ler a mensagem na frente da classe toda.

Meu rosto ficou em chamas enquanto eu falava em voz alta alguma coisa sobre Dakota ter gosto de chocolate com morangos e que eu mal poderia esperar para devorá-la.

Cara, como eu era ridículo.

A classe deu risada, mas Dakota se manteve impassível sorrindo para mim, me olhando como se não estivesse nem um pouco envergonhada, como se mal pudesse esperar para ficar a sós comigo.

Pensei que ela estivesse só tentando amenizar minha vergonha, mostrar solidariedade diante de um professor capaz de me obrigar a revelar uma mensagem como aquela na frente de todo mundo.

Mas, no caminho de volta para casa, ela me encurralou em um canto de seu quintal e praticamente me atacou.

É difícil acreditar que éramos só adolescentes na época em que namoramos. Passamos por muita coisa juntos, muitas situações inéditas, para o bem e para o mal. Nos dávamos bem juntos, e ainda podemos fazer tudo dar certo. Lembranças após lembranças inundam meu quarto às escuras, e minha cama nunca me pareceu tão vazia.

A sexta-feira ainda parece distante demais.

Mas a sexta-feira chegou, e mais depressa do que eu esperava.

Ontem, depois da aula, trabalhei no Grind até a hora de fechar. Posey e Aiden ainda circulavam por lá, mas ele estava surpreendentemente calado. Bem diferente do normal. Parecia concentrado em outras coisas, ou talvez tenha começado a fazer terapia e descoberto que ser um babaca irritante era a fonte de seus problemas.

Qualquer que seja a razão, fiquei contente por isso.

Dakota me escreveu duas vezes ontem e uma hoje, só para me dizer que está ansiosa para me ver. O retorno súbito de sua afetividade ainda é uma coisa meio confusa, mas, a cada migalha de atenção que ela me dispensa, minha solidão vai se dissipando.

É uma coisa instintiva, essa necessidade de companhia. Nunca me vi como alguém que precisa de outra pessoa para me sentir completo, e às vezes me pergunto por que os seres humanos são assim.

Por que é que, desde os primórdios da nossa existência, nós precisamos de companhia e lutamos para encontrar o amor? O objetivo da vida, e não importa a religião da pessoa, é identificar companheirismo nas amizades e no amor.

Humanos são criaturas carentes, e pelo jeito eu sou muito, muito humano.

22

São sete horas e, como não tenho notícias de Dakota desde a tarde, mando uma mensagem dizendo que estou ansioso para vê-la novamente.

Ela responde com uma carinha sorrindo. Não sei como entender esses emojis, então concluo que ela está feliz, e não só querendo me agradar. Espero não levar cano. Espero muito, de verdade, não levar cano. Esse seu comportamento imprevisível ultimamente é uma coisa que eu meio que detesto.

Uma grande parte de mim sente falta do tempo em que eu era importante para sua vida. Era seu melhor amigo e seu amor. Ela compartilhava seus pensamentos comigo, suas esperanças e até seus sonhos. Nós sonhávamos juntos, ríamos juntos — eu conhecia cada pensamento que passava por sua cabeça, o motivo de cada lágrima que ela derramava. Agora sou alguém distante, à espera de um telefonema. Sinto saudade dos tempos em que não precisava questionar se ela achava que valia a pena dedicar seu tempo a mim.

Por que estou ficando tão desanimado? Preciso dar uma levantada no astral e parar de esperar pelo pior em relação a ela. Com certeza Dakota está ocupada, e vai ligar ou escrever assim que puder.

Se ela fosse cancelar o que combinamos, já teria dito isso.

Será?

Deitado na minha cama, vendo um jogo de hóquei na TV, observo um grandalhão de uniforme azul ser imprensado contra a parede de acrílico. Ele é do San Jose Sharks. Reconheço o uniforme dos Sharks e o dos adversários. Não tenho muito interesse em nenhum dos dois times, mas estou morrendo de tédio e não consigo pensar em outra coisa para fazer além de ficar olhando para o celular esperando Dakota ligar.

"Landon..." Uma voz suave acompanhada de uma leve batida na porta chama minha atenção.

É Tessa, não Dakota, e preciso me esforçar para esconder minha decepção. Quase a mando entrar, mas preciso sair da cama. Não posso ficar aqui deitado, esperando Dakota. Posso pelo menos ficar lá na sala.

Sei que ainda assim é patético, mas ficar sentado no sofá é um pouco menos do que deitado na cama, certo?

Eu me levanto e vou até a porta. Quando abro, Tessa está parada no corredor com o uniforme do trabalho. A gravata verde-limão faz seus olhos parecerem ainda mais claros, e seus cabelos loiros estão presos em uma trança comprida, caída sobre o ombro.

"Oi", ela diz.

"E aí." Passo a mão na barba por fazer no queixo e vou andando para a sala na frente dela.

Tessa se acomoda do outro lado do sofá, e ponho os pés sobre a mesa de centro.

"Que foi? Está tudo bem?", pergunto.

"Está..." Ela faz uma pausa. "Acho que está. Lembra daquele cara chamado Robert? O que eu conheci quando fui para a casa no lago com a sua mãe e o Ken?"

Tento me lembrar dos detalhes da viagem. A calcinha vermelha boiando na banheira de hidromassagem, Tessa e Hardin mal se falando, a morena do vestido preto brincando com os dois no caminho.

Não me lembro de nenhum Robert, a não ser que seja... o garçom?

Ah, porra, lembro, sim. Ele quase enlouqueceu o Hardin.

"Sim, o garçom, né?", confirmo.

"É, o garçom. Então, adivinha quem está trabalhando comigo a partir de hoje?"

Eu levanto as sobrancelhas. "Sem chance. Aqui no Brooklyn?"

Mas que puta coincidência.

"*Pois é*", ela diz em tom de brincadeira, mas dá para ver que não está achando a menor graça. "Ele apareceu do nada, e imagina a minha surpresa de encontrá-lo aqui, do outro lado do país. O treinamento dele começa assim que terminar o meu. É muito estranho, não é?"

Sem dúvida nenhuma. "É, um pouco."

"É como se o universo estivesse querendo me testar ou coisa do tipo." Sua voz está carregada de exaustão. "Você acha que tudo bem eu ser amiga dele? Não me sinto nem um pouco pronta pra me envolver com alguém." Ela olha ao redor da sala. "Mas estou precisando de mais amigos. Isso é ok, né?"

"O quê? Você quer ter mais amigos além de mim? Que absurdo!", provoco, em tom de brincadeira.

Tessa dá um chute no ar na minha direção, e pego seu pé com a meia cor-de-rosa para fazer cócegas na sola. Ela dá um berro e parte para cima de mim, mas é fácil detê-la.

Eu levanto os braços e a prendo com eles, impedindo sua vingança. Ela solta um grito, e sua risada ressoa pelo apartamento.

Puxa, como senti falta dessa risada.

"Boa tentativa, menina!", digo, aos risos, cutucando-a nas laterais do corpo.

Ela dá outro gritinho, se contorcendo como um peixe no anzol.

É assim que deve ser ter uma irmã. Mal posso esperar para a pequena Abby vir ao mundo. É melhor eu manter a forma se quiser acompanhar o ritmo dela. Às vezes, fico preocupado que a diferença de idade entre nós seja grande demais, e que ela não se torne muito próxima de mim por isso.

Tessa ainda está se debatendo, e eu enfim a solto. Ela está toda vermelha e descabelada. A gravata verde foi parar no ombro, e não consigo segurar a gargalhada. Ela mostra a língua para mim. Escuto um barulho e me viro para o corredor.

Dakota está parada na porta, só olhando para mim e para Tessa no sofá.

"E aí." Eu sorrio para ela, aliviado por não ter levado o cano.

"Oi."

"Olá, Dakota." Tessa faz um aceno com uma das mãos enquanto tenta ajeitar a trança com a outra.

Eu me levanto do sofá e vou até Dakota. Ela está vestindo uma camiseta branca com gola folgada, caída sobre um dos ombros, mostrando quase por inteiro o top pink que usa por baixo. A calça é de ginástica e vai só até as canelas, de um tecido preto bem colado à pele.

"Vou voltar lá para o trabalho. Se precisarem de alguma coisa enquanto estou fora, é só me escrever", Tessa avisa. Ela pega a bolsa na mesa e enfia a chave no bolso do avental.

Não terminamos nossa conversa sobre Robert, mas acho que ela não se sente à vontade o bastante com Dakota para falar sobre isso. É estranho que ele esteja aqui, vivendo no Brooklyn.

Se estivéssemos em uma história em quadrinhos, eu seria capaz de jurar que o cara é algum tipo de maníaco, ou então um espião.

Um espião seria mais interessante, claro.

"Pode deixar", digo quando ela se encaminha para a porta.

Me viro para Dakota e percebo que ela não saiu de onde estava quando a vi.

"Você está linda", digo a ela.

Ela faz força para não sorrir.

"Tão linda..." Vou até ela e dou um beijo em seu rosto. "Como foi seu dia?"

Ela enfim relaxa, e não sei se está de mau humor ou apreensiva por ficar sozinha comigo depois de tanto tempo.

"Foi bom. Fiz outro teste, por isso me atrasei. Vim pra cá assim que deu. Mas parece que pra você não foi problema nenhum esperar", ela comenta com uma pontada de sarcasmo.

"Pois é, eu estava conversando com a Tessa. As coisas não andam fáceis pra ela ultimamente." Encolho os ombros e estendo a mão.

Ela pega a minha mão, e eu a conduzo até o sofá.

"Ainda? Por causa do Hardin?", ela pergunta.

"Sim, é sempre o Hardin." Abro um meio sorriso, tentando não pensar na visita dele no fim de semana que vem, e no fato de eu ser um covarde e não ter contado para Tessa.

Ela sabe que ele vem, só não sabe que é tão já.

Vou tentar manter em panos quentes a história do novo garçom e velho conhecido por um tempo.

Apesar de ser uma coincidência, não é isso o que Hardin vai achar.

"Bom, pra mim ela pareceu estar muito bem", Dakota comenta, olhando ao redor da sala.

"Que foi?", eu pergunto. "Você parece estar brava, sei lá. Como foi o teste?"

Ela sacode a cabeça. Pego seus pés e coloco sobre meu colo. Tiro seus tênis e começo a massagear as arcadas. Dakota fecha os olhos e apoia a cabeça no encosto do sofá.

"Foi tudo bem. Acho que não vou ficar com o papel. O papel convocando para o teste ainda estava colado na porta quando eu fui embora. Fui a terceira... eles já devem ter se esquecido de mim."

Detesto quando ela se menospreza assim. Será que essa garota não sabe o quanto é talentosa? O quanto é inesquecível?

"Duvido. Sem chance que alguém se esqueceria de você."

"Você é suspeito pra falar." Ela abre um sorrisinho, que eu retribuo com um sorrisão.

"Até parece", rebato. "Você *por acaso* já se olhou no espelho?"

Ela revira os olhos e faz uma careta quando aperto de leve seus dedos. Quando vou tirar suas meias, elas ficam grudadas aos dedos.

"Isso é sangue?", pergunto, removendo o tecido com cuidado.

"Provavelmente", ela diz como se não fosse nada de mais.

Como se fosse um arranhão de nada que mal chamou sua atenção.

E, de fato, é sangue. Seus dedos estão cheios de sangue seco... Eu já tinha visto o que as sapatilhas faziam com seus pés antes mesmo de ela se tornar uma bailarina em tempo integral. Estavam bem maltratados na época. Mas agora estão piores do que nunca.

"Minha nossa, Dakota." Eu tiro a outra meia.

"Está tudo certo. Comprei sapatilhas novas, que ainda não quebraram."

Ela tenta se afastar, mas ponho a mão sobre sua perna para mantê-la no lugar. "Fica aqui."

Tiro seus pés do meu colo e levanto do sofá.

"Vou pegar uma toalha", aviso.

Dakota faz menção de falar alguma coisa, mas não diz nada.

Pego uma toalha de mão limpa no armarinho do banheiro e molho com água morna. Procuro umas aspirinas e balanço o frasco. Está vazio, claro. Não imagino que Tessa fosse deixar um frasco vazio de qualquer coisa largado por aí, então a culpa é minha.

Olho no espelho enquanto a toalha absorve a água quente e tento dar uma ajeitada nos cabelos. Estão ficando compridos em cima, um pouco demais. E a parte de trás precisa de uma aparada: os fios estão começando a se enrolar sobre a nuca e, a não ser que queira um visual Frodo, preciso ir cortar com certa urgência.

Fecho a torneira e torço o excesso de água da toalha. Está meio quente demais, só que vai esfriar até eu voltar para a sala. Pego também uma seca e vou de novo até a Dakota.

Quando volto, porém, ela já pegou no sono no sofá. Sua boca está ligeiramente entreaberta, e os olhos bem fechados. Deve estar bem exausta.

Eu me sento outra vez, tomando o cuidado de não acordá-la, e com o maior cuidado possível passo a toalha úmida na pele ferida de seus pés. Ela não se mexe, continua deitada em silêncio, dormindo, enquanto limpo os cortes e removo o sangue seco.

Ela está pegando pesado demais. Isso está bem evidente, dos pés ensanguentados à exaustão absoluta que é possível ver em seu rosto agora mesmo. Quero passar um tempo com ela, mas também garantir seu descanso. Então, depois de recolher as toalhas, pego a manta da poltrona e cubro seu corpo adormecido.

O que posso fazer para me ocupar enquanto ela dorme?

Tessa está trabalhando, Posey também... e assim se encerra a minha longa lista de amizades.

23

No fim, a aspirina e o Gatorade foram os amigos que decidi convocar, o que significava uma ida ao mercadinho.

Ellen está trabalhando e, como seu aniversário é amanhã, mato algum tempo perguntando sobre seus planos (nada de mais) e se ela achava que seus pais iriam lhe dar algum presente (mais uma vez, nada de mais).

Isso é péssimo.

Tento descobrir do que ela gosta, para talvez tentar pensar em alguma coisa divertida.

No caminho de volta, ligo para minha mãe e converso com ela e Ken por um tempinho.

Quando entro no apartamento, desligo o telefone, ouço barulhos na sala de jantar e imagino que Dakota tenha acordado. Eu a encontro meio confusa, me encarando com um olhar meio perplexo, do tipo por-onde-diabos-você-andou. Ponho o celular na mesinha com os gestos mais lentos de que sou capaz.

Faço isso de um jeito meio cômico, mas me sinto preso em uma sala de interrogatórios ou coisa do tipo. Só que nessa sala tem bolachinhas de queijo e Gatorade. Então, talvez não seja bem um ambiente de interrogatório.

Por outro lado... Dakota daria uma policial bem sexy. Imagino seu corpo em uma farda justinha, esperando para ser arrancada por mim. Mas a expressão no rosto dela nesse momento é a de uma policial que quer me prender. E não para fazer alguma brincadeira sensual com algemas.

"Eu estava no telefone com a minha mãe e com Ken. Eles tiveram uma consulta hoje pra ver como está a pequena Abby", digo com um sorriso meio falso.

Não falso no sentido de que não estou contente com o progresso da nenê, ou que Ken ainda é louco pela minha mãe, mas sim porque de repente fico paranoico que Dakota tenha me ouvido falar sobre Nora no fim da conversa.

Mas Nora é minha amiga, no máximo.

Mesmo assim, se Dakota ouviu o nome dela na minha boca enquanto falava com minha mãe, isso só vai pôr mais lenha na fogueira do ciúme que está criando de sua colega de apartamento. O fósforo está aceso na mão dela agora, e só quero que ela entenda que não tem com que se preocupar. Nora não me daria uma chance nem se eu quisesse tentar a sorte. Não seria nada aconselhável por causa de sua amizade com Tessa, e eu mal a conheço, afinal — então por que a preocupação?

Dakota fica de pé e se espreguiça. "Então, como ela está? A Abby. Como está a gestação?"

Solto um suspiro de alívio que nem percebi que estava segurando e vou para a cozinha com minhas compras. Dakota vem atrás de mim, me abraça pelo pescoço e apoia a cabeça no meu ombro. Seu cabelo tem cheiro de coco, e sinto a maciez de seus cachos contra o meu rosto.

"Está tudo bem. Eles pareciam meio preocupados no começo da conversa, mas acho que foi um exagero meu. Sempre fico pensando demais nas coisas."

O hálito de Dakota é quente contra a minha pele. "*Pensando demais? Você?* Não me diga!" Ela dá uma risadinha. Seu riso é tão lindo quanto seu rosto.

Estendo a mão e aperto de leve seu braço.

"Ainda bem que está tudo certo. Mesmo assim, continuo achando estranho pensar na sua mãe como uma mulher grávida, na idade dela." Ao que parece, percebendo que suas palavras podem não ter soado muito bem, ela acrescenta: "Não estou falando por mal. Ela é a melhor mãe que já conheci, e é muita sorte sua e da Abby poder contar com alguém como ela, sem importar a idade. Não conheço muito bem o Ken, mas, pelo que você me falou, ele vai ser um ótimo pai."

"Vai mesmo", digo. Dou um beijo no braço dela e ponho as bolachinhas que comprei no armário.

"Vamos torcer pra Abby ser mais parecida com você do que com o Hardin." Ela dá risada de novo, e é como se um monte de agulhinhas minúsculas tivesse espetado minha pele.

Não gostei da maneira como ela disse isso. Nem um pouco.

"O que você quis dizer com isso?" Tiro seus braços de cima dos meus e me viro para encará-la.

Dakota parece surpresa com a minha reação.

Será que estou exagerando?

Acho que não.

“Eu só estava brincando, Landon. Não quis dizer nada de mais. Vocês dois são muito diferentes, só isso.”

“Todo mundo é diferente, Dakota. Não é seu papel julgar o Hardin. Nem ninguém.”

Ela suspira e senta na mesa da cozinha.

“Eu sei. Não estava querendo julgar ninguém. Sou a última pessoa que pode fazer isso.” Ela baixa os olhos para as mãos. “Foi uma piadinha besta, que não vou fazer de novo. Sei que ele é uma pessoa importante pra você.”

Meus ombros relaxam, e começo a me perguntar por que fiquei tão irritado, e tão depressa. Parece uma coisa que chegou do nada, apesar de eu já estar cansado de ouvir as pessoas massacrando o filho do meu padrasto.

Dakota parece arrependida... e Hardin é, *sim*, um osso duro de roer. Dá para entender o motivo dessa opinião sobre ele. Dakota só o conheceu como o cara que destruiu os armários de louça que minha falecida avó deixou para a minha mãe. E como o cara que se recusava a chamá-la por seu nome de verdade.

Hardin costuma fazer essa coisa de não saber o nome de nenhuma garota além de Tessa. Então, Dakota vira “Delilah” toda vez que ele se refere a ela. Não entendo o motivo disso, e às vezes chego a me perguntar se ele não se esqueceu de fato do nome de todas as mulheres além de Tessa.

Já aconteceram coisas até mais esquisitas entre esses dois.

Mas eu não estou disposto a estragar o clima da minha noite com Dakota por causa de um simples comentário. “Certo. Vamos falar sobre outra coisa. Algum assunto mais leve”, sugiro.

Como ela já se desculpou e pareceu sincera ao dizer que não quis ofender ninguém com o comentário, melhor seguir em frente.

Quero conversar com ela. Quero ouvi-la falar sobre seus dias e suas noites. Quero me deitar ao seu lado na cama e relembrar nossos anos loucos de adolescência, quando fazíamos maratonas de filmes em dias de aula e competíamos para ver quem comia mais pasteizinhos de pizza no meu futon.

Minha mãe nunca perguntou a razão de eu comprar pacotes e mais pacotes de pasteizinhos de pizza de pepperoni. E tinha todos os motivos para questionar quando comecei a pedir sabores diferentes, porque sabia que eu não gostava. Mas nunca quis saber por que Dakota comia tanto quando ia à nossa casa. Acho que sabia que, como as cervejas custavam basicamente a mesma coisa que os pasteizinhos, a chance de o freezer da casa de Dakota não ter nada para comer era bem grande, ainda mais esse tipo de coisa.

"Obrigada." Dakota baixa os olhos. Sorrio para ela e chego mais perto.

"Vem cá." Eu me abaixo e a pego no colo. Ela grita.

Dakota é leve, ainda mais do que eu me lembrava, mas é muito bom tê-la nos braços.

Os vinte e dois passos até o sofá não são longos o bastante para compensar os últimos meses de distanciamento, mas a largo sobre as almofadas estofadas mesmo assim. Ela aterrissa com baque suave, e seu corpo dá uma quicadinha. Ela solta outro grito.

Dou um passo atrás, e ela se levanta de imediato, correndo atrás de mim com um sorrisão no rosto. Está dando risadinhas, com o rosto corado e os cabelos desalinhados.

Quando ela salta sobre mim, eu saio do caminho. Deslizo sobre o tapete que fiquei de prender com fita no segundo dia de mudança e pulo na poltrona, escapando da ponta de seus dedos por poucos centímetros. Alguma coisa estala sob mim.

Espero de verdade não ter quebrado a maldita poltrona.

Desço do móvel com um pulo e saio deslizando pela sala com a ajuda das meias. Perco o equilíbrio, e minhas pernas tentam, sem sucesso, me manter de pé. Nesse momento, percebo que minha calça está tão apertada que está fazendo minhas pernas se dobrarem de um jeito doloroso e antinatural. Sento no chão, puxo uma perna e contorço o corpo para me ajeitar. Dakota vem voando até mim. Com uma expressão preocupada, põe uma das mãos no meu ombro e a outra sob meu queixo, me forçando a encará-la.

Não consigo parar de rir, e minha barriga está doendo, mas minha perna não.

O pânico de Dakota se transforma em divertimento, e o som de seu riso é minha canção favorita no mundo.

Eu a seguro pelos ombros e puxo para o meu colo. Suas mãos envolvem meu pescoço, e ela me agarra para um beijo.

Sua boca é mais suave que o meu toque e, mais uma vez, estou totalmente entregue quando traço o contorno de sua língua com a minha.

24

As mãos de Dakota deslizam do meu pescoço para os meus braços e os acariciam. Para cima e para baixo, ela passeia por mim, parando por um tempinho a mais nos meus bíceps.

Não posso fingir que não tenho orgulho do meu corpo. Principalmente depois de tantos anos de autoaversão. Estou me sentindo forte e sexy pela primeira vez na vida, e estou no paraíso com as mãos dela me percorrendo inteiro.

"Senti tanto a sua falta." As palavras de Dakota saem em um tom entre o choramingo e o gemido, e se dirigem a mim, ao homem que sou agora, e não ao menino que era quando a conheci.

"Eu senti mais a sua", garanto.

Os olhos de Dakota estão quase fechados, tanto que mal consigo distinguir seu tom de castanho. Mas essa cor eu conheço muito bem; gravei seus olhos na lembrança muito tempo atrás. Memorizei cada pedacinho dela, da marca de nascença em seu pé esquerdo ao tom de seus olhos. São de um castanho-claro com um toque de mel no direito. Ela dizia para a garotada da escola que a marca no rosto era uma cicatriz de uma briga em que se meteu no antigo colégio, mas não era verdade. Ela sempre inventou histórias para ser tão intimidadora quanto possível, já que não poderia ser nada disso em casa.

"Eu preciso de você, Landon." A voz de Dakota sai em um sussurro desesperado, e ela me beija. Suas mãos estão nas minhas costas agora, puxando minha camiseta para cima. Sua boca traça o contorno do meu pescoço, e suas mãos pequenas tentam arrancar minha roupa. O chão está gelado, mas ela está tão quente, e eu tão apreensivo e excitado que minha mente começa a girar a mil.

"Me ajuda aqui", Dakota diz, ainda puxando o tecido da minha roupa. "Não estou conseguindo tirar", ela diz, e em seguida lambe meu pescoço.

Eu entro em ação rapidinho, incomodado por ter que me desgrudar dela, porém mais do que disposto a tirar toda a minha roupa — e a dela também.

Puxo o tecido com força e jogo a camiseta da WCU para o outro lado da sala... a peça cai em cima do abajur e fica lá em cima, deixando a iluminação do cômodo meio avermelhada.

Eu sou tão desajeitado, não consigo nem me desvencilhar de uma camiseta de um jeito sexy? Sério mesmo?

Espero que ela tenha notado que eu estava de vermelho, sua cor favorita em mim, e de calça de moletom, como sempre gostou de me ver. Eu costumava achar estranho que ela prestasse tanta atenção nas minhas roupas, mas, considerando o que sinto agora com essa calça de ginástica e esse top nela, até consigo entender.

"Vem aqui", diz Dakota, com sua voz açucarada. Ela é doce e viciante.

Volto a me encostar nela e me pergunto se não devemos ir para o quarto. Não é estranho eu estar arrancando minhas roupas na sala de estar? Dakota responde meu questionamento silencioso por mim. Ela arranca a blusa por cima da cabeça e, de alguma forma, consegue tirar o top junto. Com os seios expostos, os lábios úmidos e a expressão no seu rosto, não posso começar a dar vexame antes de começarmos.

Eu conheço essa expressão. Esses olhos semicerrados, os lábios afastados. Já vi esse olhar muitas vezes, e aqui está mais uma vez.

O desejo dela a envolve em açúcar, e eu sinto a necessidade de degustá-la.

Me movo em sua direção, segurando um seio macio com uma mão e levando a boca ao outro. Seus mamilos estão durinhos sob meus dedos e minha língua. Porra, como senti saudade desse corpo.

Ela está gemendo agora, e estou ficando cada vez mais duro. Além da saudade, senti a necessidade do corpo dela. Em meio a gemidos, Dakota se esfrega em mim, ficando de joelhos para facilitar meu acesso a ela. Minha mão desce do seio para a barriga, e meus dedos encontram sua abertura, molhadinha e latejante. Uso o indicador para traçar pequenos círculos em sua carne úmida.

Sei como isso a deixa louca.

O corpo de Dakota sempre reagiu muito bem ao meu toque. Em geral, ela fica toda melada para mim, então isso não é surpresa. O que meio que me deixa perplexo é eu conseguir pensar claramente enquanto a toco. Enquanto minha boca chupa seu mamilo e meu dedo faz movimentos circulares em torno do seu clitóris inchado, estou consciente de cada movimento. Reparo nos seus cabelos caídos sobre o ombro, sua mão puxando o meu enquanto ela pede: "Não para, por favor, não para".

Não estou acostumado a não perder a cabeça quando toco nela. Sempre me deixei levar pela sensação que mal conseguia formular um pensamento.

Uso a ponta da língua para traçar o contorno dos mamilos rígidos, e Dakota arqueia o corpo para longe de mim.

Eu recuo, com medo de ter feito alguma coisa errada.

Ela se deita um pouco e puxa a calça apertada para baixo, arrancando-a de uma vez, mostrando que está tudo muito bem. Olho para seu corpo exposto, e percebo que ela está sem calcinha.

Minha nossa senhora, ela está sem calcinha e literalmente brilhando de tão melada. Está tão molhadinha que provavelmente vai deixar uma mancha no piso, e fui eu que provoquei isso.

Essa sensação é muito boa.

"Faz amor comigo, Landon."

Não é um pedido, eu sei disso. Conheço bem Dakota.

Ela se deita no chão, e de repente lembro que ela falou que nossa vida sexual era uma coisa "básica", e fico vermelho de vergonha.

Uma coisa básica, é?

Dakota está completamente sem roupa, e a porta está trancada. Está esperando que eu monte sobre ela para fazer um sexo normal e "básico", como no passado.

Só que, para mim, não tinha nada de errado com isso.

Agora, vou mostrar para ela que de básico não tenho nada. Possuo algumas cartas escondidas na manga.

Vi tanta pornografia que virei praticamente um especialista.

Mas, se Dakota soubesse disso, provavelmente ficaria irritada. Ela brigou comigo uma vez porque achou uma *Playboy* debaixo da minha cama. Essa molecada de hoje não sabe a moleza que tem, vendo pornografia no celular sem se preocupar se sua mãe vai achar alguma coisa quando limpar o quarto.

Certo, estou ficando distraído aqui.

De volta às coisas mais experimentais e sensuais.

“Fica paradinha aí”, digo, e ela me dá uma encarada.

Dakota assente com a cabeça, mas parece confusa enquanto tiro a calça e a cueca. Desta vez, não jogo nada longe, simplesmente ponho de lado e ajo como se estivesse apenas prosseguindo com meu plano.

Só que eu não tenho um plano.

Quero apenas fundir a cabeça dela.

Quero que ela se lembre de mim para nunca mais esquecer, e que me queira e precise de mim cada vez que sentir meu toque.

Não é muita coisa, mas ela vai ter uma bela surpresa...

“Está tudo bem?”, ela pergunta, com um tom de impaciência na voz.

Assinto com a cabeça e vou engatinhando até ela, pelado, de pau duro e nervoso. Minhas mãos pegam suas coxas, e ela estremece quando passo a ponta dos dedos em sua pele macia. Ela se arrepia inteira, e está tão linda que é como se um sol se acendesse dentro de mim.

Seguro seus joelhos com um gesto suave e afasto suas pernas. Ela se move como se fosse se sentar, mas estendo a mão pedindo para que não faça isso.

“Me deixa experimentar uma coisa.”

Volto a me mover e baixo minha boca até seu corpo. Sua pele está com um gosto salgado, e meu pau está tão duro que chega a doer.

Eu beijo sua pele, do umbigo até os peitinhos empinadinhos, e volto a descer. Ela estremece sob meu toque, com uma respiração tão pesada que me faz tremer de desejo. Preciso ser paciente, mostrar que sei agradar, que não sou "básico"...

Minha boca vai descendo, deixando uma trilha de beijos suaves por seu corpo. Até os ossos dos quadris, e depois para o meio das pernas. Ela respira fundo quando a ponta da minha língua encontra seu clitóris. Meu pau está latejando, e minhas mãos provavelmente estão suadas.

Será que sou bom nisso?

Enquanto me esforço para afastar as dúvidas da minha mente, passo a língua inteira nela. Dakota geme meu nome quando começo a lamber toda a sua carne úmida e a sugar o pontinho mais inchado entre os lábios. Seus dedos se cravam nos meus ombros, e ela repete meu nome vez após vez. Alguma coisa eu devo estar fazendo certo. Suas pernas se comprimem, e começo a mover a língua mais depressa, depois mais devagar, saboreando seu gosto doce na boca.

Quando suas coxas enlaçam meu pescoço, levo uma das mãos aos seus seios e deslizo a outra para o meio de suas pernas. Com gestos lentos, passeio por sua abertura com o dedo, e ela solta um grunhido, entregue e necessitada, e eu me sinto como um rei.

"Não aguento mais esperar." Ela me puxa pelo cabelo, e então pelos ombros. Dou uma última lambida e me ajeito para cobrir seu corpo com o meu.

"Vem", ela implora, e eu alinho a cabeça do pau entre suas coxas. Ela está ofegante, e mal posso esperar para estar dentro dela. Tento beijá-la, mas ela vira a cabeça, oferecendo o pescoço.

Eu sugo sua pele, só o suficiente para deixá-la maluca, mas tomando cuidado para não marcá-la.

Me ajeito melhor e me empurro na direção de sua abertura, apertando sua bunda... mas nada acontece.

Levo a mão para o meio das minhas pernas e, quando seguro meu pau, eu o sinto encolher.

Encolher é a palavra certa... *Por que está ficando mole?*

É alguma pegadinha doentia que o universo resolveu fazer comigo.

Começo a mover a mão sem parar, dando mais uma boa olhada no corpo gostoso de Dakota. Seus cabelos cacheados formam uma moldura perfeita para a obra de arte que é seu rosto, com lábios grossos. Olho para seus seios, com os mamilos pequenos e ainda durinhos.

Que diabos está acontecendo comigo? Ela toda sexy, toda pronta, e eu de pau mole? Continuo me tocando, rezando para endurecer logo. Isso nunca aconteceu comigo antes.

Por que está acontecendo agora? Por quê?

"Qual é o problema?", Dakota pergunta, percebendo meu desconforto.

Balanço negativamente a cabeça e solto um praguejo contra o meu corpo traidor. "Nada, é que... eu estou tendo umas dificuldades aqui."

Detesto admitir isso, e a vergonha que estou sentindo é diferente de todos os vexames que já passei antes, mas não estou em condições de mentir. É um problema literalmente impossível de esconder.

Pois é, nunca passei uma vergonha desse tamanho. Nem mesmo quando a minha mãe pegou a gente transando no quarto num dia em que voltou mais cedo do trabalho. Nem mesmo quando Josh Slackey abaixou minha calça na frente da classe inteira no quinto ano.

Nem mesmo quando levei um tombo no chuveiro enquanto me masturbava e Nora apareceu para me ajudar.

E esse último exemplo foi um vexame e tanto.

"Dificuldades?", Dakota pergunta. Ela se apoia sobre os cotovelos, e não sei onde enfiar a cara. De repente, em um buraco fundo e escuro onde ninguém pudesse me achar.

"Hã, pois é". Não consigo dizer nada além disso.

"Não está conseguindo deixar duro?", ela tenta entender, e sinto muita, muita vontade de desaparecer da face da terra.

Ergo as mãos e continuo de joelhos.

"Estava duro agorinha há pouco. Não sei por quê..."

Dakota ergue uma das mãos. "Eu não estou entendendo. Como é que pode?". Seus olhos se voltam para o meu pau, mole e pendurado no meio das pernas, e eu me sinto minúsculo.

"Desculpa. Sei lá que diabo tem de errado comigo." Passo a mão pelos cabelos, desejando em parte que ela siga o movimento e desvie os olhos de *lá*. "Que tal a gente tentar fazer outra coisa?"

Ela assente com a cabeça, mas sua expressão está bem diferente de poucos instantes atrás. Seus olhos não são mais os de um animal selvagem prestes a me devorar. Dakota parece confusa e envergonhada, e espero que não pense que isso tenha alguma coisa a ver com ela ou sua aparência.

Ela é tão linda, tão sexy, qualquer homem que pense o contrário seria um idiota. Não sei que diabo está acontecendo comigo agora, mas com certeza não é culpa dela.

"Não... vamos tentar fazer *isso* mesmo", ela diz, curvando o corpo para deixar a boca na altura do meu pau.

Ela me pega entre os lábios, e tento me concentrar no seu calor, na sensação da sua língua passeando pela cabeça do meu pau. Pensando que eu *quero* isso, que quero muito.

Mesmo assim, nada acontece.

Depois de um tempinho, ela para e recua. Sua expressão é gelada quando me encara.

"Me desculpa", eu peço. "Não sei que diabo está acontecendo comigo, mas não é por culpa sua, nem tem nada a ver com o que sinto por você."

Dakota vira a cabeça para o lado, e consigo senti-la se fechar por dentro.

"Eu posso..." Não sei que palavra usar. "Posso levar você até o fim, sabe, com a minha língua?", ofereço.

Ela se vira para mim, e o olhar que me lança é duro e afiado. Claramente minha ideia não agradou.

"Me desculpa, de verdade", repito.

"Para de falar. Por favor." Ela fica de pé e recolhe a roupa.

Sei que não vale a pena segui-la quando ela atravessa o corredor e vai até o banheiro. A porta é batida com força, e sinto a reverberação dentro de mim, mas permaneço imóvel.

Estou me sentindo um babaca de merda, e não faço a menor ideia de como remediar a situação. Nem imagino como lidar com uma coisa dessas, e conheço Dakota o suficiente para saber que, quando ela se fecha, já era. Fim de papo. Eu a deixei envergonhada, e não era essa minha intenção. Jamais faria isso de propósito.

Apanho minha calça no chão e me visto.

Não acredito que, depois de todo esse tempo fantasiando com ela, não consegui comparecer quando chegou a hora.

Olho para o meu pau nada colaborativo. "Parabéns."

Tento raciocinar um pouco... *Pensa, Landon!*

Olho para as fotos dos gatos no corredor, torcendo para que possam me ajudar. As imagens esquisitas não me proporcionam nenhuma ideia. Que surpresa.

Vou até a porta do banheiro e tento pensar em algo para dizer, encontrar uma forma de me desculpar e fazê-la entender que lamento muito por ela se sentir como se não fosse atraente o bastante para mim.

Ela é mais do que atraente, é tudo o que sempre quis.

É a única pessoa com quem transei.

É meu primeiro amor, meu único amor.

"Dakota." Dou uma batidinha de leve na porta com as juntas dos dedos.

Ela fica em silêncio. Segundos depois, abre a torneira da pia, e fico à espera.

O tempo parece se arrastar de um jeito incrivelmente lento quando a gente faz papel de idiota e a outra pessoa reage rápido. Bato na porta de novo, mas ela não responde. A água ainda está correndo, e já faz uns três minutos. Dou mais uma batida na porta.

Ela não responde.

"Dakota, está tudo bem aí?", pergunto, encostado na porta.

O som da água correndo é o único barulho que escuto quando colo a orelha à superfície de madeira.

Será que ela está bem? Por que a torneira ainda está aberta?

Agindo por instinto, viro a maçaneta e abro a porta.

"Me desculpa...", começo a dizer de novo, mas, quando olho ao redor do banheiro minúsculo, percebo que está vazio.

A janela está aberta.

A cortina balança ao vento.

E eu praguejo contra o meu prédio por ter uma escada de incêndio.

25

Faz menos de dez minutos que Dakota foi embora, e a minha vergonha aumenta a cada segundo.

Que raiva isso ter acontecido comigo, com ela.

Não consigo nem imaginar como ela se sentiu por causa da minha inadequação.

Bom, até *consigo* imaginar, já que ela considerou preferível descer do prédio pela escada de incêndio a ter que me encarar. Seria melhor se ela tivesse falado comigo, até *berrado* comigo, em vez de fugir pela janela do banheiro.

Estou me sentindo um merda por isso.

E imagino que ela esteja se sentindo ainda pior.

Suas palavras ressoam nos meus ouvidos:

"Eu não estou entendendo. Como é que pode?"

"Eu não estou entendendo. Como é que pode?"

Isso fez com que eu me sentisse ainda pior naquele momento, e agora essas palavras não param de reverberar na minha mente.

Eu

não

estou

entendendo.

Como

é

que

pode

??

???

Sento no sofá e cubro o rosto com as mãos. Dakota provavelmente vai ficar um bom tempo sem falar comigo, isso se voltar a falar. Essa ideia deixa minha cabeça em parafuso. Não consigo imaginar minha vida sem ela. É um pensamento estranho. Muito estranho. Passei metade da minha vida com ela e, mesmo quando estávamos rompidos, eu sabia que não havia nenhuma mágoa envolvida. Seria péssimo se ela guardasse um ressentimento de mim pelo resto da vida. Seria como prejudicar o equilíbrio do universo.

Uma batida na porta interrompe meus pensamentos, e fico de pé num pulo.

Só pode ser Dakota. Voltou para ouvir minhas desculpas... ou de repente pedir desculpas para mim?

Enquanto corro para a porta, ainda escuto mais uma batida antes de abrir.

Só que não é Dakota. É Nora, com umas compras do mercado.

"Você pode me ajudar aqui, por favor?", ela pede, se enrolando toda com as sacolas, e pego todas as que consigo, com cuidado para não fazê-la derrubar nada sem querer enquanto ajudo.

Quando olho dentro delas, vejo um monte de verduras. Não sei identificar o que é, só dá para ver que é tudo verde e meio macio. A mais pesada faz um som de tilintar quando ponho sobre a bancada e, quando espio lá dentro, identifico três garrafas de vinho.

"Desculpa", ela diz, enquanto põe a outra sacola na bancada da cozinha. "Ou eu perdia um braço, ou o vinho. E, depois do dia que tive hoje, preferiria perder um braço."

Nora começa a tirar as coisas das sacolas como se morasse aqui. Fico observando em silêncio enquanto ela se movimenta pela minha cozinha e vai guardando os alimentos na geladeira. Ela pega as garrafas de vinho, uma a uma, e coloca no freezer.

Pensei que, ao contrário da vodca, o vinho congelasse, mas não quero perguntar e fazer papel de idiota.

"Você está esperando a Tessa ou coisa do tipo?", pergunto, sem saber como puxar conversa com ela, ou se deveria fazer isso.

As coisas entre nós ficaram estranhas depois que Dakota gritou com ela por ficar perto de mim.

Nora assente. "Estou. A noite dela não está nada fácil também, chegou uma mesa com vinte pessoas e colocaram na seção dela, sem considerar que ela ainda é novata." Ela revira os olhos. "Me mandaram ir dar uma volta depois que eu mandei a hostess ir passear."

"Isso parece justo?" Encolho os ombros e abro um sorriso, para ela saber que estou brincando.

Ela sorri. "*Touché*."

Observo quando ela abre uma gaveta e pega a tábua de corte, mas não faz nada com ela, só coloca do lado do micro-ondas enquanto esvazia a última sacola.

Eu me recosto na bancada, meio sem jeito, e tento pensar em uma forma de deixá-la em paz antes de me tornar um estorvo.

"Ai, meu Deus", Nora diz, levando a mão à testa. "Me desculpa. Você está ocupado ou com visitas? Eu entrei aqui, comecei a descarregar sacolas e nem perguntei se estava atrapalhando."

Não, no momento ela não está atrapalhando.

Ainda bem, ainda bem mesmo, que não chegou dez minutos mais cedo.

"Não, de jeito nenhum. Eu só vou estudar um pouco e depois dormir. Pode ficar à vontade, a cozinha é sua", digo.

Ela sopra uma mecha de cabelo para longe do rosto, mas os fios teimosos voltam a cair sobre seus olhos. Nora ainda está de uniforme. É o mesmo de Tessa: calça preta, camisa branca e a gravata verde berrante.

A camisa de Nora é mais apertada que a de Tessa, ou pelo menos parece.

"Obrigada. Eu estava precisando *não ir* para o meu apartamento hoje. Tive um turno de merda e, sinceramente, não estou com saco pra aguentar nenhuma daquelas chatas agora", ela bufa.

Seus olhos cruzam com os meus, e ela leva a mão à boca. "Sem querer ofender."

"Claro", respondo com sinceridade.

Não quero interferir na amizade — ou falta de amizade, ou coabitação, ou o que seja — de Dakota e Nora. Preferiria estar no gabinete da subsecretária e professora Umbridge, olhando para fotos de gatos enquanto ela me tortura.

Tanto Dakota quanto Nora estão soltando fogo pelas ventas e, se eu não quiser virar uma pilha de cinzas, é melhor ficar longe das chamas.

"Vou preparar uma coisa para comer, está com fome? Comprei um monte de ingredientes e vou ver o que sai", Nora oferece.

É a conversa mais longa que temos em um bom tempo, e estou contente por ela voltar a falar comigo. Pensei que iríamos continuar evitando um ao outro e deixando o clima meio esquisito, mas esta é uma alternativa muito melhor.

"Eu não estou com muita fome", respondo, apesar de estar. "Acabei de comer", minto.

Com certeza, Nora comprou as coisas para preparar um jantar para ela e Tessa, não para o colega de apartamento bobalhão da amiga, e não quero ser uma presença indesejada. Nada é pior do que ficar em dúvida se deveria ou não estar em um determinado lugar. É ainda pior do que não ser bem-vindo, porque pelo menos nesse caso dá para ter certeza. Não tem aquela esperança ridícula de ficar torcendo para sua companhia ser desejável.

"Certo. Vou fazer umas coisas a mais e deixar pra Tessa, caso você mude de ideia", Nora diz, com os olhos voltados para o meu peito. É melhor eu pôr uma camiseta, porque agora só consigo pensar na primeira vez em que ela me tocou.

E na segunda.

E na vez em que ela me beijou.

E no gosto doce dos seus lábios, que me deixou querendo mais.

Preciso pensar em outra coisa. Qualquer coisa.

Bolos. Bem grandes e fofinhos, com camadas de cobertura roxa e flores cheias de detalhes.

Não a cobertura que melecou a camiseta dela. Bolos e cozinha que não sejam sexy, como o jeito dela de fazer isso.

Eu gosto da comida de Nora. Ela é uma cozinheira de mão-cheia.

Pensar na comida dela me faz imaginar bolos, o que me lembra que o aniversário de Ellen é amanhã. Não tenho ideia do que dar para ela. Ia pedir ajuda para Dakota, mas obviamente isso não é mais uma opção.

"Você é boa em dar presentes?", falo de uma vez.

Nora se vira para mim, com a testa franzida, e inclina a cabeça. "Hã?"

Fico impressionado com a minha própria falta de jeito. "Tipo presentes de aniversário e tal."

"Mais ou menos. Quer dizer, faz tempo que não compro presente pra alguém, mas posso tentar ajudar. É pra quem? Pra Dakota? De repente, pode ser alguma coisa relacionada a dança, ou um novo tapete de ioga, sei lá."

Eu nem sabia que Dakota fazia ioga. É estranho pensar que Nora sabe coisas sobre ela que eu não sei.

"Não é pra Dakota. É pra uma garota que eu conheço."

Putz, isso deve ter soado esquisito. Eu deveria explicar que é para uma menina de dezessete anos, e não alguém que... não, espera aí, isso só azedaria as coisas. E seria ainda pior se agora eu voltasse atrás e explicasse que é para uma vizinha, como se fizesse alguma diferença para Nora, como se tivesse alguma coisa entre nós que me obrigasse a me explicar?

Argh, eu não entendo essas coisas.

"Certo..." Nora parece confusa, mas não faz nenhum comentário a respeito do meu evidente desconcerto. "De que tipo de coisas ela gosta?"

Nora continua separando ingredientes, e não sei se devo me oferecer para ajudar. Sinceramente, não consigo pensar em como essas coisas podem acabar combinando, nem como ela vai conseguir preparar uma refeição usando só um pote de amêndoas e um saquinho de couve-de-bruxelas.

Tenho más lembranças de ter sido obrigado a comer couve-de-bruxelas quando era criança. Fico me perguntando se, de alguma forma, Nora tem como fazer o gosto dessa couve ser melhor.

"Não sei direito. Só sei que ela estuda bastante e não gosta de flores", eu respondo.

"Garota esperta. Eu também detesto flores. No começo, são lindas, mas logo começam a murchar e definhar, e a gente acaba tendo que jogar no lixo, e elas não são fáceis de descartar. Uma puta perda de tempo. Tipo namoros."

Seu tom de voz é tão neutro que não sei se ela está falando sério ou não.

Tento defender o amor, apesar de claramente não estar em posição de fazer isso. "Nem todos os namoros são assim."

Nora tira uns brócolis do saco plástico, e vejo que seus olhos se voltam para toda parte, menos para mim.

"Há quanto tempo vocês se conhecem? O que mais você sabe sobre ela?"

"Na verdade, nada." Eu encolho os ombros.

Nora põe os brócolis dentro da pia e abre a torneira.

"Nada mais?", ela questiona. "Então por que comprar um presente pra ela? Vocês são amigos?"

Fico com a sensação de que ela está tentando não ser muito intrometida, mas eu toquei no assunto de uma forma bem esquisita. E, como ela me deu uma brecha para me explicar, resolvo aproveitar: "Ela trabalha no mercadinho aqui embaixo. Não diria que somos amigos, mas o aniversário dela é amanhã, e acho que não tem ninguém mais se importando com isso."

Nora se vira para mim, com os brócolis na mão, pingando água no chão, e diz: "Espera aí. Como é?".

Eu encolho os ombros, sem saber ao certo o que ela quis dizer com esse questionamento. "Pois é. Um horror. Ela está fazendo dezoito anos, e passa o tempo todo trabalhando lá embaixo. E estudando. Ela está sempre estudando."

Nora levanta uma das mãos, com os brócolis molhados e tudo. "Você quer fazer alguma coisa pra garota lá debaixo? Aquela que está sempre de bandana?"

Eu assinto com a cabeça. Seus olhos se cravam nos meus. Nora morde o lábio inferior, e sou obrigado a desviar o olhar. Suas sobrancelhas grossas estão franzidas de novo, e seu rosto parece brilhar. Ela está com mais maquiagem que de costume, mas bonita, mesmo assim.

Ela me lembra uma mulher dos vídeos do YouTube que Tessa vê. Tessa sempre fala que vai reinventar sua relação com a maquiagem, mas no fim das contas os cosméticos acabam no lixo, e os olhos dela ficam marcados de tanto chorar, não por causa do colorido dos produtos.

"Você é uma coisa, Landon Gibson", Nora diz, e sinto meu rosto ficar vermelho.

Eu me viro e, fingindo que estou com sede, abro a geladeira para pegar um Gatorade.

Não digo mais nada. Não sei o que falar, mas se ficar aqui por muito mais tempo vou acabar arrumando um jeito de passar vergonha. Já dei vexame demais para um dia, e não quero dar motivo para Nora ir embora do apartamento. Tessa precisa de gente por perto, e Nora parece ser uma boa amiga.

"Eu vou lá terminar meu trabalho da faculdade."

Aquele que na verdade já está pronto.

"Se precisar de alguma coisa, estou lá no quarto", aviso, enfiando as mãos nos bolsos da calça.

Nora assente com a cabeça e se volta para a pia para lavar de novo os brócolis.

Quando chego no quarto, fecho a porta e me recosto nela.

Sinto a madeira fria contra minha pele, e a exaustão toma conta de mim. O dia de hoje foi uma *merda*, e ainda bem que acabou.

Nem me preocupo em pegar um livro e fingir que estou estudando. Não me dou ao trabalho nem de acender a luz. Simplesmente me deito na cama e fecho os olhos. Fico rolando de um lado para o outro por um tempo, querendo que o sono chegue logo, mas minha cabeça está a mil por causa de Dakota.

E agora por causa de Nora também. Ela está na minha cozinha, e preciso manter distância, apesar de não saber ao certo se é isso mesmo o que quero.

26

Depois de alguns minutos de silêncio, uma música começa a tocar na cozinha.

Uma que conheço. Eu sento na cama, sem vontade de levantar, mas satisfeito por Nora conhecer Kevin Garrett também. Essa é uma das minhas favoritas.

Ironicamente, a letra faz mais sentido agora para mim do que nunca. Escuto a voz de Nora cantarolando na cozinha e a imagino dançando ao som da batida lenta, dizendo aquelas palavras, se movimentando com toda a naturalidade pela minha cozinha.

Deito na cama de vez, dessa vez apoiando as costas na cabeceira. Demorei horas para montar essa cama, e ela ainda range quando me mexo. No dia em que comprei, Tessa e eu passamos a tarde toda na IKEA — e foi um inferno absoluto. A loja estava lotada, e era enorme. Enquanto eu tentava me localizar no mapa, Tessa falava sem parar sobre uma concha vermelha que aparecia num livro que ela estava lendo sobre um psicopata pelo qual, por algum motivo, ela estava apaixonada. Disse inclusive que Beck (a protagonista feminina, ou melhor, a vítima) "não merece alguém como ele". Revirei os olhos e falei que ela precisava sair mais de casa, só que, quando pesquisei a respeito do livro no Google, vi que um monte de gente teve essa mesma reação. É fascinante a maneira como um narrador pode fazer a pessoa questionar sua visão de mundo.

Por melhor que fosse o livro, ou por maior que fosse a quantidade de conchas vermelhas que IKEA vende por causa disso, eu aceitaria numa boa se nunca mais pusesse os pés naquela loja. Eles distribuem uns lápis em miniatura para as pessoas anotarem o número dos produtos que querem e, depois de percorrer o *showroom* inteiro, nós queríamos tudo. Então, quando chegamos em casa com um monte de coisa, sofremos como o diabo para trazer tudo aquilo para cima e mais ainda para montar os móveis. Para completar, vieram faltando vários parafusos, e precisei passar quarenta minutos no SAC antes de desistir e resolver comprar tudo na loja de ferragens aqui da rua. E isso *depois* de ter que pagar um cara com uma caminhonete para fazer o carreto até o prédio. Tudo isso criou mais um lugar a ser evitado: a lista de classificados de serviços da Craigslist.

A cantoria de Nora vai ficando mais alta, e pego meu laptop na escrivaninha e acendo a luz. Estou precisando de ajuda para me manter ocupado e distraído. É melhor não chegar nem perto da cozinha.

Só que estou começando a me sentir meio rebelde porque, quanto mais me concentro nos motivos para não voltar à cozinha, mais minha vontade de fazer isso aumenta. Ser amigo de Nora é legal e divertido. E não existe a chance de Dakota aparecer aqui do nada.

Nós podemos manter uma relação amistosa quando Tessa estiver por aqui, mas tem alguma coisa em Nora que significa perigo, e minha vida já está complicada o suficiente. Sei que a gente jamais vai namorar, nem chegar perto disso, mas, se ela me beijar de novo, ou se eu não conseguir parar de pensar nisso, as coisas podem ficar esquisitas para Tessa...

Argh. Não tenho sossego nem na minha própria *casa*.

Ligo o meu laptop e tento lembrar a senha. Preciso ficar mudando toda hora porque sempre esqueço e, quanto mais mudo, mais difícil a Apple me obriga a torná-la. Por exemplo, a primeira senha que criei era LANDON123, e a última de que consigo me recordar era LaNdON123123!@#. Pensei que tivesse salvado no meu celular em algum lugar, mas também não me lembro onde.

Finalmente, depois de quatro tentativas, consigo fazer o login. Meu trabalho da disciplina História 2 ainda está aberto, apesar de eu já ter acabado. Estou com três janelas abertas: iTunes, meu trabalho e o Yelp. Desde que vim morar no Brooklyn, passei a usar o Yelp quase todos os dias... a não ser quando não faço pesquisa nenhuma, como no caso do bar onde fui com Nora. Isso foi estranho; costumo me informar antes sobre todos os lugares. Parece que isso foi há tanto tempo, mas na verdade não faz tanto assim.

É difícil acreditar que Dakota foi embora há menos de uma hora. Parece que já faz muitas horas, talvez até dias. Vou esperar até amanhã para ligar. Sei que ela precisa de tempo e de espaço, e vou lhe proporcionar isso.

A música seguinte começa na cozinha, e é Kevin Garrett de novo. Ele está falando sobre ser isolado e se sentir sozinho, e eu adoro o cara desde que ouvi sua versão de "Skinny Love", mas nunca me senti tão próximo do que ele canta como agora. Pensando bem, quase todas as músicas desse EP descrevem o que estou passando no momento com Dakota.

Nora começa a cantar mais alto. Seria mesmo tão ruim eu aparecer na cozinha e puxar uma conversa casual?

Não que tenha alguma coisa rolando entre nós, e eu ainda... tenho um lance com Dakota, qualquer que seja, então ela não vai me beijar nem nada. Sem pensar duas vezes, levo os dedos aos lábios e fecho o laptop.

Eu sou um homem adulto, com certeza consigo manter uma amizade com alguém por quem sinto atração. Isso acontece o tempo todo nos filmes.

Só que em geral os amigos acabam juntos no final...

Eu preciso muito parar de comparar filmes com a realidade, e vídeos pornôs com o sexo entre pessoas reais. Os filmes e os vídeos pornôs não existem para ser comparados com a vida — principalmente com a minha. É a segunda vez que penso em pornografia hoje. Juro que não sou tão obcecado por isso como parece. Na verdade, vejo menos vídeos que a maioria dos caras da minha idade com certeza.

Preciso parar de ficar pirando na minha cabeça e sair do quarto para socializar.

Mas antes tenho que vestir uma camiseta, certo?

Com certeza.

Abro o closet e pego a primeira blusa de moletom que encontro. É azul e verde, e tem o logo dos Seahawks no meio de um círculo enorme no peito. Os Seahawks me fazem lembrar de quando Hardin e eu fomos a um jogo no ano passado, e quase arrumamos briga com um cara que foi babaca comigo. Geralmente, não aprovo a violência, mas esse cara em especial estava sendo um cretino.

Agora que estou vestido, vou para a cozinha, e Nora ainda está cantando quando entro. Está de costas para mim, parada diante do fogão, acendendo um dos queimadores. Ela tirou a camisa de manga curta do trabalho e agora está com uma regatinha preta. As alças do sutiã branco estão aparecendo, e vejo também que ela tem uma tatuagem nas costas, perto da altura do sutiã. Um dente de leão, com metade das sementes soltas e espalhadas pelas costas, como se alguém tivesse feito um desejo e soprado. Acho que não é surpresa para mim ela ser tatuada; seu corpo parece combinar com isso, por algum motivo.

Eu me encosto no batente da porta e fico observando, esperando que minha presença seja notada. Ela pega uma garrafa de azeite e despeja em uma frigideira no fogo. Seus quadris se movem lentamente, e seu tom de voz está mais suave agora, como se o tempo na cozinha e a cantoria fossem sua verdadeira natureza.

Vejo que ela pega os brócolis picados e despeja na frigideira quente. Em seguida, abaixa o fogo quando o crepitar do óleo fica forte demais, pega uma espátula no gancho sobre a bancada e começa a mexer.

Fico me sentindo meio esquisito, como o cara no livro de Tessa, enquanto a observo em silêncio. Ela ainda não percebeu que estou aqui olhando. Será que está totalmente perdida em seus pensamentos? Ou simplesmente se concentra apenas na comida quando está cozinhando? São coisas simples que nunca vou descobrir a respeito dessa mulher misteriosa.

A música acaba, e começa a tocar The Weeknd. Não sei se devo ficar aqui parado, vendo-a dançar... as músicas dele já são bem sensuais... os quadris dela são cheios de curvas, e essa calça é bem justa.

Melhor eu arrastar minha carcaça de volta para o quarto e ir para a cama.

Mas, trinta segundos depois, ainda estou olhando. Nora mexe os brócolis, acrescentando algum tipo de molho na frigideira, e nesse momento se vira e me vê. Ela não parece surpresa nem envergonhada ao me flagrar parado na porta. Seus lábios se curvam em um sorriso, e ela acena com a espátula para que eu me aproxime. O forno apita, e Nora vai cantando até lá. Sem dizer nada, vou me sentar à mesa da cozinha. É uma mesa pequena, e de canto, mas mesmo assim estou a apenas alguns passos do fogão e da geladeira.

Nora pega uma luva térmica com estampa de girassóis, abre o forno, tira um bolo e coloca sobre uma boca vazia do fogão. Ela é boa em fazer várias coisas ao mesmo tempo. Eu mal consigo preparar um bolo de supermercado que vem com a mistura pronta e respirar junto, muito menos fazer tudo do zero e cozinhar um prato salgado.

"Tessa acabou de me escrever. A mesa de vinte pessoas acabou de começar a comer. Ela vai demorar um pouco ainda", Nora avisa.

Olho para ela e balanço a cabeça, tentando desesperadamente ignorar que seus seios estão quase pulando para fora da regata preta.

Seria muito grosseiro pedir para ela vestir a camisa de volta.

Sim, com certeza seria. E revelaria que eu a estou observando um pouco mais do que gostaria que ela soubesse.

"Que merda." Resolvo parar de ficar olhando. "Como ela está se virando por lá? Para mim ela diz que gosta, mas você sabe que Tessa não é de ficar reclamando."

Tento manter uma conversa neutra, não relacionada a nenhuma parte do corpo dela. Não importa o quanto essas partes sejam sensuais.

Nora pega um garfo e espeta nos cantos do bolo. Depois joga o talher na pia e se vira para mim. "Ela diz que gosta. E agora que tem o dr. Robert loirinho por lá, acho que vai gostar ainda mais."

Dou uma olhada para Nora, depois para a parede, depois para ela de novo. "Hmmm." Está aí uma coisa que não sei como dizer.

Não sei o quanto Nora sabe sobre Tessa e Hardin e seu rompimento, e não quero revelar mais do que deveria. Não é meu papel fazer isso.

"Ele é bonito. A Tessa disse que os dois já se conheciam. Ele é um gatinho, né?"

"Se ele é atraente? Não me lembro nem da cara dele."

"Ah, qual é. Não vem me dizer que você é um desses caras tão inseguros com a própria masculinidade que se recusam a dizer que outro cara é bonitão." Nora revira os olhos.

Eu dou risada. "Não, eu não sou. Só não lembro como ele é."

Ela sorri. "Que bom. Não achei mesmo que você fosse desse tipo. Mas ele é gato, pode acreditar."

Ele não era tudo isso. Eu só me lembro dos cabelos loiros. Com certeza, não é nada disso. Será que o fato de estudar medicina o torna mais atraente para as mulheres? Eu sei lá.

"Então tá." Eu dou de ombros.

Nora tira a panela do fogo e põe os brócolis fumegantes em um prato.

"Escuta só, eu sei que o Hardin é seu irmão e coisa e tal", ela começa. "E também sei que a Tessa é apaixonadíssima por ele, mas acho que sair com outras pessoas não é uma ideia tão ruim. Ela pode não estar pronta agora, mas, como amiga, e nesse caso uma amiga que está pensando só nela, quero que ela seja feliz."

Eu não esperava que a conversa tomasse esse rumo.

"Eu já tentei dar um jeito num cara antes e..." Nora não termina a frase. Sua voz falha, como se ela tivesse surpreendido a si mesma dizendo algo que não deveria.

"Você tem direito à sua opinião parcial." Sorrio para ela para aliviar o eventual desconforto que possa ter surgido em sua mente. "Mesmo estando errada."

Ela dá risada e vem se sentar comigo à mesa. "Como ele é, esse Hardin?"

"Vocês chegaram a se conhecer, não?" Minha mente se volta para alguns meses atrás. Sim, eles se encontraram uma vez ou duas. Que eu saiba nunca conversaram, mas com certeza já se cruzaram. Acho que me lembro de ele tê-la chamado pelo nome errado.

"Sim, a gente se conheceu, mas como ele é de verdade? É o tipo da situação em que ela ficaria melhor sem ele, o que como amiga me obriga a incentivá-la a seguir por outro caminho? Ou eles têm alguma chance de se acertar e ficar *juntos*?"

A fala de Nora está acelerada, como se fosse um assunto importante para ela. O bem-estar de Tessa é uma preocupação dela. Gostei disso.

"É uma coisa complicada." Percebo que a pintura da mesa está começando a descascar. Mais uma mancada da IKEA.

"Mas, como melhor amigo dela e membro da família dele, tento me manter neutro sempre que possível. Eu gosto dos dois, e se achasse que estavam só perdendo tempo um com o outro com certeza diria isso. Mas não é isso que eu acho, sinceramente. Acredito de verdade que eles vão se acertar. De alguma forma. E se não conseguirem... bom, então minha família inteira está ferrada, porque todo mundo gosta muito dos dois."

Nora fica me olhando, examinando cada centímetro do meu rosto. "Você sempre diz exatamente o que sente?"

A pergunta me pega de surpresa. Ela apoia os cotovelos na mesa e apoia o queixo nas mãos.

Eu encolho os ombros. "É o que tento fazer."

A não ser que seja para dizer que não consigo parar de pensar no quanto você é linda.

"Mas às vezes menos é mais."

"Pensei que essa regra só se aplicasse a cirurgias plásticas e camisetas de hétero", Nora rebate.

"Que diabos é uma camiseta de hétero?" Acho que eu deveria saber a resposta para essa pergunta.

Nora sorri, obviamente satisfeita para demonstrar seu conhecimento a respeito.

"Sabe aquelas camisetas que os caras usam que são cheias de caveiras e cruzes enormes? Aquelas que são sempre apertadas demais, e os caras que usam estão sempre suados e parecendo que acabaram de tomar uma injeção de esteroides no banheiro?"

Não consigo segurar a risada.

Ela inclina a cabeça e levanta a mão. Seu dedo indicador bate na ponta do meu nariz, e Nora dá uma risadinha. Um gesto esquisito, e ao mesmo tempo uma graça.

"Você sabe exatamente do que estou falando."

E sei mesmo. Ainda bem que nunca usei uma dessas, mas metade dos caras do meu colégio tinha uma. Sua descrição é perfeita, e pensar a respeito me faz rir ainda mais.

"Sei, sim", admito.

Ela sorri outra vez e, quando fecha a boca, seus lábios parecem um coração, bem cheio e rosado.

"Quer me ajudar a decorar o bolo? Depois do que você falou, resolvi fazer um pra sua amiga lá debaixo. Todo mundo merece ter um bolo no dia do aniversário", diz Nora, com a gentileza deslizando por sua boca como mel.

Adorei o fato de ela ter feito um bolo para Ellen, apesar de ter passado o dia todo trabalhando e tido um dia de merda.

"Que incrível o que você fez!", digo com um sorriso. E não paro por aí: "Quando é o seu aniversário?". Não sei por que fiz essa pergunta.

"Na semana que vem, aliás. Mas, se quer ser meu amigo, você precisa me prometer uma coisa." Sua voz fica mais séria agora, até mais grave.

"Certo..."

"Você nunca, nunca mesmo, vai querer fazer alguma coisa pra mim no meu aniversário."

Que promessa mais esquisita para se fazer.

"Hã, tudo bem?"

Ela se remexe na cadeira e fica de pé. "É sério. Nada de presentes, nem bolos, nem flores. Combinado?"

Seus olhos estão bem sérios, e os lábios franzidos.

"Combinado."

E, só depois disso, ela balança a cabeça, se mostrando satisfeita com a minha concordância. A tensão que se instalou no ar se dissipa de imediato.

Não sei por que ela está pedindo isso, nem se está falando sério, mas já a conheço o suficiente para não questionar. Se algum dia formos próximos o bastante para ela querer me contar, vou ouvir com o maior prazer, mas fico com a sensação de que existe pouquíssima gente que saiba muita coisa sobre essa mulher.

"Então, que cor você acha que a gente deve escolher?" Nora vai até o armário mais distante da cozinha.

Nunca abri essa porta antes; talvez seja por isso que não sabia que está cheia de comida no seu interior.

Nora pega um saco de açúcar de confeiteiro e uma caixinha com um arco-íris desenhado. Corante alimentar, talvez? Minha desconfiança se confirma quando ela abre a porta e retira quatro potinhos com tampas brancas. Vermelho, amarelo, verde e azul.

"Você pega um tablete de manteiga e o leite na geladeira?", ela pede.

Suas mãos rasgam o saco de açúcar e ela abre uma gaveta à sua frente, de onde tira copos de medida. Acho graça por morar aqui e não saber da existência de nem metade dessas coisas.

"Sim, senhora", respondo. Quando se vira, seus lábios se curvam em um sorriso diabólico... e eu sou inocente demais para ela me olhar desse jeito.

27

O problema é que eu sou um péssimo confeiteiro. A ponto de não conseguir decorar um simples bolo sem fazer uma tremenda lambança.

"Só uma ou duas gotas desta vez", Nora me lembra, como se eu não tivesse aprendido essa lição trinta segundos atrás, quando ela berrou comigo por derramar meio frasco de corante na primeira tigela de cobertura.

Como é que eu ia saber que esse potinho de nada tem o poder de deixar a boca de Ellen vermelha por uma semana?

"Precisamos de mais açúcar", Nora avisa, e pego o saco na bancada ao meu lado.

O açúcar começa a tombar para um dos lados, e percebo que ela fez um corte em uma das pontas. Tento segurar antes que comece a cair, mas não consigo. Ele faz uma trilha de uma ponta a outra da bancada e pelo chão. Uma nuvem de pó branco sobe até o meu rosto, e Nora abana as mãos quando o mesmo começa a acontecer com ela.

"Ai, meu Deus!", ela grita, com um bom humor evidente no tom de voz.

Coloco o saco plástico na bancada e dou uma olhada na sujeira que fiz. Como se estivesse tirando onda com a minha cara, o saco cai no chão e o que restou do açúcar se derrama para fora. Minha blusa está tão cheia de pó branco que o gavião-do-mar estampado na frente parece quase invisível. Quando Nora sorri, os cantos dos seus olhos ficam enrugadinhos, e eu meio que gosto disso.

"Desculpa! Não sabia que estava aberto." Passo a mão na bancada e, apesar de gostar do açúcar contra a pele, tomo a resolução de nunca mais tentar a sorte na confeitaria. Está anotado.

A regata preta de Nora está coberta de manchas brancas de açúcar. Assim como seus braços, suas mãos, suas bochechas e seus cabelos escuros.

"Está tudo bem." Seu sorriso é contagiante, e alivia a minha vergonha pela sujeira que fiz. É estranho que ela não esteja brava, e não entendo por quê. Nora se limita a sorrir, olhando para a bagunça e então para mim, sacudindo a cabeça e apertando os lábios para segurar o riso.

Nora tira a tigela do caminho e pega um rolo de papel-toalha. Ela abre a torneira e usa as mãos para empurrar o máximo possível de pó para dentro da pia.

"No meu primeiro semestre de gastronomia, esqueci de pôr a trava na batedeira. Um saco de cinco quilos de açúcar inteiro voou pelos ares. Não preciso nem dizer que precisei ficar lá mais três horas para limpar tudo e depois refazer a tarefa. E o professor era tão filho da puta que não deixou ninguém me ajudar." As mãos dela trabalham rápido para limpar a lambança que fiz, e eu provavelmente deveria ajudar em vez de ficar só olhando.

"Você foi aprovada nessa aula? Depois de ter que refazer tudo?"

"Não. Como eu disse, o professor era um filho da puta."

Ela leva a mão açucarada ao rosto para se coçar, deixando uma mancha branca na pele bronzeada.

Pego uma toalha de papel e começo a ajudar. "É por isso que eu quero ser professor."

Ela joga o saco de açúcar vazio no lixo. "Pra ser um filho da puta?"

Dou risada, sacudindo a cabeça. "Não. Pra ser o oposto disso. Eu tive um professor no ensino médio, o sr. Haponek, que ia muito além de só cumprir sua obrigação. Ele, sim, era um professor de verdade. Só que, quanto mais velho eu ficava, mais encontrava professores que não estavam nem aí para o trabalho. Observando o pessoal da minha turma, eu via um monte de gente que precisava de um bom professor. Isso faz diferença na vida, sabe?"

"Como era o seu colégio?", Nora pergunta.

Um horror.

Um lixo.

"Era normal", respondo.

Acho que ela não vai querer conhecer a minha verdadeira experiência nessa época.

E acho que também não quero contar.

É meio que a mesma coisa de quando as pessoas perguntam se está tudo bem, mas na verdade só querem ouvir um sim e seguir adiante. Dar uma resposta sincera só cria constrangimento.

"Eu não tive a experiência de vivenciar de verdade o ensino médio. Estudei numa instituição privada e bem restrita perto de Seattle. Foi uma droga", Nora conta, me surpreendendo com mais um flash a seu respeito.

"O meu colégio também era uma droga", admito.

Nora me lança um olhar cheio de ceticismo. "Aposto que você era um daqueles garotões populares. Você fazia parte das equipes de esportes, né?"

Quase dou risada da ideia de ter sido um garoto popular.

Um atleta? Eu? De jeito nenhum.

"Na verdade, não." Meu rosto fica vermelho. "Eu não era nem uma coisa nem outra. Não era descolado o bastante pra ser popular, nem inteligente o suficiente pra ser considerado um nerd. Ficava naquele meio-termo em que ninguém dá bola pra você. E era gordinho na época, então tiravam sarro da minha cara por isso, quando os garotos populares se cansavam das vítimas de sempre. Mas, sinceramente, só fui entender o quanto o meu colégio era ruim quando me mudei pra Washington no último ano do ensino médio. Lá, foi tudo bem diferente."

Nora vai até o armário de produtos de limpeza e pega uma vassoura e uma pá de lixo. Ela começa a varrer o chão, e eu me preparo para preencher o silêncio com mais reclamações sobre os tempos de colégio enquanto molho uma toalha de papel para limpar o restante da bancada.

"Nada pode ser pior que esses babacas que consideram a época do ensino médio como o auge da vida", ela observa.

Eu solto uma risadinha. "Está aí uma das maiores verdades que já ouvi."

"Acho que não perdi muita coisa", Nora comenta, com os olhos distantes. Ela está com aquela expressão no rosto de novo, de quem acabou de ficar entediada.

"Você sempre quis ser uma chef confeiteira?", questiono. O açúcar já foi quase todo limpo, mas não quero que a conversa acabe.

Chego quase a desejar que tivesse outro pacote de alguma coisa para *acidentalmente* derrubar no chão.

Nunca ouvi Nora falar tanto assim, a não ser quando ela e Tessa ficaram tagarelando sobre os dois garotos que se beijaram naquele programa de caçadores de demônio que elas não conseguem parar de ver. Em geral, nunca participo dessas conversas, já que, quando Nora está aqui, ou estou no meu quarto estudando ou no trabalho. Agora que estamos a sós e ela está incomumente falante, quero aproveitar para ouvir o máximo possível.

Ela desliza a vassoura pelo piso de cerâmica e olha para mim. “Obrigada por se lembrar de não me chamar só de confeiteira. E, não, na verdade eu queria ser cirurgiã. Como o meu pai, e o pai dele.”

Cirurgiã? Essa é a última coisa que eu esperava ouvir.

“Sério?”

“Por que a surpresa? Na verdade, eu sou muito inteligente.” Ela inclina a cabeça para o lado, e concluo que gosto muito mesmo de seu jeito brincalhão. É bem diferente de Dakota, não tem nada de antipática ou seca.

Dakota.

Não pensei nem uma única vez nela nos últimos trinta minutos, e seu nome parece uma lembrança distante na minha cabeça.

Isso me torna um cara sacana? Pelado com ela em um momento, esquecendo totalmente da sua existência no outro.

Será que ela está em casa, esperando um telefonema meu?

Por algum motivo, duvido muito.

“Disso eu nunca duvidei.” Levanto uma mão suja de açúcar para ela. “Só pensei que você fosse dizer uma coisa um pouco mais... artística.”

Nora me encara com um olhar pensativo. “Hmm, por que isso?”

Ela apoia a vassoura na bancada e se aproxima de mim para abrir a torneira. Seu braço roça o tecido da minha blusa, e eu me afasto.

"Sei lá. É que eu achava que você fosse algum tipo de artista." Passo a mão pelos cabelos, e alguns grãos de açúcar caem no chão. "Na verdade, não sei nem do que estou falando."

"Você deveria ter tirado isso antes de eu varrer." Nora segura com os dedos o tecido da minha blusa, e eu olho para sua mão.

"Provavelmente", respondo, e ela chega mais perto.

Eu respiro fundo.

Seus olhos se fixam nos meus, e ela respira fundo por entre os dedos. "Às vezes, parece que você me conhece mais do que deveria", ela murmura. Não consigo me mover.

Não consigo respirar, nem me mexer, nem mesmo falar quando ela está assim tão perto. Mesmo coberta de açúcar, Nora é tão linda que chega a doer, e mal consigo olhar para ela.

"Pode ser que eu conheça", digo a ela, e de alguma forma sinto isso também.

Para ser bem sincero, eu mal a conheço, mas talvez a questão não tenha a ver com fatos. Talvez não faça diferença eu não saber o nome de sua mãe, ou sua cor favorita. Talvez não demore anos para conhecer uma pessoa, como todo mundo pensa; talvez as coisas mais importantes sejam muito, muito mais simples. Talvez o que importe mais seja observar coisas mais profundas, como o tipo de amiga que a pessoa é, ou se ela se propõe a fazer bolos para gente que nem conhece sem que ninguém peça.

"Mas não deveria", ela diz, ainda me encarando.

Sem pensar no que estou fazendo, dou um passo à frente, e ela fecha os olhos.

"Talvez sim."

Não reconheço quem eu sou neste momento. Não estou nervoso pela proximidade com uma mulher tão linda. Não me sinto como se não fosse bom o bastante para tocar seu rosto.

Mal consigo formular um pensamento na minha cabeça.

Gosto desse silêncio mental que ela parece me trazer.

"A gente não pode fazer isso", ela diz, em um tom de voz quase inaudível.

Seus olhos ainda estão fechados, e minha mão está em seu rosto, apesar de nem lembrar de tê-la colocado lá. Meu polegar percorre o contorno de sua boca, e consigo sentir sua pulsação acelerada quando minha palma pousa sobre seu pescoço.

"Pode ser que possa, sim", murmuro.

Neste momento, só o que sei é que as mãos dela estão agarrando minha blusa e, apesar da dúvida expressa em suas palavras, ela está me puxando mais para perto.

"Você não sabe o quanto eu sou errada pra você." Essas palavras saem apressadas, e seus olhos se abrem um pouco... e meu coração dispara.

Há um sofrimento estampado neles, uma dor que abriu espaço entre o verde-escuro com toques de castanho. Sua dor é visível para mim pela primeira vez, e consigo sentir todo o peso dela nesse olhar. Alguma coisa se transforma dentro de mim, mas não tenho palavras para explicar. Eu quero curá-la. Quero que ela saiba que tudo vai ficar bem.

Quero que saiba que o sofrimento só é permanente se a gente permitir.

Não sei qual é a origem do seu, mas com certeza faria qualquer coisa para tirá-lo de dentro dela. Meus ombros são capazes de suportar o peso dessa dor. Eles são fortes, feitos para oferecer apoio, e preciso que ela saiba disso.

Me sinto ferozmente protetor em relação a Nora neste momento, como se ela fosse minha, e fosse minha obrigação zelar pela sua vida pelo resto da minha existência.

"Você não sabe no que está se metendo", Nora avisa, e eu a silencio passando o polegar nos seus lábios. Ela os afasta ao meu toque, soltando um suspiro silencioso.

"Eu não ligo", respondo, e estou sendo sincero.

Seus olhos se fecham e ela me puxa para mais perto, até nossos corpos se colarem e se moldarem como se fossem feitos um para o outro.

Eu abaixo a cabeça e umedeço os lábios. Ela geme baixinho, como se estivesse esperando há uma eternidade para minha boca encontrar a sua, e isso vale para mim também. Experimento uma tremenda sensação de alívio, como se tivesse encontrado uma parte de mim que nem sabia que estava faltando.

Coloco a mão em seu rosto, e nossas bocas estão a poucos centímetros uma da outra. Sua respiração é bem leve, como se eu fosse frágil, como se ela estivesse tomando cuidado para não me despedaçar.

Seus lábios têm gosto de açúcar. Ela é minha sobremesa favorita.

Sou mais suave com ela, pressionando de leve com os lábios no canto de sua boca, e ela solta um ruído do fundo da garganta que faz minha cabeça girar. Fico até tonto quando sua boca se abre e sua língua se encontra com a minha.

É o melhor tipo de desorientação que já senti, e me dá vontade de nunca mais voltar a pensar direito. A minha mão que não está em seu rosto se move para suas costas, e aperto seu corpo macio junto ao meu até que não reste um único centímetro entre nós.

Por entre os lábios macios, ela murmura meu nome, e me provoca uma sensação que nunca experimentei antes. Ela se afasta por um instante, e me sinto perdido, como se estivesse nadando em mar aberto no meio do nada. Quando sua boca encontra a minha de novo, consigo me ancorar a *ela*, como se tivesse sido resgatado.

Alguma coisa vibra sobre a bancada, e a música que até esqueci que estava tocando para.

É como se eu tivesse perdido os últimos minutos da minha vida, mas, na verdade, nunca mais os quero de volta. Quero permanecer aqui, perdido com ela.

Mas a realidade tem outros planos, e Nora se afasta, levando junto o silêncio da minha mente.

Ela pega o celular no balcão, dá uma espiada rápida na tela e passa o dedo no círculo verde. Encosto na bancada para me equilibrar, e ela pede licença e vai para o corredor.

Alguns segundos de silêncio depois, escuto que ela está falando, mas não consigo distinguir as palavras. Sua voz fica cada vez mais alta, e preciso me segurar para não chegar mais perto e ouvir a conversa.

"Preciso ir", ela diz quando volta para a cozinha. "Mas volto amanhã pra ajudar a decorar o bolo. Vou embrulhar pra não estragar."

Quando ela começa a se movimentar pela cozinha, percebo uma mudança em seu comportamento. Seus ombros estão caídos e, toda vez que tento capturar seu olhar, ela me evita.

Um latejar surge no meu peito.

"Está tudo bem? Posso ajudar em alguma coisa?", pergunto.

Neste momento, percebo que existem pouquíssimas coisas no mundo que eu não faria por ela.

Sei que estou dando uma de louco, e que mal a conheço. Tenho noção do quanto é difícil proteger alguém que não quer proteção. E também tenho a consciência de que estou envolvido em um relacionamento complicado com outra pessoa, mas não tem nada que eu possa fazer sobre isso agora. Não dá para fazer os últimos minutos desaparecerem — e, mesmo que pudesse, eu não faria isso.

"Está tudo bem, só preciso voltar para o Lookout, meu chefe está precisando de mim", ela diz com um sorriso amarelo que está na cara que é falso.

Fico em silêncio quando ela embrulha o bolo com papel-filme e pega a camisa no encosto de uma cadeira. Ela enfia a gravata no bolso de trás da calça preta e começa a sair da cozinha.

Seus olhos não procuram mais os meus, e sinto uma pontada de dor no estômago. "Não esquenta com as louças, eu cuido disso de manhã."

Assinto com a cabeça, sem saber o que dizer. A euforia do beijo está evaporando em um piscar de olhos, e começo a pensar em um milhão de questionamentos para fazer a ela.

"Desculpa", ela diz, e percebo que está sendo sincera. Pelo menos isso.

Ela desaparece porta afora, e fico imóvel por alguns minutos, recordando cada momento que acabamos de compartilhar. Do gosto doce de seu beijo açucarado ao desespero de seus dedos enquanto agarravam o tecido da minha blusa.

O apartamento está em silêncio, ao contrário da minha mente, e abro a torneira e a porta da lava-louças. Descarto os brócolis intocados e guardo o azeite de volta no armário. Quando Tessa chega em casa, ainda estou sentado à mesa da cozinha. As louças estão limpas e guardadas, e não há nenhum sinal de açúcar de confeiteiro à vista.

Ela desamarra o avental e pendura no encosto de uma cadeira. “Ei, o que você está fazendo acordado?”

Vejo o horário no relógio do fogão. É quase uma da manhã.

“Sei lá”, minto.

Ela já tem preocupação de sobra, e não quero sobrecarregá-la com meus problemas, principalmente porque nem eu entendo quais são eles.

Tessa me dá uma encarada, e percebo a expressão especulativa em seus olhos. Ela olha ao redor e vê o bolo em cima da bancada.

“Cadê a Nora?”, ela quer saber.

Sinto a garganta seca quando explico. “Ela deu uma passada aqui, mas recebeu uma ligação pra voltar para o trabalho.”

“Ligação pra voltar para o trabalho? De quem? Acabei de sair de lá, e não tinha mais ninguém além do Robert.”

Eu deveria ficar surpreso com isso, mas não fico.

Faço um gesto com a mão para que ela me ignore. “Eu devo ter ouvido errado, então. Como foi seu trabalho?”

Eu mudo de assunto, e Tessa me permite fazer isso.

28

Amanhã chegou mais rápido do que eu esperava.

Quando acordei, fiquei deitado na cama por um tempo, olhando para o ventilador de teto, me perguntando quem poderia ter morado aqui antes, e colocado um aparelho com pás de cores diferentes. Azul, depois verde, depois roxo, depois amarelo e, por fim, uma vermelha. Será que era um quarto de criança? Se não fosse, os moradores daqui deviam gostar de coisas mais exóticas.

Não sei que horas são quando enfim saio da cama. Só sei que estou um bagaço, como se tivesse lutado numa guerra ontem à noite. Quando pego o celular para ver o horário, descubro que está sem bateria. Conecto o carregador e vou para a sala.

A sala de estar está às escuras, com a televisão ligada. Tessa está dormindo no sofá, e tem um episódio de A *guerra dos cupcakes* na TV, com o volume baixinho. Pego o controle remoto de cima de sua barriga e desligo o aparelho. Ela ainda está de uniforme. Devia estar exausta quando chegou em casa. Dava para ver que seus olhos estavam quase se fechando enquanto ela comia o prato de comida que trouxe do restaurante ontem à noite. Ficamos sentados à mesa por quase meia hora, e ela me contou como foi seu turno.

Um grupo de professores da NYU apareceu vinte minutos antes de a casa fechar, e foram colocados em sua seção. Isso deve tê-la incomodado um pouco, apesar de ela não dizer nada, por serem da NYU, a universidade que não a aceitou. Mas sei que vai aceitar, só não neste semestre. Ela não quer que Ken use seu cargo na WCU para tentar interceder a seu favor, mas acho que vão fazer isso se ela não conseguir uma vaga no semestre do inverno. Seria muito bacana poder frequentar o campus com ela, apesar de fazermos disciplinas diferentes. No segundo ano de faculdade, só algumas das nossas aulas vão coincidir, porque eu vou me formar em Pedagogia e ela em Letras.

Vou até a cozinha ver as horas. Ainda são oito da manhã. É meio estranho o único relógio do nosso apartamento ser o do fogão. Nós nos valemos dos celulares para saber as horas. Como será que os fabricantes de relógios estão se virando hoje em dia?

Devia ser estranho viver numa época em que era preciso entrar num edifício ou ir até uma praça para saber as horas. E, se o relógio estivesse errado, a pessoa nem sequer saberia. Se Hardin vivesse nessa época, imagino que bagunçaria o horário de todos os relógios a que tivesse acesso só para confundir as pessoas.

Eu realmente preciso contar a Tessa que Hardin vem no fim de semana que vem. Vou falar quando ela acordar.

Vou mesmo.

De hoje, não passa.

A cozinha está em silêncio; dá para ouvir apenas o leve zumbido da geladeira. O bolo sem cobertura continua sobre a bancada, embrulhado em papel-filme.

Fico me perguntando se Nora vai voltar, ou se o que a fez ir embora ontem à noite vai mantê-la afastada hoje também.

Procuro alguma coisa para comer na geladeira antes de me arrumar para ir trabalhar.

Porra! O trabalho.

Hoje eu precisava chegar às seis, para cobrir o turno da Posey.

Corro até o quarto para pegar meu celular e ligar para o café. Meu pé bate em alguma coisa dura e me faz tropeçar. Tento me equilibrar usando só o outro pé, mas obviamente não funciona, e dou uma topada com os dedos na perna da escrivaninha.

Droga, isso dói.

Levo a mão ao pé e pego o celular com a outra. Ainda não carregou, claro.

Duas vezes droga.

Vou ter que usar o celular de Tessa para ligar para o trabalho.

Jogo o celular na cama e vou pulando em um pé só até a sala, sentindo o dedão latejar. Quando chego ao corpo adormecido no sofá, começo a procurar nos móveis perto dela. Seu celular deve estar em algum lugar por aqui.

Por que não ouvi a minha mãe e não mandei instalar um telefone fixo?

Nunca se sabe o que pode acontecer, Landon.

O celular pode ficar sem sinal.

Se você perder o celular, pode ligar do fixo para fazer o aparelho tocar e conseguir encontrar.

Os alienígenas podem invadir o Brooklyn e roubar todos os dispositivos tecnológicos como parte de seu plano para conquistar a Terra.

Certo, a última parte fui eu que inventei para ironizar as preocupações dela.

No entanto, esta é uma das muitas vezes na minha vida em que me dou conta de que minha mãe, na verdade, sabe do que está falando. A maioria dos jovens de vinte e poucos anos jamais admitiria isso, mas eu sou esperto o bastante para perceber a sorte que tenho por poder contar com ela.

Vejo o telefone de Tessa, enfiado entre o encosto do sofá e seu quadril. Pego o aparelho com um gesto cuidadoso, prendendo a respiração, tentando não acordá-la. Quando a ponta dos meus dedos encosta no celular, ela se mexe e abre os olhos.

Eu recuo e espero um tempo para que Tessa se dê conta de que sou só eu, e que ela acabou dormindo no sofá da sala.

"Está tudo bem?", Tessa resmunga, com uma voz de quem ainda está dormindo.

"Está, sim, desculpa. Meu celular está sem bateria, e estou atrasado para o trabalho."

Ela assente com a cabeça e entrega o celular para mim.

Eu pego o aparelho e me preparo para discar, mas preciso saber a senha primeiro.

Tessa começa a falar os números, e eu vou digitando às pressas.

"Zero, dois, zero, um", ela diz, fechando os olhos, virando para o lado e levando os joelhos para junto do peito.

"Valeu."

Pego a manta do encosto do sofá e estendo sobre ela. Tessa agradece com um sorriso, e o telefone é desbloqueado. Seu aparelho parece estranho na minha mão; é pequeno demais em comparação com o meu.

Ela sempre tira sarro de mim, dizendo que o meu é um iPad, e eu a provoco dizendo que ela sempre quebra ou perde o seu. Teve um que caiu na privada, o que "desapareceu" no Uber, o que ela atirou numa aranha no terraço do prédio. O único que deixou de fora foi o seu primeiro celular em Nova York.

Foi o que teve a tela estourada de propósito e pisoteado vinte vezes. Cheguei em casa e a peguei destruindo o aparelho. Ela jurou que nunca mais compraria um iPhone, e desconfiei que isso não tinha nada a ver com o sistema operacional. Na verdade, é o mesmo motivo de agora ela só beber café gelado, e não conseguir mais ouvir aquela que costumava ser sua banda favorita.

Ela rapidamente mudou de ideia depois de usar um outro celular por uma semana e perder todas as suas músicas, todas as informações que tinha salvado, todos os logins automáticos nos sites, os números dos cartões de crédito armazenados. Tessa passou o caminho inteiro até a loja xingando a Apple, dizendo que a empresa está dominando o mundo, e que era uma droga que tivessem produtos tão bons que não deixem opção aos clientes além de usá-los. Um tremendo paradoxo.

Ela também mencionou mais de uma vez que eles deveriam criar produtos mais acessíveis financeiramente. Eu concordei.

Quando abro a tela para telefonar, percebo que não sei o número do Grind de cor. Em geral, ligo para lá usando o número gravado no meu celular. Mal consigo me lembrar da época anterior à conquista do mundo pelos smartphones. Eu tive um Nokia antigão quando tinha doze anos que minha mãe me obrigava a carregar para onde quer que fosse, caso acontecesse alguma coisa, e que estava sem bateria quase o tempo todo de tanto eu jogar o game da cobrinha.

Puxa, como sou velho.

Como é que a gente ia se virar sem a tecnologia? Fico envergonhado por ser tão dependente disso, mas também não consigo nem pensar em pegar uma lista telefônica para encontrar o número do meu trabalho.

Puxa, como as pessoas estão mal-acostumadas.

Ou melhor, como os americanos estão mal-acostumados. Existem vários lugares no mundo onde ninguém nunca viu um iPhone, e eu aqui questionando a possibilidade da minha existência sem os produtos da Apple.

A minha vida é mole demais.

Procuro o número do Grind no Google, e quando ligo cai direto na caixa postal.

Como assim?

O número da Posey, eu não sei. Mais uma vez, culpa da tecnologia.

Houve um tempo em que eu sabia de cabeça o telefone de todos os meus amigos. O fato de eu ter só dois amigos ajudava, e também o fato de viverem na mesma casa, mas mesmo assim.

“Vou me arrumar rapidinho e correr pra lá”, me apresso em explicar.

Deixo o telefone de Tessa na mesinha de centro e vou para o meu quarto.

Meu dedão ainda está doendo.

Se eu sair agora, posso chegar lá em menos de quinze minutos. Já poderia estar na metade do caminho se não tivesse perdido tempo tentando ligar em vez de ir de uma vez. Olho para o celular na cama. Eu também poderia usar meu celular agora, se não tivesse desconectado do carregador.

Nem sempre a gente acerta.

Corro pelo quarto e visto uma calça jeans escura e uma camiseta cinza lisa. Vou até o banheiro e escovo os dentes. Em seguida, dou uma mijada apressada e lavo as mãos. Sem nem me olhar no espelho, apago a luz e volto para a sala. Meu dedão está voltando ao normal, ainda bem, já que vou precisar ir praticamente correndo para lá. Com certeza, minha aparência está caótica, mas, quando eu chegar lá, posso arrumar os cabelos com as mãos ou coisa do tipo.

Os sapatos... onde estão os sapatos? Procuro pelo chão e olho dentro do closet.

Na sala de estar. Eles devem estar ao lado da porta.

Onde é o lugar certo. Ouço a voz de Tessa dentro da minha cabeça e rio sozinho.

Já estou na porta, enfiando os tênis nos pés, menos de cinco minutos depois de tentar ligar para o Grind. Pego as chaves e abro a porta, mas dou de cara com uma pessoa parada na minha frente.

Nora.

Com um saco de lixo em um dos braços e uma caixa junto aos pés.

Seus olhos se arregalam quando me veem, e eu baixo o olhar para a caixa, onde tem um livro, um porta-retratos e mais um monte de coisas que não é possível identificar.

"Oi." Os lábios de Nora formam a palavra sem usar a voz, e ela me encara com o que parece ser uma expressão de hesitação.

"Oi", respondo, tentando entender o que ela está fazendo aqui.

Com suas coisas.

"Está tudo bem?", pergunto, e ela confirma com a cabeça.

De forma repentina, seus olhos se enchem de lágrimas, e vejo o punho de sua mão livre se cerrar. Ela respira fundo e, em um piscar de olhos, ajeita a postura e segura as lágrimas.

"Posso entrar?" Seu tom de voz é baixo, derrotado, mas ela está conseguindo disfarçar bem.

Eu me abaixo, pego a caixa e a seguro com um dos braços. Estendo a mão para pegar o saco, e ela me entrega.

Seus olhos são duros. Ela é uma guerreira. Dá para ver isso em seu rosto.

O saco está pesado, e eu o coloco no chão da sala, perto da mesinha da minha avó. Baixo a caixa também e faço um gesto para Nora entrar. Ela anda com passos lentos, e Tessa se senta no sofá.

Olho para o celular dela em cima da mesa.

Merda.

Lanço um olhar para Nora como quem pede desculpas. "Preciso ir trabalhar. Estou *bem* atrasado."

Ela assente com a cabeça e sorri para mim, mas é o sorriso menos sincero que já vi.

As promessas que fiz ontem à noite a mim mesmo de protegê-la voltam à tona no meu peito. Não quero vê-la nunca mais assim.

Tessa se levanta e avalia a situação. Não posso ficar para ouvir a explicação, apesar de saber que vai ser enlouquecedor não saber o que está rolando.

O que aconteceu?

Por que Nora veio para cá trazendo seus pertences?

Tem alguma coisa a ver com Dakota?

Meu estômago se revira com essa possibilidade.

Quando eu sair, ela vai contar para Tessa que a gente se beijou de novo?

Eu queria poder ficar, mas não dá. Tem um monte de gente contando comigo, e eu já pisei na bola feio hoje de manhã.

Atravesso o corredor às pressas e desço de escada. Não estou com tempo para esperar que o menor elevador do mundo chegue ao meu andar.

29

Quando abro a porta do Grind, vejo que o café está lotado.

Ah, não.

Uma longa fila se formou no saguão da loja, ocupando desde a vitrine de doces até a área de retirada dos produtos. Homens e mulheres em roupas de trabalho casual estão espalhados pelo salão, batendo papo e se abastecendo de cafeína. Passo os olhos pela fila, e noto a presença de alguns rostos irritados mais para o final. Imediatamente atravesso o tumulto e vou para trás do balcão. Não me preocupo nem em pegar um avental.

Aiden está pegando os pedidos, navegando com agilidade com os dedos pela registradora, e seu rosto geralmente pálido está vermelho. O pescoço também. A parte de trás de sua camisa está manchada de suor.

Puta merda. Ele não deve estar muito contente comigo.

Enquanto assumo meu posto, ele entrega o troco de uma cliente de cabelos escuros e um terninho vermelho. A mulher está claramente incomodada, gesticulando furiosamente para Aiden, tentando expressar toda sua frustração, imagino.

"Oi, cheguei agora. Desculpa aí, cara. Meu telefone ficou sem bateria, e o despertador..."

"Nem começa." Aiden olha feio para mim. "Só me ajuda a diminuir essa fila", diz baixinho.

Eu gostaria de poder ter como chamar Hermione e transformá-lo em um furão.

Mesmo assim, assinto com a cabeça, meio que entendendo a irritação dele. A fila não está brincadeira, e às vezes os clientes pegam bem pesado.

Draco — quer dizer, Aiden — grita um pedido para mim. "Macchiato. Espuma extra."

Pego um copinho e mãos à obra. Enquanto vaporizo o leite, dou mais uma olhada em Aiden. Ele está todo sujo: a frente da camisa está cheia de manchas pretas de pó de café, e está molhada no peito. Seria bem mais divertido se não fosse culpa minha. Se eu tivesse chegado na hora, ainda estaríamos ocupados e sobrecarregados, mas em dois seria bem menos difícil de dar conta.

Enquanto despejo o leite espumando sobre o café expresso preto, Aiden passa o pedido seguinte. Continuamos assim até a fila diminuir para três pessoas. Aiden está mais calmo agora, voltando a sorrir e ser gentil com os clientes. Isso é boa notícia para mim.

Está me ajudando a não pensar que Nora apareceu no meu apartamento, e que fui idiota a ponto de não trazer meu celular para poder perguntar a Tessa se está tudo bem. Eu poderia usar uma tomada daqui mesmo para recarregar.

Todas as mesas estão cheias, e há pelo menos vinte pessoas em pé no salão, com um café nas mãos. Estão todos de crachá, e acho que devem estar participando da conferência sobre eletrônicos que acontece de tempos em tempos aqui perto. É um público muito maior do que costumamos receber de uma só vez, mas é bom para os negócios. Essa é outra coisa bacana em Nova York; tem sempre algum evento acontecendo.

Começo a repor os grãos nas latas de café e a limpar os moedores enquanto Aiden trata de repor os bules de creme e os sete tipos de açúcar que oferecemos. Antes de me mudar para a cidade grande, eu nunca tinha visto açúcar em cubinhos, como no Pernalonga. Sinceramente, pensava que fosse coisa de desenho animado.

Lá em Saginaw, de vez em quando, eu escutava alguém pedindo um ou outro alimento sem gordura, mas isso era uma coisa complicada em uma cidadezinha perdida no meio de Michigan.

Dakota e eu ficávamos horas sentados no café local, trocando de mesa quando ficávamos cansados da vista. A gente se entupia de açúcar e ia andando para casa, de mãos dadas e sonhando sob as estrelas.

Minha mente segue pela via familiar da memória, e me lembro de quando Dakota e eu brigamos no Starbucks uma vez. Seus cabelos estavam com cheiro de coco, e seu novo brilho labial era grudento. Eu a segui pela rua, e ela saiu correndo em disparada, me mostrando mais uma vez que era a pessoa mais veloz que já conheci. O treinador de atletismo do nosso colégio também sabia disso, mas Dakota não tinha o menor interesse por esportes. Para me agradar, ela via algumas competições comigo, e me enchia de conversa assim que era dado o apito inicial.

Ela só queria dançar. Sempre soube disso. Eu invejava essa sua certeza. Dakota ia se afastando cada vez mais do Starbucks, e eu fui atrás, como sempre fiz.

Quando ela virou num beco, eu a perdi de vista. Fiquei sem conseguir nem respirar direito até encontrá-la. Estava escuro demais para ela sair correndo por aquela região da cidade. Eu a localizei alguns minutos mais tarde, perto da entrada do Ponto. Ela estava sentada no chão junto a uma cerca quase destruída, com o bosque escuro atrás de si.

A cerca de alambrado tinha vários buracos enormes, e estava bem escuro por lá, e depois de um tempo, enfim, consegui respirar de novo. Dakota estava pegando pedrinhas cinzentas do chão e jogando em um buraco no meio da rua. Lembro do alívio que senti quando a vi. Ela estava usando uma camiseta amarela com uma carinha sorridente desenhada, e uma sandália de cores berrantes. O motivo por estar brava era porque eu considerava uma ideia ruim tentar ir atrás de sua mãe.

Yolanda Hunter tinha ido embora fazia tempo demais. Eu achava que, se ela quisesse ser encontrada, não continuaria escondida do mundo.

Dakota ficou furiosa, me dizendo que eu não sabia como era não ter pais. Sua mãe havia fugido, deixando os dois com um pai que gostava de espancar o filho de tempos em tempos.

Quando a alcancei, ela estava chorando, e ainda ficou mais um tempo sem olhar para mim. É até estranho como minha mente se lembra dos detalhes exatos daquela noite. Comecei a ficar preocupado com ela. Às vezes, pensava que ela estava prestes a sumir no mundo, como a mãe.

"Não existe nenhuma prova de que ela não me aceitaria em sua casa", ela me falou naquela noite.

"E não existe nenhuma prova de que aceitaria. Só quero que você pense em como seria se ela não disser o que você quer ouvir, ou se não

disser coisa nenhuma", respondi ao me sentar ao seu lado no chão de cascalho.

"Eu vou ficar bem mesmo assim. Nada pode ser pior do que não saber", ela rebateu.

Eu me lembro de segurar sua mão, e que ela encostou a cabeça no meu ombro. Ficamos sentados em silêncio, olhando para o céu. As estrelas estavam bem acesas naquela noite.

Às vezes, em noites como aquela, a gente se perguntava por que as estrelas se davam ao trabalho de brilhar sobre uma cidade como aquela.

"Acho que é para torturar a gente. Para zombar de quem vive em lugares ruins, levando uma vida de merda", Dakota dizia.

Eu respondia com algo do tipo: *"Não, acho que é pra dar esperança pra gente. Esperança de que existem outros lugares no mundo. As estrelas não são cruéis como as pessoas."*

Ela me olhava e apertava minha mão. Eu prometia que, algum dia, de alguma forma, a gente iria se mandar de Saginaw.

Dakota parecia acreditar em mim.

"Desculpa a demora!" Reconheço a voz de Posey em meio à névoa de lembranças que toma conta da minha cabeça. Ela está falando com Aiden. Uma mulher de vestido preto levanta um cartaz e avisa a todos que está na hora de ir embora. Enquanto a multidão deixa o café, fico escutando a conversa entre Posey e Aiden.

Ele levanta a camisa para limpar o rosto suado enquanto conversa com ela. "Tudo bem. O Landon finalmente resolveu aparecer."

Posey vira a cabeça e me vê passando um pano na bancada de metal. Eu não tinha intenção de escutar sua conversa, de forma nenhuma.

"Me desculpa!", Posey diz, vindo na minha direção. Suas mãos estão atrás das costas, amarrando o avental. Os cabelos ruivos estão presos em um coque.

"Eu sou capaz de jurar que tinha trocado de turno com você hoje. Devo ter esquecido de pedir", ela explica.

Eu balanço o pano em cima da lata de lixo antes de mergulhá-lo no balde de sabão. "Não. A gente trocou, sim. É que ontem eu estava tão distraído que fui dormir e deixei acabar a bateria do celular. Desculpa ter feito você vir correndo pra cá."

Ela se volta para Aiden, e eu sigo seus olhos. Ele não está olhando para nenhum de nós dois; está ouvindo um cliente falar sobre o café descafeinado ser repugnante e inútil.

"É como cerveja sem álcool. Uma perda de tempo", o homem de meia-idade diz, com uma voz rouca. Ao que parece, já tomou umas cervejas hoje também.

"Eu estou precisando da grana mesmo", Posey murmura para mim, apontando com o queixo para a mesa perto da parede dos fundos, a mais próxima do pequeno corredor que leva aos banheiros. Lila, sua irmã, está sentada lá com toda a paciência, apoiando o queixo na superfície da mesa. "Eu trouxe reforços."

Ela enfia a mão no bolso e tira três carrinhos. Hot Wheels, talvez?

"Como ela gosta de carros." Sorrio para a garotinha, que nem percebe.

Posey assente com a cabeça. "Ah, gosta mesmo."

"Tem certeza de que vai querer ficar? Eu posso cobrir você. Não tenho nada pra fazer hoje", ofereço.

A parte mais egoísta de mim quer que ela fique, para que eu possa ir ver como está Nora, mas nunca vou admitir isso em voz alta.

"Não, está tudo bem, sério. Eu só precisava dessas horinhas da manhã, pra consulta médica da minha avó. Ela não anda muito bem." Posey olha para a irmã, e consigo perceber uma pontada de medo.

Como uma universitária que trabalha em um café, seria quase impossível para Posey criar a irmãzinha só com o dinheiro que ganha. Não sei muitos detalhes a respeito de sua família, mas não acredito que seus pais vão reaparecer num passe de mágica.

"Eu posso ficar com a Lila por umas horinhas. Vou lá pro meu apartamento. Ela pode ficar lá comigo, ou ir brincar no parque ali perto."

Eu não me incomodaria de tomar conta dela um pouco para que Posey possa trabalhar as duas últimas horas de seu turno.

E isso significaria que posso voltar ao meu apartamento.

Eu sou péssimo mesmo.

Os olhos de Posey se voltam para a irmã por alguns segundos. Ela cuida muito bem da menina, mesmo quando está trabalhando atrás do balcão. A garotinha ainda está sentada, com o queixo adoravelmente apoiado no tampo da mesa.

"Tem certeza? Não precisa fazer isso se não quiser."

"Eu sei", respondo. "Mas gostaria de ajudar."

Nossa, eu vou para o inferno por causa disso.

Posey olha mais uma vez para a irmã e parece pensar a respeito do tédio a que a garotinha está sendo submetida. "Certo. Mas é melhor ir com ela pra sua casa. Está calor hoje, e já passamos a manhã toda fora." Posey dá risada. "Ainda está cedo demais pra ela ficar cansada."

"Beleza. Só vou limpar as mesas antes de ir."

"Valeu, Landon." Posey sorri para mim. Suas sardas estão ainda mais visíveis hoje. São uma graça.

"Não esquenta."

Pego a caixa de tirar as louças sujas, e ela vai para trás do balcão e acena para mim.

As mesas estão mais sujas do que nunca. Preciso trocar de pano três vezes para me livrar de vez das manchas de café.

Pelo menos aquela multidão foi embora. Só restou um cliente, um hipster digitando alguma coisa em seu MacBook dourado. Ele parece satisfeito.

Quando estou pronto para ir, Lila ainda está sentada no mesmo lugar. Seu queixo não está mais apoiado na mesa. Ela está brincando com um carrinho roxo sobre o tampo da mesa, fazendo efeitos sonoros e tudo.

"Oi, Lila. Lembra de mim?", pergunto.

Seu rostinho redondo se ergue, e ela faz que sim com a cabeça.

"Legal. Quer passar um tempinho comigo enquanto a sua irmã trabalha? A gente pode ir lá pra minha casa. Tenho uma amiga que iria adorar conhecer você." Me ajoelho para fazer contato visual, e ela olha de novo para o carro.

"Sim." Sua voz é baixinha, mas audível.

Posey chama o meu nome, e eu digo a Lila que já volto para buscá-la.

Quando chego até ela, está com uma expressão bem séria.

"Você sabe como se virar com crianças, né? Ela é bem novinha, e eu confio em você, caso contrário jamais deixaria. Você sabe mesmo cuidar de crianças? Sabe o que fazer se ela sentir fome? Ou se cair e ralar o joelho?" O tom de voz de Posey é bem grave, e ela fala como uma mãe. "Você vai precisar andar de mãos dadas com ela lá fora. O tempo todo. E ela só come batata frita e bolacha com creme de amendoim."

Faço que sim com a cabeça. "Batata frita e bolacha de creme de amendoim. Andar de mãos dadas. Não deixá-la cair. Ela é nova demais pra escrever meus trabalhos de faculdade pra mim. Entendido." Abro um sorriso e ela solta um suspiro, retribuindo o gesto.

"Tem certeza?", ela volta a perguntar.

"Absoluta."

"Se precisa de alguma coisa, me liga", ela diz.

Eu assinto com a cabeça e prometo várias vezes que vai ficar tudo bem. Não digo que meu celular ficou no apartamento, mas estou indo direto para lá, e dizer que vou ficar incomunicável por um tempo só iria deixá-la mais preocupada, se é que isso é possível.

Posey explica para Lila que vai ficar trabalhando um pouquinho, mas depois vai até minha casa buscá-la. Lila não parece se incomodar nem um pouco.

Quando me despeço de Aiden, vejo uma marca roxa na lateral de seu pescoço, logo acima do colarinho da camisa. Meu estômago se revira um pouco, e tento não imaginar que tipo de mulher ele costuma levar para casa.

Durante a caminhada até o apartamento, Lila segura minha mão direitinho e aponta para cada ônibus, van e ambulância que passa, dizendo como cada veículo se chama. Qualquer carro com sirenes em cima para ela é uma ambulância.

A caminhada é rápida, e ela é bem falante, apesar de ser difícil entender algumas palavras. Quando olho ao redor, reparo que parece haver mais mulheres que o normal na rua hoje. Ou isso, ou elas prestam mais atenção em homens com crianças. Recebi mais sorrisos nos últimos vinte minutos do que em todo o tempo em que moro aqui. Que estranho. É como aquele filme do cachorro, em que o amigo do Owen Wilson usa o bichinho para atrair a atenção feminina.

Mas provavelmente é melhor não comparar crianças com cachorros.

Quando chegamos ao meu prédio, deixo Lila apertar o botão do elevador e conto os segundos para chegar ao meu andar. Espero muito que Nora ainda esteja lá.

A TV está ligada quando entramos pela porta. Tessa ainda está no sofá, com os cabelos presos no alto da cabeça. Ainda parece cansada ao se sentar para cumprimentar nossa visitante. Ela está sozinha, percebo de imediato.

"Ora, olá", ela diz, abrindo um sorriso para Lila.

Lila faz um aceno e tira um carrinho azul do bolsinho da calça jeans.

"Essa é a irmãzinha da Posey. Vou ficar cuidando dela por mais uma hora e meia, por aí."

Isso parece despertá-la um pouco. Ela abre um sorrisão e acena para Lila. "Qual é o seu nome?"

Lila não responde. Ela simplesmente se senta no chão e começa a passear com o carrinho pelo nosso tapete estampado, fazendo barulhinhos com a boca.

"Ela é uma graça", Tessa comenta.

Eu faço que sim com a cabeça. "Vou pôr meu celular pra carregar e dar uma passada no banheiro. Você pode ficar de olho nela um minutinho?"

Tento não fazer parecer óbvio quando olho ao redor da sala à procura de Nora pela segunda vez.

"Claro", Tessa responde, e entro no meu quarto para conectar o telefone.

Minha cama não está arrumada, e meu laptop está aberto no chão logo ao lado. Ainda bem que não pisei nele, porque saí com pressa de manhã. Espero um minuto ou dois até o celular ligar, para poder escrever para Posey avisando que chegamos bem. Sem nenhuma queda. Sem nenhum incidente de nenhum tipo.

Mas, quando meu telefone liga, vejo uma mensagem de Nora:

Por favor, não conte nada pra Tessa. Ela não precisa desse drama na vida no momento :/

Respondo perguntando para onde ela foi.

Alguns segundos se passam e a resposta não vem, então escrevo para Posey e deixo o celular carregando mais um pouco. Dou uma espiada na sala, entro no banheiro e fecho a porta. Enquanto estou lavando as mãos, a porta se abre, e Nora aparece no espelho.

30

Fico olhando para o espelho por alguns segundos, e Nora me encara de volta.

Ela não se aproxima. Simplesmente fica parada na porta com os olhos cravados nos meus. Sem desviar minha atenção dela, fecho a torneira e pego uma toalha para secar as mãos. Ela deveria estar no quarto de Tessa quando cheguei.

“Oi”, o reflexo de Nora diz.

“Oi”, eu repito.

Estamos repetindo muito esse cumprimento hoje.

“O que aconteceu?”, pergunto. Eu pretendia esperar que ela cedesse a informação por iniciativa própria, mas não consigo me segurar.

Ela respira fundo, e vejo seu peito subir e descer. Eu me viro, e ela entra no banheiro e fecha a porta.

Quando Nora chega perto de mim, parece abalada, e não a mesma mulher que estava na minha cozinha ontem à noite. Suas mãos se projetam para a frente, mas sem se agarrar à minha blusa. Seus lábios estão franzidos, mas não me beijando.

Os cabelos estão amarrados em uma trança caída sobre um dos ombros. Ela está sem maquiagem, e vejo algumas sardas em seu rosto. Os olhos parecem cansados, revelando que não dormiu muito. Está vestindo uma camiseta, outra do tipo que cai por cima do ombro, e uma legging preta. Os pés estão cobertos com meias com estampa de pizza. É a segunda vez que a vejo usando meias esquisitas. Eu gosto disso.

"Estou bem", Nora diz, lambendo os lábios.

Estendo o braço para segurá-la pela mão e puxá-la mais para perto. Ela hesita por um instante, mas acaba cedendo.

O saco de lixo cheio de roupas me diz outra coisa, Nora.

"Você não parece bem." Levanto minha mão livre e toco a ponta de sua trança. Seus olhos se fecham.

"Pode conversar comigo. Você sabe disso, né?" Tiro a mão de seu cabelo para erguer seu queixo só um pouquinho, o suficiente para dar uma boa olhada nela.

As manchas escuras são visíveis sob seus olhos amendoados. Estão inchados, e meu estômago dói quando penso que ela andou chorando. Passo o polegar sobre um dos olhos fechados, e os lábios dela se afastam.

Seus cílios são tão compridos que por um momento chegam a me fazer lembrar das penas de um pássaro.

Um pássaro muito, muito bonito.

Ah, como a minha cabeça está estranha.

Ela assente com a cabeça, e volto meu dedo para seu queixo. Os olhos de Nora se abrem, só o suficiente para que eu veja que ela está escondendo alguma coisa.

"Eu estou dando um jeito em tudo." Seu tom de voz é suave, mas dolorido, e ela afasta o rosto do meu toque ao falar.

Dou um passo atrás para lhe dar mais espaço, e ela me surpreende me agarrando pela camisa e me puxando mais para perto. Ela me enlaça com os braços nas minhas costas e enterra a cabeça no meu peito. Mas não chora; só fica parada ali, com a respiração acelerada, sem falar nada.

Esfrego uma das mãos em suas costas, proporcionando o silêncio que ela parece querer.

Depois de mais alguns segundos, ela ergue a cabeça para me encarar.

Quero cuidar de você, meu coração me diz. Em seguida, minha boca repete essas palavras.

Ela me escuta com os olhos cravados nos meus. "Eu não quero que ninguém tome conta de mim."

Sua sinceridade me dói, mas preciso me lembrar que ela é alguns anos mais velha que eu e já se acostumou a se virar sozinha há um bom tempo.

"Não quero a ajuda dos meus pais. Não quero a sua ajuda. Não quero a ajuda de ninguém. Só quero resolver minha vida e causar o mínimo possível de problemas com isso. Eu só vou trazer encrenca pra sua vida... é isso o que eu faço. É assim que sou. Não estou dizendo isso pra ser dramática — estou falando sério, Landon."

Ela olha para mim, implorando para que eu lhe dê ouvidos. Que escute de verdade. "Tenho uma bagagem emocional pesada demais, e não estou à procura de um cavaleiro numa armadura reluzente pra me salvar."

Fico sem saber o que dizer. Não sei como resolver essa situação, nem se ela quer que eu faça isso.

Não estou acostumado a ser dispensado. Sempre fui a pessoa que resolve as coisas. Quem sou eu se não puder fazer esse papel?

Não faço ideia.

"Eu sei, princesa", digo, tentando acrescentar um pouco de leveza à conversa, amenizar a tensão com a qual não sei como lidar.

"Eca." Ela faz uma careta de desgosto puro. "Eu não sou princesa coisa nenhuma."

"Você é o que, então?", questiono, genuinamente interessado em saber como ela se enxerga.

"Um ser humano."

Sua resposta não é exatamente sarcástica.

"Não sou uma donzela em perigo, nem uma princesa. Sou uma mulher que é humana em todos os sentidos da palavra."

Meus olhos encontram os seus, e ela me abraça de novo.

"A gente pode ficar assim mais um pouquinho? Você pode me abraçar um minutinho só pra eu conseguir me lembrar da sensação?"

Não gosto do tom fatídico dessas palavras, como se fosse mais do que uma despedida.

Eu não respondo. Simplesmente a abraço até que ela me solta, alguns segundos depois.

"Eu gostaria que você pudesse me contar o que está acontecendo", digo por fim quando ela se afasta.

Ela desvia os olhos ao dizer: "Eu também".

Nora ajeita a postura dos ombros e abre bem os olhos. "Certo. Vamos decorar o bolo e proporcionar a Ellen o melhor aniversário da vida dela."

A mudança de atitude é imediata e total. Fico preocupado com a facilidade com que ela consegue se fechar e mudar de assunto.

Quero mais coisas de Nora. Quero respostas. Quero saber a dimensão de seus problemas para tentar oferecer uma solução. Quero abraçá-la e fazê-la acreditar que pode contar comigo. Quero beijá-la para eliminar o sofrimento que ela esconde de mim. Quero que ela saiba que eu a entendo, mesmo que não seja essa sua vontade.

Quero um monte de coisas, mas isso não depende só de mim... ela também precisa querer. No entanto, me limito a dar a resposta de que ela precisa no momento, com um sorriso falso no rosto.

"Vamos lá." Ergo a mão aberta para um cumprimento. Ela sorri.

Nora levanta a mão e bate na minha. "Você é o cara mais brega que eu conheço", ela comenta, abrindo a porta do banheiro.

Eu saio atrás dela. "E eu nem ligo."

E assim, num piscar de olhos, somos "amigos" de novo.

Tessa e Lila ainda estão na sala quando aparecemos juntos no fim do corredor. Lila ainda está distraída com seu carinho, e Tessa sentada no sofá com as pernas cruzadas, observando a garotinha com um sorriso enorme no rosto.

Tessa olha para mim, para Nora, e de novo para mim. Seu rosto não esconde sua curiosidade nem sua desconfiança, mas ela não diz nada.

"Lila." Eu me abaixo para falar com a menina. "A gente vai decorar um bolo. Quer ir lá pra cozinha com a gente?"

Lila olha para mim e paga o carrinho. "Carro", ela diz com a voz fininha, me mostrando seu reluzente exemplar de uma coleção de Hot Wheels.

"Ah, sim. Pode levar o carro também." Estendo a mão para ela, que aceita.

"Vou fechar os olhos e descansar mais uns minutos", Tessa anuncia, voltando a se deitar.

Digo para ela voltar a dormir e vou com Lila para a cozinha. Nora vem atrás.

"Ei, olá, lindinha. Qual é o seu nome?", Nora pergunta.

Lila não olha para ela, mas diz seu nome e se senta à mesa.

"Que nome lindo. Você gosta de bolo?", Nora pergunta.

Lila não responde.

Seguro o braço de Nora para chamar sua atenção. Ela se vira para mim, e levanto a mão para esconder a boca dos olhos de Lila ao falar. "Ela é autista", explico.

Nora faz uma cara de quem entendeu tudo, assente com a cabeça e vai se sentar ao lado de Lila à mesa.

"Que carro legal", ela comenta.

Lila sorri e passa o carrinho por cima da mão de Nora, fazendo "zum, zum". Eu entendo isso como sinal de aprovação.

"Você lembra como se faz a cobertura?", Nora pergunta da mesa. Faço que sim com a cabeça. "Açúcar de confeiteiro, manteiga, baunilha e mais alguma coisa..."

Não consigo lembrar o último ingrediente, apesar de termos feito isso ontem à noite mesmo.

"Leite."

Eu balanço a cabeça. "Certo. Leite. E dezessete gotas de corante alimentício."

Ela olha feio para mim. "Uma ou duas gotas."

"Isso, dez gotas. Entendido."

Ela dá risada, revirando os olhos, e uma fagulha de vida volta a brilhar dentro deles. "*Duas* gotas."

Vou até o armário e pego a caixa de corantes. "Então, se eu quiser fazer isso direito, vou precisar de ajuda. Você conhece alguma boa confeiteira?"

Toma essa, chef.

Ela sacode a cabeça para os lados. "Não. Não mesmo, desculpa aí." Um sorriso brincalhão surge em seu rosto.

Solto um suspiro dramático e pego um pacote fechado de açúcar de confeiteiro no armário.

"Que pena. Eu não garanto que vá dar certo."

Nora me observa com uma expressão de divertimento nos olhos. "Ele é um péssimo confeiteiro", ela fala bem alto para Lila.

A menina olha para ela e sorri.

Aceno com a colher enorme que estou na mão para as duas. "Ei, nada de pôr todo mundo contra mim."

Nora dá risada.

Vou até a geladeira, pego o leite e um tablete de manteiga. Em seguida, tiro a tigela da lava-louças. Na verdade, me lembro, sim, de como fazer a cobertura.

Eu acho...

Nora permanece em silêncio quando começo. Depois de misturar a manteiga e o açúcar, acrescento a baunilha e o leite. Com cuidado, ponho duas gotas do corante verde, e Nora aplaude quando mexo tudo na tigela.

Depois de um ou dois minutos em silêncio, Nora se levanta e vem até mim. Ela desembrulha o bolo e joga o papel filme no lixo. Mergulho a colher na cobertura e espalho sobre o bolo de baunilha.

"Ah. Olha só você. Decorando o bolo sozinho. Você percorreu um longo caminho, gafanhoto."

Dou risada da provocação de Nora, e ela me cutuca com o ombro e lança um olhar para Lila.

"Quem é ela? Esqueci de perguntar."

"É a irmã da minha amiga Posey. Ela está trabalhando hoje, então, me ofereci pra cuidar da menina. Ela vai vir buscá-la daqui a uma hora, mais ou menos."

Nora olha para mim daquele jeito dela, e sinto como se estivesse lendo minha mente. Meu pulso acelera.

"Você é uma coisa, Landon Gibson", ela me diz pela segunda vez em dois dias.

Fico todo vermelho com o elogio, e não estou nem aí se ela perceber.

"Você leva jeito com ela." Aponto a colher com a cobertura verde na direção de Lila.

"Eu? Tendo jeito com crianças?", ela pergunta, genuinamente surpresa.

"Sim", eu digo, batendo com o indicador na ponta do nariz dela, assim como ela fez comigo ontem.

"Ei, quem faz isso sou eu!" Ela fica de frente para mim, a poucos centímetros do meu rosto.

Continuo passando a colher em cima do bolo, tomando o cuidado de cobrir os cantos também. "Não faço ideia do que você está falando."

Olho para o teto e depois de novo para o bolo.

Nora me cutuca de novo. "Mentiroso."

"Sou mentiroso e você é cheia de segredos. Somos farinha do mesmo..."

As palavras saem antes que eu possa fazer alguma coisa para impedir. A expressão em seu rosto vai imediatamente de despreocupada a resguardada, e fico com raiva de mim mesmo por isso.

"Não é a mesma coisa. Segredos e mentiras não são a mesma coisa", Nora se defende.

Eu me viro para ela e largo a colher na borda da tigela. "Não foi isso que eu quis dizer. Me desculpa."

Nora não olha para mim, mas dá para ver sua guarda baixando um pouco a cada segundo. Por fim, ela volta a falar. "Me promete uma coisa?"

"Qualquer coisa."

"Você não vai tentar dar um jeito em mim."

"Eu..." Fico hesitante.

"Promete?" Ela se mantém firme. "Me promete isso e eu prometo não mentir."

Eu olho para ela. "Mas vai guardar segredos?", questiono, já sabendo a resposta.

"Não vou *mentir*."

Solto um suspiro de derrota. Não queria que ela guardasse segredos.

"Essa é minha única opção?", pergunto, mais uma vez já ciente da resposta.

Ela faz que sim com a cabeça.

Fico pensando a respeito por alguns segundos. Se essa é a única maneira que ela vai permitir minha aproximação, vai ter que ser assim.

Não sei se vou conseguir manter a promessa, mas essa é minha única chance.

Respirando fundo, balanço a cabeça de leve. "Prometo não tentar dar um jeito em você."

Ela solta o ar com força, e nesse momento me dou conta de que estava prendendo o fôlego.

"Sua vez."

Ela se mostra hesitante. "Prometo não contar mentiras."

Nora estende o dedo mínimo, e eu o enlaço com o meu.

Olho para Lila, sentada à mesa, toda contente com seu carrinho.

"E o que acontece se eu não cumprir minha parte?", pergunto.

"Eu desapareço..."

As palavras de Nora calam fundo em mim, e fico apavorado porque eu sei — sem a menor sombra de dúvida — que ela está falando sério.

Agradecimentos

Eu já pretendia escrever este livro há um tempão, antes mesmo de ter falado com qualquer editora sobre a série After. Estava escrevendo no Wattpad, enquanto tentava descobrir o que fazer da vida. A ideia de escrevê-lo era empolgante, e eu mal poderia esperar para entrar na cabeça de Landon.

Então, quando enfim me sentei para fazer isso, para minha surpresa, na prática não estava sendo muito divertido. Eu adorava a história, mas parecia que tinha alguma coisa faltando, e eu não sabia o que era.

Ficava digitando e digitando sem parar, em saguões de hotéis e cafés lotados, mas, quando relia, não sentia que a história estava ali, era como se tivesse lendo algo escrito por outra pessoa. (Pense em uma fanfic, só que não tão legal).

Com o prazo final se aproximando, eu sabia que a história até que estava boa, mas não estava me divertindo tanto como quando escrevi minha primeira série. Passei por fases em que me perguntava

"Ai meu Deus, será que sou escritora mesmo?", ou "E se After for a única história que eu tinha pra contar?"

Mas, então, comecei a mandar trechos para um pequeno grupo de amigas, que conheci como leitoras quando estava começando a escrever, e com o tempo se tornaram algumas das minhas melhores amigas. Assim que elas começaram a ler os trechos e mandar suas respostas, tive um estalo. Era empolgante demais ver suas reações e opiniões, ainda que a maior parte das mensagens fosse: Ai meu Deeeeeus. (Obrigada Bri, Trev, Lauren e Chels. Eu amo muito vocês).

Logo comecei a reescrita da história, basicamente me livrando do primeiro rascunho inteiro, mas ainda havia um probleminha. Eu queria escrever os capítulos no Wattpad, a maioria em tempo real, antes de mandar para a editora. É um conceito beeem incomum, e, sinceramente, meio assustador para as editoras. Eu entendo o porquê, mas, para mim, escrever no Wattpad era a chave de tudo. Eu adoro essa forma socializada de escrever, os comentários, a adrenalina depois de postar um capítulo novo.

A ideia mais comum de escritor é a de alguém que escreve em meio ao silêncio e à solidão, e jamais sonharia em permitir que milhares de pessoas lessem sua obra antes de chegar à editora. Entrei em pânico por um instante e cruzei os dedos para que o pessoal da minha editora me entendesse e refletisse a respeito da minha proposta.

Respirei fundo e expliquei minha situação para o meu editor, Adam Wilson, e a primeira coisa que ele falou foi: "Isso faz muito sentido". Me deu vontade de gritar de tão feliz que fiquei. Ele entendeu, e ainda entende, que nem todos os escritores são iguais. Desde que o conheci, percebi que ele me entendia. (Já usei essa palavras umas dez vezes seguidas, hahaha).

Adam sempre se mostrou muito mente aberta e curioso a respeito de formas novas de escrita, mais pessoais. Sabe que os escritores que vêm da internet são diferentes, e nunca tentou fazer com que eu me conformasse com a ideia de ser uma escritora tradicional. Sempre incentivou minhas idiossincrasias e elogiou minha capacidade de fazer as coisas à minha própria maneira. O mercado editorial tem sorte por contar com alguém como ele.

Então, para Adam, meu agradecimento precisa ser multiplicado por 39.394. Obrigada pela paciência e por sempre me apoiar. Não consigo imaginar como seria fazer um livro sem você.

Ashleigh Garden: obrigada por sempre me apoiar e por ser uma força modernizadora importante no universo editorial tradicional.

Ursula Uriarte: obrigada por ser meu cérebro e minha melhor amiga. E por mandar gifs do Malec quando estou estressada. Eu me esqueceria de tudo se não fosse você.

Aron Levitz: obrigada por me tornar chique. Agora larga esse livro e vê se tira umas FÉRIAS.

Wattpad: obrigada por ser minha casa.

Jen Bergstrom: obrigada por se mostrar tão aberta a me deixar tentar coisas novas. É muito importante para mim, e me faz muito feliz. Adoro muito todo mundo na Gallery.

Agradeço também ao pessoal da revisão e da produção — vocês são o máximo.

Um agradecimento gigantesco, colossal, aos meus editores ao redor do mundo por sempre trabalharem tanto por mim. Me diverti demais conhecendo muitos de vocês, e agradeço pelo tremendo esforço que dedicam a mim.

A história de Landon,
Dakota e Nora continua...

Primeira edição (março/2018) • Segunda reimpressão
Papel de Capa Cartão Triplex 250g
Papel de Miolo Pólen Soft 70g
Tipografias Avenir LT Std, Fairfield LT Std
Gráfica PlenaPrint